KiWi
1803

Das Buch

Eben noch war Ben in der Boutique, in der Nile ein Kleid anprobierte, doch als sie aus der Umkleidekabine kommt, ist er verschwunden. Nile ist sich sicher: Es muss etwas Schreckliches passiert sein. Sie stürmt los, um ihn zu suchen, aber niemand will ihr glauben. Noch nicht mal seine engsten Freunde, die Nile sowieso für zu anhänglich halten. Also muss sie ausgerechnet ihre größte Feindin um Hilfe bitten: Flo, die Frau, mit der Ben noch verheiratet ist. Zu Niles Erstaunen ist diese sehr kooperativ. Doch dann entdecken die beiden Frauen immer mehr Ungereimtheiten in Bens Leben. Und die gemeinsam begonnene Suche entwickelt sich zu einer atemlosen Jagd, denn Nile realisiert: In diesem perfiden Spiel kann sie niemandem trauen. Schon gar nicht Flo.

Die Autorin

Judith Merchant studierte Literaturwissenschaft und unterrichtet heute Creative Writing an der Friedrich-Wilhelms-Universität Bonn. Für ihre Kurzgeschichten wurde sie zweimal mit dem Friedrich-Glauser-Preis ausgezeichnet. Nach der Veröffentlichung ihrer Rheinkrimi-Serie (darunter »Nibelungenmord« und »Loreley singt nicht mehr«) zog Judith Merchant von der Idylle in die Großstadt. »ATME!« erschien 2019 bei Kiepenheuer & Witsch und wurde zum Bestseller, 2021 folgte ihr neuer großer Thriller »SCHWEIG!«.

JUDITH MERCHANT

ATME!

THRILLER

KIEPENHEUER & WITSCH

El sueño de la razón produce monstruos.
Francisco de Goya

Alle Menschen suchen Liebe.

Alle.

Und dabei ist Liebe so schwer zu finden.

Manche denken, dass man Liebe lernen kann. Dass man sie berechnen kann. Oder bestellen. Dass man an sich selber arbeiten muss. Oder am anderen. Dass man dafür sehr besonders sein muss. Oder so wie alle.

All das ist falsch. Das weiß ich. Denn das Einzige, was man wirklich braucht dafür, das ist der passende Andere. Es darf eben nicht der Andere sein. Es muss der Eine sein.

Der, der genau zu dir passt. Der, bei dem sie funktionieren, die ganzen verdammten Zaubersprüche. Der dich in den Arm nimmt und sagt: Hab keine Angst. Der zu dir unter die Decke schlüpft und sagt: Mach die Augen zu. Der nach deiner Hand greift und sagt: Wir schaffen das. Oder: Du bist schön. Oder: Alles wird gut.

Und alles stimmt, weil er es sagt.

Wenn du diesen Menschen gefunden hast, dann – hör zu, was ich dir sage! – dann musst du mit ihm zusammenbleiben.

Bleib bei ihm. Lass nicht zu, dass man euch trennt. Sei wachsam. Pass auf. Hüte dich vor einer zu abrupten Ampelschaltung, vor sperrigen Arbeitszeiten, hüte dich vor allem vor seiner Exfrau, am allermeisten aber vor dem Vorhang einer Umkleidekabine.

Halt ihn einfach fest, jede Sekunde.

Sonst kann es sein, dass du eines Tages auf der Straße stehst und begreifst, dass etwas Schreckliches geschehen ist.

■ So wie ich.

Vor mir lärmen Autos von links nach rechts, hupen, quietschen, stoßen stinkende Wolken aus. Eine Fußgängerampel blinkt hektisch, ich stehe auf dem Bürgersteig, Menschen laufen an mir vorbei. Hinter den Autos eine Buchhandlung, ein Friseur, zwei Cafés. Mein Herz hämmert gegen meine Rippen, und der Schweiß läuft mir über das Gesicht, ich recke den Kopf. Nach links. Nach rechts. Wieder nach links.

Alles voller Menschen. Aber nicht er. Nur andere. Sie starren auf ihre Handys, schleppen volle Einkaufstüten, schwenken schlanke Handtaschen, sie ziehen Hunde, schieben Kinderwagen.

»Ben!«, rufe ich, so laut ich kann. »Ben!«

Niemand beachtet mich.

Ein Mensch ist verschwunden. Ein anderer sucht ihn. Eine Straße. Zwei Richtungen.

Finde den Fehler!

Man kann in die eine Richtung rennen oder in die andere. Nicht in beide gleichzeitig. Und wenn man sich falsch entscheidet, wenn man in die falsche Richtung läuft, dann entfernt sich der andere immer weiter.

Entscheidungen.

Entscheidungen zu treffen ist so schwer.

Nichts von allem ist geplant gewesen an diesem Dienstag.

Nicht, dass Ben spontan Überstunden abfeiert und deswegen schon mittags freimacht.

Nicht, dass ich die langweilige Übersetzung eines Geschäftsberichts liegen lasse und ihn von der Arbeit abhole, auch wenn das natürlich naheliegt.

Nicht, dass wir in die Stadt fahren und in einer Pizzeria das Mittagsmenü bestellen, dass wir danach auf dem Marktplatz ein Eis essen, er Malaga und Haselnuss, ich Schokolade.

Nicht, dass wir danach durch diese Straße gehen und im Schaufenster dieses viel zu teuren Ladens dieses viel zu teure Kleid entdecken.

Nichts davon ist geplant gewesen.

Es ist alles einfach so passiert.

Und darum trete ich in diesem viel zu teuren Laden aus der Umkleidekabine und starre ungläubig in den Spiegel.

Das Kleid hat ganz kleine angeschnittene Ärmel und geht bis zum Schlüsselbein – entzückende Schlüsselbeine, sagt er immer, wenn ich dich mal identifizieren müsste, ich würde dich an deinen Schlüsselbeinen erkennen. Oder: Wenn es »Wetten, dass..?« noch gäbe, könnten wir uns anmelden, ich würde dich unter Tausenden herausfinden –, aber weil der graue Spitzenstoff ganz leicht durchbrochen ist, kann man durchgucken, zumindest bis auf das Unterkleid. Himmel, ein Unterkleid! Das gibt es doch nur in Filmen, oder?

Ich bin eigentlich nicht so der Typ für Kleider. Um ehrlich zu sein, das ist mein erstes Kleid seit zehn Jahren. Und es ist perfekt. Einfach perfekt.

Die Verkäuferin tritt zu mir und nickt anerkennend. »Steht Ihnen wunderbar«, sagt sie, »wirklich, Sie können das tragen mit Ihrer Taille. Am besten mit Pumps, klassische würde ich nehmen, dann sieht das noch mal ganz anders aus.« Ihr Blick streift die Turnschuhe, in denen meine sonnenverbrannten Beine stecken.

Ich gebe nichts auf ihr Urteil. Der einzige Mensch, an dessen Meinung mir etwas liegt, sitzt um die Ecke auf dem Sessel und blättert vermutlich in einer Zeitschrift. Umso besser, denn wenn er mich jetzt noch nicht sieht in dem Kleid, dann kann ich ihn später damit überraschen. Ben mag Überraschungen. Ganz anders als ich, ich hasse sie. Da sind wir sehr verschieden, wie bei manchem.

Soll ich es schnell ausziehen und einfach kaufen? Oder Ben doch rufen?

Die Verkäuferin interpretiert mein Zögern falsch. »Wir haben das auch noch in Mitternachtsblau. Soll ich Ihnen das mal holen? Das ist dann etwas edler. Ich weiß ja nicht, für welchen Anlass suchen Sie denn?«

Darauf muss ich jetzt wohl antworten. Ich sage: »Es ist für eine Hochzeit.«

»Ach, wie schön«, sagt die Verkäuferin. »Dann muss man natürlich bedenken, welcher Dresscode gewünscht ist.«

»Es gibt keinen Dresscode«, sage ich und gehe zurück in die Kabine.

Die Verkäuferin ruft. »Wissen Sie denn, was die Braut trägt? Lang oder kurz? Man sollte ja immer das Gegenteil wählen.«

»Die Braut trägt dieses Kleid hier«, sage ich, aber das hört die Verkäuferin nicht mehr, also betrachte ich mich noch einmal im Spiegel.

Das Unterkleid schimmert durch den Spitzenstoff. Ich habe wirklich eine ganz schmale Taille in dem Kleid, meine Arme sind stark und sonnenverbrannt, und meine Nase pellt sich, auf der Stirn habe ich einen winzigen Pickel, im linken Mundwinkel Reste von Schokoladeneis. In meine Augen malt das Licht der Umkleidekabine einen weißen Fleck, und plötzlich verzieht sich mein ganzes Gesicht und ich strahle.

Vermutlich ist es ein Prinzessinnenmoment wie im Film. Ich fand Prinzessinnenmomente bisher immer armselig, aber sie waren auch immer für andere, nicht für mich.

Ich stehe da und strahle mein eigenes Spiegelbild an, das Spiegelbild strahlt zurück. Und weiß noch nicht, was in wenigen Minuten passieren wird. Ich habe keine Ahnung, nicht mal ein unbehagliches Gefühl, dafür bin ich viel zu glücklich und viel zu sicher und viel zu verliebt.

Dann rufe ich doch nach ihm.

»Ben«, rufe ich.

Aber er kommt nicht, und die Verkäuferin kommt auch nicht. Stattdessen wird der Vorhang der Kabine beiseitegerissen, und eine Frau steht vor mir. »Oh, Entschuldigung!«, ruft sie erschrocken und starrt mich an. Und dann erst realisiere ich, dass sie das gleiche Kleid trägt wie ich. Aber sonst sieht sie ganz anders aus, sie ist schmal und blond und elegant, eins ihrer schlanken glänzenden Beine ist kunstvoll mit einem pinken Tape verziert, vermutlich eine Sportverletzung. Und sie trägt Pumps, die zum Kleid passen.

Ich starre sie an, sie starrt mich an, und wir brechen beide in Gelächter aus, ein Gelächter, das sagt: So gleich! Und so verschieden! Dann verschwindet sie so schnell, wie sie gekommen ist, und zieht dabei den Vorhang wieder zu.

Ich lache immer noch und möchte gar nicht aufhören, mich im Spiegel zu betrachten, weil ich so glücklich bin, weil alles so gut ist.

Und ich denke: Wir sollten viel öfter auswärts zu Mittag essen. Wir sollten viel öfter zusammen Schaufenster angucken. Vielleicht sollte ich sogar viel öfter Kleider tragen.

Jetzt können wir das ja machen. Denn jetzt ist endlich alles gut. Jetzt ist endlich Zeit für unser Happy End!

Ein bisschen wundere ich mich, dass Ben noch nicht gekommen ist, um zu sehen, wie ich in dem Kleid aussehe. Das passt eigentlich nicht zu ihm.

Ich ziehe den Vorhang zur Seite und dränge mich aus der Kabine.

Weil ich keine Angst habe.

Weil ich nicht weiß, was mich erwartet.

Mein Name ist ein Fluch.
»Ich heiße Nile.«
»Freut mich, Nele!«
»Nein, Nile.«
»Nele?«
»NIIILE.«
»Sag ich doch. NELE.«

Mein Name ist so etwas wie eine Allegorie auf mich. Jeder versteht mich falsch. Jeder glaubt zu wissen, wer ich bin, aber sie alle täuschen sich.

Mit Ben war das anders.

»Ich bin Nile«, sagte ich zu ihm und sah ihn an, ohne ihn zu sehen. Und er sagte: »Nile. Ich heiße Ben.« Und dann sah ich ihn.

Später sprachen wir darüber.

Das war drei Wochen nach unserem Kennenlernen. Also drei Wochen, nachdem wir das erste Mal miteinander geschlafen hatten. Denn darum war es zuerst gegangen, zumindest taten wir so, als ob es darum ginge, aber eigentlich war da schon klar, dass es um etwas ganz anderes geht. Dass es um alles geht.

Drei Wochen danach also sagte ich es ihm.

»Du warst der Erste«, sagte ich, als ich bäuchlings neben ihm lag, die Augen geschlossen.

»Ja klar«, sagte er.

»Nein, im Ernst.«

Er pustete vorsichtig auf meinen Oberarm. »Du denkst jetzt nicht echt, dass ich dir das abnehme, oder?«

»Doch, du warst der Erste«, sagte ich schläfrig.

Das Laken roch nach uns. Ich hätte die Bettwäsche dringend mal waschen müssen, aber immer, wenn ich das vorhatte, stieg mir dieser Geruch in die Nase, und ich zögerte. Zögerte deswegen, weil ich ihn behalten wollte. Zögerte, weil ich damit einen faktischen Beweis für das hatte, was sich in den letzten drei Wochen zwischen uns abgespielt hatte. Zögerte vielleicht auch, weil ich Angst hatte, dass er möglicherweise nicht mehr wiederkommen würde, um dieses Zimmer mit seinem Geruch zu füllen.

»Erzähl«, sagte er.

Das sagt er immer. Egal, worüber wir sprechen, er hat eine ganz eigenartige Art, unkonkret nachzufragen. Die meisten Menschen fragen gezielt, sie fragen entweder Details ab, oder sie fragen nach dem Motiv. Andere sind stumpf oder schüchtern und fragen gar nicht. Und Ben sagt immer: »Erzähl.« Und wenn er das sagt, hole ich Luft und rede. Ich habe noch nie zuvor so viel geredet wie mit ihm. Ich rede sonst eigentlich sehr wenig.

»Mein Name«, sagte ich. »Ich habe in meinem ganzen Leben noch niemals erlebt, dass jemand auf Anhieb meinen Namen richtig verstanden hat, noch nie. Du kannst dir gar nicht vorstellen, wie das ist. Jeder versteht ihn falsch, einfach jeder. Ich sage: ›Niiile‹, mit drei ›i‹. Und die Leute verstehen ›Nele‹. Und dann sage ich: ›Nein, Nile, nicht Nele‹, und sie fragen: ›Wie? Wie heißt du?‹ Es kann ja niemand etwas dafür. Aber es ist einfach so. Wie ein Stolperstein direkt vor meiner Haustür. Ein holpriger Einstieg, immer und überall. Und wenn die Menschen meinen Namen nicht hören, sondern geschrieben sehen, dann halten sie ihn meistens für einen Tippfehler. Manche korrigieren eigenmächtig, einige fragen nach. Manchmal kommt es vor, dass Kunden mich richtig ansprechen, weil wir vorher Mailkontakt hatten. Aber dass jemand meinen Namen sofort richtig ausspricht, ohne ihn vorher gelesen zu haben, das hat es echt noch nie gegeben. Bis zu dem Tag, als du kamst.«

Ich machte eine Pause.

»Erzähl weiter«, sagte er. Seine Augen waren auf mich gerichtet, und ich wusste, dass er jede Regung an mir wahrnahm, dass seine ganze Aufmerksamkeit mir galt, jedem Wort, jedem Zögern, jeder Bewegung.

Ich drehte mich vom Bauch auf die Seite, damit ich ihn besser betrachten konnte. »Es ist schon komisch, dass ausgerechnet du es warst, der meinen Namen verstanden hat. Und jetzt liegen wir hier. Das ist so ... so kitschig.«

Er pustete noch einmal auf meinen Oberarm, aber langsamer diesmal, ein warmer Luftstrom, so warm wie seine Mundhöhle. »Na und?«, sagte er. Und pustete noch einmal.

Ich schloss die Augen. »So, als ob du mich sofort verstanden hättest. Es ist wie in einem Märchen, in dem die arme Prinzessin wartet, dass ein Königssohn kommt und ihr den richtigen Namen gibt, damit der böse Fluch gebannt ist und sie endlich frei und glücklich sein kann.« Ich drückte mein Gesicht tiefer ins Kissen. Ben sollte nicht sehen, dass meine Augen nass wurden. Er wusste nicht, wie sehr ich auf ihn gewartet hatte. Und wie schlimm es vorher gewesen war.

Ben strich mir über den Rücken, ganz langsam, als überlegte er, wohin er als Nächstes fassen solle. »Rumpelstilzchen«, sagte er. »Das passende Märchen in Sachen Namensgebung wäre Rumpelstilzchen. Aber ich weiß nicht, ob das ein Kompliment für dich ist, wie Rumpelstilzchen siehst du Gott sei Dank nicht aus. Die Version mit der Prinzessin passt besser zu dir.«

Ich sprach ins Kissen, leise und verwaschen, aber ich wusste, dass er mich hört. »Mir macht es nichts aus, wie Rumpelstilzchen auszusehen, solange du den Part mit dem Namen richtig machst und mich erlöst.«

»Aber Rumpelstilzchen wollte gar nicht, dass man seinen Namen kennt, oder?«

»Keine Ahnung«, sagte ich.

»Ich bin mir sicher, Rumpelstilzchen wollte das nicht. Außerdem war Rumpelstilzchen böse. Wir sind also unsere eigene Version vom Namensmärchen.«

»Das ist gut«, sagte ich. »Wobei ich eigentlich ganz gern wie Rumpelstilzchen aussehen würde, irgendwie stelle ich mir das sehr entlastend vor.«

»Rumpelstilzchen«, flüsterte Ben in mein Ohr und küsste mich knapp darunter.

»Mh.«

»Darf ich dich jetzt ganz doll enttäuschen, Rumpelstilzchen?«

»Oh.« Ich blickte in Richtung Uhr, aber ich sah nur Ben und die Decke. »Musst du etwa schon los?«

»Nein. Aber ich muss die Sache mit dem Namen aufklären, bevor du unser Märchenschloss auf ein falsches Fundament baust und nachher schrecklich wütend auf mich bist, wenn du die fiese Wahrheit erfährst.«

»Die fiese Wahrheit«, sagte ich, drehte mich auf den Rücken und verschränkte die Arme hinter dem Kopf, seine Augen folgten jeder Bewegung. »Raus mit der fiesen Wahrheit. Du kanntest meinen Namen schon?« Bei dem Gedanken breitete sich die Enttäuschung in mir aus wie eine Lache. Das war total albern. Noch während ich sie spürte, schalt ich mich dafür.

»Nein.«

»Nicht?«

»Nein.«

»Puh. Dann kannst du mich gar nicht enttäuschen.«

»Warte mal ab.« Er rieb sich die Nasenwurzel, als müsste er die Worte von dort hervorlocken. Das macht er oft. »Die Wahrheit ist: Ich mache seit zwölf Jahren Vertrieb. Das heißt nichts anderes, als dass ich bei allen potenziellen Kunden in der ersten Sekunde schon einen guten Eindruck machen muss. Sie müssen sich sofort wohlfühlen. Und darum ist mein wichtigster Trumpf der Name. Nicht, wie er geschrieben wird, sondern, wie er ausgesprochen wird. Während ich jemanden das erste Mal begrüße, läuft bei mir unter höchstem Stress ein akustisches Silbenerkennungsprogramm ab. Ich speichere das Gehörte und spreche es nach, wie ein Papagei. Und dann sind die Leute total glücklich und dankbar. Und schon hab ich sie gewonnen.«

»Das reicht?«

»Im Grunde schon. Ich lächle dazu wie irre. Und damit ist eigentlich die Hälfte meines Jobs schon getan, zumindest bei den Leuten, die nicht Stefanie oder Michael heißen. Der Rest ist dann Kür.«

»Und ich war eine potenzielle Kundin?«

»Sozusagen, ja.«

»Oh mein Gott«, sagte ich und barg mein Gesicht an seiner Schulter. Sie roch nach mir. Sie roch mehr nach mir als nach ihm. »Das ist eine furchtbar billige Erklärung für etwas, was mir wie ein ganz besonders kostbares Wunder vorkam.«

»Ich find's auch schrecklich«, sagte Ben und küsste mich sehr langsam und sehr nass. »Weil, wenn dich diese simple Sache so beeindruckt hat, bedeutet das ja, dass dich jeder x-beliebige andere Kerl, der so arbeitet wie ich und einen zweisilbigen Namen fehlerfrei ausspricht, auch hätte abgreifen können. Bin ich froh, dass es nicht so gekommen ist!«

»Das liegt wohl daran, dass es in meiner Welt normalerweise keine durchtriebenen Vertriebler gibt. Meine Welt ist sehr, sehr klein. Da kommen nicht viele rein.«

Ben nahm vorsichtig mein Gesicht in die Hände, um seinen linken Mundwinkel zuckte etwas, das er nicht unterdrücken konnte, es breitete sich auf seinen rechten Mundwinkel aus, dann explodierten beide Mundwinkel gemeinsam zu einem Lächeln, zu dem schönsten Lächeln, das es gab auf der ganzen Welt. Er sagte sehr leise: »Was für ein Glück, Nile. Oder?«

»Ja«, sagte ich. »Was für ein Glück, Ben.«

Und weil wir im Bett lagen und weil wir dumm waren, klopften wir nicht auf Holz.

Zuerst begreife ich gar nicht, dass er weg ist.

Nur, dass ich ihn nicht sehe.

Es ist ein kleiner Laden, L-förmig. Auf der rechten Seite ist die Eingangstür, gegenüber die Kasse. Links zieht sich der Raum lang nach hinten, dort befinden sich die Umkleidekabinen. An den Wänden hängen Kleider, Blusen, Oberteile auf Bügeln, sehr wenige Sachen. Es ist eben ein teurer Laden.

Zwischen Eingang und Tür steht ein hellgrauer Ledersessel. Vermutlich steht er dort, damit die Begleitungen der aufgeregten Kundinnen träge und friedlich darin versinken und sich nicht mehr rühren.

Dort hat Ben gesessen.

Oder denke ich das nur, weil da ein Sessel steht und er mir nicht zur Umkleidekabine gefolgt ist?

Der Raum ist leer. Mein Blick geht nach links und rechts. »Ben?«, rufe ich, dann gehe ich zurück zu den zwei Umkleidekabinen, beide mit geöffneten Vorhängen, in der einen meine Klamotten, ein schlaffer Haufen in Jeansblau und Schwarz, die andere ist leer. Anscheinend ist die Kundin mit meinem Kleid schon wieder weg.

»Ben?«, rufe ich noch einmal.

Die Verkäuferin schaut durch die Türöffnung hinter der Ladentheke, sie hat ein Telefon am Ohr.

»Ben?«

Dann gehe ich mit drei großen Schritten zur Tür, es bimmelt, als ich sie öffne und hinaustrete, ich gucke, ob er vielleicht vor der Tür steht und raucht, dabei raucht er gar nicht. Kein Ben. Nur Autos, die vorbeirauschen.

»Ist etwas?«, sagt mit leisem Erstaunen die Verkäuferin, als sie zu mir auf die Straße tritt.

»Wo ist mein Mann?«, frage ich.

»Ihr Mann?« Sie scheint etwas begriffsstutzig zu sein.

»Er hat hier auf mich gewartet.« Ich deute ins Innere des Ladens, Richtung Sessel.

Sie sieht mich fragend an.

»Der, mit dem ich hier reingekommen bin«, präzisiere ich, dann renne ich zur Umkleidekabine und wühle in der Jeans nach meinem Handy. Ich wähle seine Nummer und reiße es ans Ohr. Fast erwarte ich, das Klingeln von Bens Handy zu hören, weil er doch direkt hier sein muss, in Hörweite. Aber ich höre nur das Freizeichen, es tutet. Und tutet. Und tutet. Keine Mailbox, er benutzt keine.

Er geht nicht ran.

Das kann nicht sein. Ich werfe einen Blick aufs Display, um mich zu vergewissern, dass ich die richtige Nummer gewählt habe.

Die Nummer stimmt. Aber der Rest stimmt nicht.

Gar nichts stimmt.

Absolut gar nichts.

Ich wende mich der Verkäuferin zu, die mir gefolgt ist. »Mein Mann? Mit dem ich eben reingekommen bin. Größer als ich, schwarze Haare und Brille.«

»Sie sind allein hereingekommen«, sagt sie. »Oder?«

Im ersten Moment bin ich sprachlos, dann zwinge ich mich zur Ruhe. Ich bin vorangegangen, ja, hineingestürzt bin ich, so begeistert war ich von dem Kleid, von diesem Tag, von allem. Aufgekratzt war ich von unserem spontanen Mittagessen und all dem Schönen, das vor uns lag. Davon, dass die schlimmen Zeiten endgültig vorbei waren. Aber Ben war direkt hinter mir in den Laden gekommen. Ich hatte noch einen Blick zurückgeworfen, ehe ich in die Umkleide verschwand.

»Er ist direkt hinter mir reingekommen«, sagte ich. »Er hat sich dann hier auf den Sessel gesetzt.«

»Ach so, natürlich.«

»Sie erinnern sich an ihn?«

»Im Anzug?«

Stimmt, er hat noch seinen Anzug an, weil er ja direkt von der Arbeit gekommen ist. »Ja.«

»Der muss wieder rausgegangen sein.« Sie zeigt hinter die Ladentheke. »Ich habe ja telefoniert.«

»Und die andere Kundin? Vielleicht hat sie ihn gesehen.«

»Ist eben raus«, sagt die Verkäuferin achselzuckend.

Ich hole tief Luft.

Und atme. Ich atme ein. Ich atme aus. Ich muss ruhig bleiben, sage ich mir. Einfach atmen.

Und das tue ich.

Ich verstehe jetzt, was hier passiert.

Das Unglück passiert.

Und ich ziehe die Ladentür auf und renne die Straße hinunter, um es aufzuhalten.

Den *Lotospalast* betraten wir, weil wir vor einem Platzregen flohen. Da fing es an. Ich übersetzte schon seit längerem für seine Firma, aber wir hatten niemals Kontakt. Das hätte sich auch nie geändert, wenn ich nicht ein Problem mit dem Automaten am Firmenparkplatz gehabt hätte. Er stieg aus seinem Wagen aus und half mir. Wir kamen ins Gespräch. Wir ließen unsere Autos stehen und gingen spazieren. Draußen regnete es in Strömen, und aus irgendwelchen mysteriösen Gründen hat das alles besiegelt. Wir gingen durch den Regen, als ob er nicht existiert, Schritt für Schritt nebeneinander, während wir immer nasser wurden. Und irgendwann sahen wir einander an, sahen den anderen, völlig durchweicht, und dann war klar, dass hier etwas geschah.

Wir beschlossen, etwas zu essen, im Chinarestaurant.

Lachend und patschnass taumelten wir hinein und hatten Mühe, uns an dem freien Tisch zu beruhigen, wir rangen nach Atem und versuchten, das Lachen im Mund einzusperren, pressten die Lippen fest aufeinander, bis sich unsere Blicke trafen und wir erneut losprusteten. Warum haben wir eigentlich so gelacht? Es gab überhaupt keinen Grund. Wir waren nass geworden. Wir waren bereits verliebt, aber das wussten wir noch nicht, nicht so richtig zumindest. Wir wussten nur, dass gerade etwas mit uns passierte und dass an diesem Abend noch mehr passieren würde. War das ein Grund zum Lachen?

Unsere nassen Sachen hingen schief auf den Stuhllehnen neben uns, tropften von dort auf den roten Chinarestaurantteppich, bis sich kleine Pfützen bildeten. Die dauerlächelnde chinesische Kellnerin wollte sie an die Garderobe hängen. »Nein, schon gut«, sagte Ben, und dann sah er wieder mich an und wir explodierten erneut, was vollkommen idiotisch war.

Eine glitschige scharfe Pekingsuppe wärmte uns auf, danach tranken wir grünen Tee, bis wir uns in der Lage sahen, uns erneut in den Regen zu stürzen, um ein Hotelzimmer zu suchen. Erst dort hörten wir auf zu lachen. Erst dort wurde es ernst.

Das war das erste Mal, dass wir gemeinsam dort waren. Sonst trafen wir uns bei mir. Aber wenn Ben nur kurz Zeit hatte, eine Mittagspause, dann gingen wir in unser Chinarestaurant, weil es nah bei seiner Firma lag. Natürlich hätten wir auch mal ein anderes Restaurant nehmen können, aber das taten wir nicht. Warum? Vielleicht war es so, dass Ben wenigstens dieser ersten Pekingsuppe treu bleiben wollte, wenn er schon seine Ehefrau betrog.

Ich weiß es nicht.

El adulterio. Der Ehebruch.

Ob ich an dem Abend schon wusste, dass er eine Ehefrau hat? Ja. Er hat es mir gesagt. Geahnt hatte ich es ohnehin, nicht nur der Ring an seinem Finger verriet es mir. Es war seine ganze Ausstrahlung.

Aber ja, er erzählte mir von Flo an diesem Abend. Wohl, damit ich wusste, worauf ich mich da einließ.

Es war also alles klar zwischen uns, als wir in den Regen stürzten, um ein Hotel zu suchen.

▪ Ich ringe nach Atem, in meinem Kopf sirrt es. Die Straße ist zu lang und wird gekreuzt von zu vielen anderen Straßen.

Ich habe keine Ahnung, wohin ich laufen muss. Bringt mich jeder Meter, den ich laufe, näher zu Ben? Oder weiter von ihm weg?

»Entschuldigung«, sage ich zu einer Frau, die ihren Rollkoffer an mir vorbei über den Gehweg holpern lässt, »haben Sie meinen Mann gesehen? Er ist einen Kopf größer als ich. Er trägt eine Brille und einen grauen Anzug. Seine Haare sind schwarz. Er ist frisch rasiert.« Während ich das sage, spüren meine Lippen, wie sich das anfühlt, wenn Ben frisch rasiert ist.

»Bitte? Ist er hier lang oder was?«

»Haben Sie ihn gesehen?«, dränge ich.

Sie weiß nichts. Sie guckt. Und schüttelt den Kopf, und dann zieht sie ihren Rollkoffer von mir weg, als hätte sie Angst, dass ich ihn stehle. »Vielleicht ist er einfach schon mal vorgegangen«, sagt sie.

Ich starre sie an, und dann macht etwas klick, und mein Puls jagt auf wie ein Schwarm schwarzer Vögel, sie stoßen aneinander, als sie plötzlich auseinanderstieben und mit grausamem Platschen und Knacken an der Fensterscheibe zerplatzen. Ich kann nichts mehr sehen, weil alles voll ist mit verschmierter Scheibe und Rot und schwarzen Federn.

Das ist Panik.

Panik im Anflug.

Nile, beruhige dich!

Beruhige dich!

Atme!

Natürlich ist Ben weder in die eine noch in die andere Richtung gelaufen. Warum hätte er das tun sollen? Vor wem hätte er weglaufen sollen? Allein der Gedanke ist absurd. Aber irgendetwas muss geschehen sein. Irgendetwas muss der Grund dafür sein, dass er nicht im Laden sitzt und auf mich wartet. Dafür, dass er rausgegangen ist, ohne mir Bescheid zu sagen. Und auch dafür, dass er nicht an sein Handy geht.

Ein Unfall.

Es muss ein Unfall passiert sein. Vielleicht ist er angefahren worden.

Ich trete auf die Bäckereifiliale zu, die einen zur Straße hin offenen Verkaufstresen hat. »Entschuldigen Sie«, sage ich, »der Unfall. Haben Sie den Unfall gesehen?«

Die Verkäuferin mit der Brötchenzange in der Hand blinzelt mich überrascht an. Sie hat bunt gesträhnte Haare und blasse Augen hinter einer dicken Brille. »Welcher Unfall?«

»Hier auf der Straße. Eben. Ein Unfall.«

»Wo denn?« Sie legt die Zange beiseite und wischt sich die Hände an einem Geschirrtuch ab.

»Na hier.«

Sie schüttelt den Kopf. »Hab ich nicht gesehen.«

Ich atme scharf ein, dann trete ich so hastig zurück, dass ich gegen einen anderen Kunden stoße. »Tschuldigung«, stammle ich und wiederhole: »Tschuldigung«, als böse Blicke mich treffen, Blicke, mit denen ich mich jetzt nicht auseinandersetzen kann.

Ein Kiosk.

»Haben Sie den Unfall gesehen?«, frage ich. »Hier muss ein Unfall gewesen sein.«

Der Mann schüttelt den Kopf.

Vielleicht ist ihm gar nichts passiert. Vielleicht war er gar nicht beteiligt. Vielleicht war der Unfall gar nicht schlimm. Zwei Autos sind kollidiert, Ben war Zeuge, und er ist mit auf die Polizeistation gefahren, um seine Aussage abzugeben.

Denkfehler.

Dann würde er an sein Handy gehen.

Ben ist angefahren worden. Er wurde leicht verletzt, nichts Schlimmes, aber der besorgte Fahrer hat sofort einen Krankenwagen und die Polizei gerufen und darauf bestanden, ihn ins Krankenhaus zu fahren.

Wieder falsch.

Auch dann würde er an sein Handy gehen.

Ben ist angefahren worden, nicht schlimm, aber er ist ohnmächtig geworden. Er ist immer noch ohnmächtig. Das Handy steckt wie immer in seiner Hosentasche, es klingelt und klingelt, aber es geht niemand ran, weil das Klingeln vom Tatütata des Krankenwagens übertönt wird. Die Sirene ist laut, sie ist schrecklich laut, niemand hört ein Handyklingeln, nicht Ben, der ohnehin ohnmächtig ist, aber auch nicht die Sanitäter nicht, die ja rangehen würden, falls Angehörige anrufen, aber über ihren Köpfen schrillt die Sirene ohrenbetäubend, darum hören sie das Klingeln nicht.

Denkfehler. Wäre hier ein Krankenwagen langgefahren, dann hätte das jemand mitbekommen.

Ich tippe erneut auf *anrufen*. Höre das Klingeln durch den Hörer. Es klingelt und klingelt. »Ben«, sage ich in das Klingeln hinein. Und dann noch einmal: »Ben!«

Und dann versuche ich mich zusammenzureißen. Es gibt sicher eine ganz normale Erklärung. Vielleicht ist sie nicht schön, aber sie würde bedeuten, dass alles nicht so schlimm ist wie das, wonach es sich gerade anfühlt in meiner Brust. Dort nämlich fährt ein Aufzug mit Rekordgeschwindigkeit abwärts, so, als hätte eine Axt das Tragseil durchtrennt, und jetzt stürzt er ungeschützt tausend Meter in die Tiefe und noch tiefer und immer tiefer.

Aber das ist nur meine Angst, es ist nicht die Realität.

In der Realität liegt er mit einem sauberen weißen Verband in einem sauberen weißen Bett in einem sauberen weißen Krankenhaus.

Oder, in einer anderen Realität ist er möglicherweise wieder aufgetaucht. Da sitzt er möglicherweise in dem hellgrauen Ledersessel und erklärt der kopfschüttelnden Verkäuferin, wo er gewesen ist.

Es bimmelt, als ich den Laden betrete. Ich sehe sofort, dass Ben nicht da ist, ich sehe es nicht nur an der Haltung der beiläufig telefonierenden Verkäuferin, ich kann es gleichzeitig hören und riechen und schmecken und fühlen. Alles ist so schmerzhaft auf das Fehlen von Ben konzentriert, dass ich jedes Molekül von ihm sofort wahrnehmen würde.

Der Laden sieht aus wie zuvor, die Verkäuferin telefoniert hinter der Theke, sie scheint die Ruhe selbst. Wie kann sie so ruhig sein? Dann beendet sie ihr Gespräch und dreht sich um. Als sie mich sieht, verdüstert sich ihre Miene.

»Da sind Sie!«, sagt sie, die erste Silbe betont sie seltsam, den Zeigefinger in meine Richtung gereckt.

»Es muss einen Unfall gegeben haben«, sage ich, »hier in der Straße. Jemand hat meinen Mann ins Krankenhaus gebracht. Aber wo ist das nächste Krankenhaus?«

Sie starrt mich an, als ob ich verrückt wäre.

»Das Kleid«, sagt sie, sie lässt es klingen wie eine schlimme Anklage.

Ich sehe an mir runter und begreife, was sie meint, ich trage noch immer das Kleid, und jetzt ist es verschwitzt, der Saum ist unten aufgerissen, wie ist das passiert?

»Ich muss ins Krankenhaus«, sage ich.

»Was ist mit dem Kleid?«, kontert sie.

»Ich muss dringend sofort ins nächste Krankenhaus«, wiederhole ich.

»Sie haben das Kleid kaputtgemacht«, sagt die Verkäuferin. Sie wird mich nicht gehen lassen, kurz sehe ich mich in einen Zweikampf verwickelt, mich, wie ich versuche, aus dem Laden zu entkommen, sie, wie sie hinter mir herhechtet und versucht, mich an der Flucht zu hindern, wir rollen über den Boden, ineinander verkeilt wie zwei tollwütige Welpen, bis sie mir das Kleid vom Leib reißt und ich splitternackt mit einer Rolle vorwärts aus dem Laden entwische.

Ich greife in meinen Nacken, um den Reißverschluss aufzuziehen, den sie mir eben noch liebevoll zugezogen hat, als sie mich für eine gute Braut und Kundin hielt, wie lange ist das her, zehn Minuten? Zwanzig? Vierzig?

Sie schüttelt fassungslos den Kopf. »Es ist kaputt und schmutzig, das kann ich doch jetzt nicht mehr zurückhängen!«

»Ich kaufe es«, sage ich hastig. »Vergessen Sie das Kleid. Wo ist das nächste Krankenhaus?«

»Sie müssen es bezahlen«, sagt sie.

»Mein Portemonnaie ist noch in der Umkleide, ich hole es sofort. Aber sagen Sie mir erst, wo das nächste Krankenhaus ist.«

Sie starrt mich an. Was sieht sie?

»Versprochen«, sage ich. Und dann sage ich auch noch, diesmal leiser: »Bitte.«

»Elisabeth«, sagt sie. »Das ist das Elisabeth-Krankenhaus. Zwei Stationen weiter.«

»Rufen Sie da an«, sage ich. »Schnell. Und fragen Sie nach dem Unfall.« Ich sehe ihren Blick und setze noch ein »Bitte!« hinzu, dann stürze ich in Richtung Umkleide, um mein Portemonnaie zu suchen, eins von beidem überzeugt sie anscheinend, denn sie greift nach dem Telefon. Während ich mit fliegenden Fingern in meinen Klamotten wühle, rufe ich erneut Ben an, höre, wie es läutet, und erst, als ich das Läuten nicht mehr aushalte, lege ich auf. Mein Portemonnaie kann ich zuerst nicht finden, es hat sich ganz unten in meiner Handtasche versteckt.

Ich gehe mit der Karte in der Hand und meinen zusammengerollten Klamotten unter dem Arm zurück zu der Verkäuferin und reiche ihr die Karte über den Tresen. »Und?«, frage ich ängstlich, als ich erkenne, dass sie das Telefonat offenbar schon beendet hat.

»Da war kein Unfall«, sagt sie und mustert mich, in ihrem Gesicht ist jetzt etwas Neues, Mitleid, vielleicht Verständnis.

Trotzdem steckt sie langsam meine Karte in das Lesegerät und sagt auffordernd: »Die Geheimzahl bitte!«

»Kein Unfall?«, frage ich fassungslos.

Sie schüttelt den Kopf.

In meinem Kopf hämmert es. »Dann muss er einfach so umgefallen sein. Ein Herzinfarkt.«

»Ist er denn krank?«, fragt die Verkäuferin. Sie schiebt das Lesegerät demonstrativ noch etwas mehr in meine Richtung.

»Nein«, sage ich. »Nein, eigentlich nicht.« Für einen Moment ist es still, totenstill, sodass ich das Sirren in meinen Ohren höre, das nur da ist, wenn ich ganz allein bin.

»Wenn Sie dann bitte«, sagt die Verkäuferin und deutet noch einmal auf das Lesegerät, und ich nicke besiegt, während ich meine Geheimzahl eintippe. Ich brauche ihre Kooperation.

Sie zieht befriedigt den langen Papierstreifen aus dem Gerät und reißt ihn ab, ein Abschnitt für sie, einer für mich. Dann sagt sie: »Ich habe nicht nach einem Autounfall gefragt, sondern überhaupt. Sie hätten ja gesagt, wenn da was gewesen wäre.«

»Was?«, frage ich.

»Eben, im Krankenhaus. Ich habe gefragt, ob jemand eingeliefert wurde. Und sie haben gesagt, in der letzten Stunde sei überhaupt niemand gekommen.«

Ich nicke langsam.

»Haben Sie ihn denn auf seinem Handy angerufen? Vielleicht ist etwas ganz Harmloses passiert«, sagt die Verkäuferin. Vor dem Wort »Harmloses« macht sie eine komische Pause.

»Ich rufe ihn die ganze Zeit an.«

Ich merke, was da geschieht, eben noch war sie meine Verbündete, jetzt beginnt sie sich zu wundern.

»Wir müssen die Polizei rufen«, sage ich. »Bitte, machen Sie das.«

»Was soll ich denen denn sagen?«, sagt die Verkäuferin. »Nein, das geht nicht. Ich habe ja nur Ihr Wort dafür, dass ...« Sie zögert.

»Bitte«, sage ich.

Mir ist klar, wenn ich selbst anrufe, werden sie nicht kommen. Niemand schickt einen Streifenwagen, weil eine erwachsene Frau ihren Freund in der Stadt aus den Augen verloren hat. Aber ich brauche die Polizei hier. Ich weiß ja, dass etwas nicht stimmt. Und ich ahne auch, was.

Die Verkäuferin schüttelt nach kurzem Zögern den Kopf. »Hören Sie, es tut mir wirklich leid, ich sehe ja, wie besorgt Sie sind, aber ich kann Ihnen da nicht helfen. Ich kann doch nicht einfach die Polizei anlügen!«

»Nein, offenbar können Sie das nicht«, sage ich langsam, und dann verlasse ich mit meinen Sachen unterm Arm den Laden, ohne mich zu verabschieden.

Ben geht immer an sein Handy. Er sagt »Ich ruf dich zurück!« und legt auf, wenn er keine Zeit hat. Ganz selten macht er es aus. Aber dann sagt er mir das vorher. Oder er schreibt mir eine Nachricht. Vor allem aber: Nie, wirklich nie nie nie würde er nicht an sein Handy gehen, wenn es eingeschaltet ist.

Es ist überflüssig, aber ich habe ihm eine Nachricht geschrieben. Ich habe sie abgesendet und beobachtet, wie diese Nachricht – *Wo bist du? Ist etwas passiert? Melde dich!!!* – irgendwo im elektronischen Weltall verschwand und dort stecken blieb, weil niemand sie abgerufen hat.

Ich wähle die 110.

»Mein Mann ist verschwunden«, sage ich. Und im selben Augenblick weiß ich schon, dass dieser Anruf keinen Sinn macht. Trotzdem erkläre ich. Dass Ben mit mir in den Laden gegangen ist, ganz sicher. Dass ich höchstens zehn Minuten in der Umkleide war. Dass ...

»Sie haben die 110 gewählt«, sagt die Stimme.

»Ja, natürlich«, sage ich.

Die Stimme am anderen Ende bittet mich, die Leitung

freizugeben. Sagt, dass sie nicht zuständig sind für Männer, die beim Einkaufsbummel verschwinden. Sagt, dass ich nach Hause gehen soll. Dass ich Bens Freunde und seine Familie anrufen soll. Dass die meisten Vermissten binnen 48 Stunden wieder auftauchen. Und dass Ben noch nicht mal ein Vermisster ist. Nur, weil er mal für eine Stunde nicht erreichbar ist. Dann wird die Stimme ungeduldig, und ich lege auf.

Es sind mittlerweile drei Stunden. Aber ich versuche, vernünftig zu sein. Erst bin ich panisch hin und her gerannt, die Straße hinauf und hinunter, habe Leute angehalten und Ladenbesitzer gefragt, dann habe ich mich auf eine Bank gesetzt, und da sitze ich noch und versuche nachzudenken.

Ich soll alle Freunde anrufen, hat man mir gesagt, und seine Familie. Bens Freunde und Familie anrufen … Die wissen ja gar nicht, was sie da vorschlagen. Dass das so nicht geht.

Der Kontakt zu Bens Freunden und Familie ist nicht eng, eher im Gegenteil.

Das hat verschiedene Gründe.

Wir wollen alleine sein, Ben und ich. Wir brauchen das. Man kann manche Dinge nicht mit anderen teilen.

Diesen Sonntag im August zum Beispiel.

Ich weiß noch, wie die Sonne brannte und wie es nach Sommer roch, nach vertrocknetem Gras und Wildblumen. Wir lagen bäuchlings auf einer Wiese und dösten. Ben hatte einen Grashalm genommen und ritzte damit weiße Striche auf meine braunen Arme, einen nach dem anderen.

»Was machst du da?«, fragte ich.

Und er sagte sehr leise: »Ich male Striche.«
»Wie ein Knacki an die Wand? Einen für jeden Tag?«
La cárcel.
Er schnaubte ein bisschen, das war wohl ein Lachen. Und sagte: »Wenn das hier ein Gefängnis ist, dann will ich drinbleiben.«

Wenn zwei glücklich sind, dann ist alles gut und schön, wenn sie zusammen sind. Es reicht, auf der Wiese zu liegen und zu spüren, wie die Sonne dich langsam verbrennt und wie ein Grashalm dich berührt. Ben ist trotz seiner schwarzen Haare so hell und empfindlich, und ich rieb ihn mit Sonnencreme ein, auch im Nacken, auch hinter den Ohren, auch an den Stellen, die Menschen, die nicht so sehr lieben, vermutlich vergessen. Ich weiß noch, dass ich mich gefragt habe, ob Flo ihn auch so gut eingecremt hat. Aber es war zu schön und zu heiß, um an Flo zu denken, und ich war kurz eingedöst. Als ich erwachte, spürte ich Bens Grashalm auf meinem nackten Rücken.

Er sah, dass ich die Augen aufgeschlagen hatte, und murmelte: »Es ist gut, dass du so braun bist.«

»Warum?«, fragte ich schläfrig.

»Weil ich sonst nicht so gut auf dir schreiben könnte. Falls ich mal eilig eine Nummer notieren muss und ich habe keinen Stift, dann brauche ich nur einen Halm oder einen Stock und ganz viel nackte Haut von dir.«

»Kannst du haben. Da hab ich ganz viel von.«

»Hmmm.« Seine Hand umschloss meine Pobacke.

»Und welche Nummer hast du gerade aufgeschrieben?«

»Gar keine. Deinen Namen. Der ist viel besser zu schreiben. Weil er nur aus geraden Strichen besteht. Gut, dass du nicht anders heißt.«

Ich weiß noch, was ich dachte in diesem Moment. Dass es besser wäre, wenn ich meinen Namen auf Ben schreiben würde. Damit er markiert ist.

Und dann hörte ich auf zu denken, weil ich die Sonne spürte, die brannte, und den Grashalm, der mich ritzte, sehr vorsichtig, sehr schön, irgendwie.

Ich werde alles genau so machen, wie die Polizei es mir gesagt hat, damit ich nachher, wenn ich wieder anrufe, sagen kann, dass ich alles richtig gemacht habe. Dann müssen sie mich ernst nehmen.

Aus Sicht der Polizei ist es ja vernünftig, dass sie nicht sofort allem nachgehen. Schließlich haben sie Erfahrung. Die wissen, dass meistens etwas anderes dahintersteckt, wenn ein Mann beim Einkaufen verschwindet. Dass ein spontaner Kneipenbesuch dahintersteckt oder ein Streit. So ist das ja auch bei den meisten Menschen.

Die von der Polizei können ja nicht wissen, dass es bei Ben anders ist. Sie kennen ihn ja nicht. Kennen uns nicht.

Ich drücke auf *anrufen* und lausche.

»Ja?«, sagt die Stimme. Sie klingt kühl und knapp.

Es ist die Stimme von Markus. Ich habe mich entschieden, mit Markus anzufangen, Bens bestem und ältestem Freund.

»Ich bin's, Nile«, sage ich.

Er wartet.

»Weißt du, wo Ben ist?«

»Bitte was?«

»Ben ist weg.«

Zwischen uns schwingt die Stille, dann sagt Markus: »Das ist jetzt nicht dein Ernst!«, und schon hat er aufgelegt.

»Markus, ich –«, sage ich noch, aber aus dem Hörer dringt nur Tuten.

Die Nummer von Bens Schwester habe ich auch eingespeichert.

Sie heißt Ute.

Leider geht nur der Anrufbeantworter ran, eine fröhliche Stimme verrät, dass Mila, Leon, Ute und Hans gerade nicht da sind. Es ist eine Kinderstimme, ob sie Mila oder Leon gehört, kann ich nicht identifizieren. Ich kenne die beiden nicht. Auch Ute kenne ich nur aus Erzählungen.

»Hier ist Nile, die Freundin von Ben«, sage ich. »Bitte melde dich, sobald es geht.« Dafür hinterlasse ich meine Nummer.

Ich rufe Bens Eltern an.

»Godak?«, sagt seine Mutter. Ich stelle mir vor, wie sie in ihrem großen Flur an der Truhe lehnt, auf der neben einer cremefarbenen Vase mit riesigem Bouquet aus künstlichen Blumen das Telefon steht. Wie ihre erstaunlich runzligen Hände mit den lackierten Nägeln das Telefon umklammert halten.

Ich war erst einmal dort, aber ich habe nichts vergessen von diesem Nachmittag. Auch nicht Ben, wie er sagte, dass sie ihn mal kreuzweise können. Dass er nichts mehr mit ihnen zu tun haben will, wenn sie sich so benehmen. Wenn sie mich so behandeln.

Ich habe auch das Geräusch nicht vergessen, mit dem die Tür ins Schloss gefallen ist, als wir gegangen sind.

»Hier ist Nile«, sage ich, und da legt sie auf.

Mein Herz hämmert.

Es sind seine Eltern. Er ist verschwunden. Das hier hat nichts mit mir zu tun.

Ich wähle noch einmal.

Es wird abgehoben, aber sie sagt nichts.

»Es geht um Ben«, sage ich. »Nur deswegen rufe ich an. Weil –«

Da schreit sie los. »Wenn Ben ein Problem hat, dann soll er mich anrufen!«

»Darum geht es ja. Das kann er nicht. Er ist verschwunden.«

Für einen Moment ist sie still. Dann sagt sie: »Wenn, dann bespreche ich das mit seiner Frau. Nicht mit Ihnen. Guten Tag.«

Und dann legt sie auf.

Sie hassen mich. Alle hassen mich. Sie hassen mich, weil Ben mich liebt.

Was hat die Polizei gesagt? Ich soll nach Hause gehen. Weil es sein kann, dass er dort auftaucht. Dass jemand anruft. Dass dort ein Hinweis auf mich wartet.

Deswegen bin ich jetzt hier. Und hier ist kein Ben, kein Anruf, kein Hinweis.

Nur unsere Wohnung, drei riesige Zimmer in einem halbwegs renovierten Altbau mit Stuck und zerschrammtem Parkett und einem niedlichen Erkerfenster, von dem man auf die dicht befahrene Straße sehen kann und auf den schönen grünen Baum, der ungerührt zwischen den Parkbuchten steht.

Eine Steinlinde, sagt Ben.

Ben weiß so was.

Als Erstes ziehe ich das Kleid aus, das ziemlich ramponiert aussieht. Mein Brautkleid. Ich hänge es an einem Bügel in den Flur. In Unterwäsche gehe ich in die Küche, um ein Glas Wasser zu trinken.

Ich habe mein Handy mehrmals aus- und wieder angestellt. Sogar beim Netzbetreiber habe ich mich erkundigt, ob mit dem Anschluss alles in Ordnung ist. Ja, ist es.

Ich habe Ben zahllose Nachrichten geschickt. Ich habe ihn angerufen, wieder und wieder. Inzwischen kommt nicht mal mehr ein Freizeichen. Sein Handy ist anscheinend aus, vielleicht ist der Akku leer. Er würde doch sein Handy nicht ausschalten? Niemals würde er das.

Es ist ein Uhr nachts, und Ben ist etwas Entsetzliches zugestoßen. Ich weiß das. Aber niemand sonst weiß es. Und niemand glaubt mir.

Vorhin habe ich nachgesehen, ob Bens Dienstwagen im Hof steht, und natürlich steht er dort, unbewegt. Mein Auto steht daneben. Mein Auto, das ich eigentlich gar nicht brauche, eigentlich wollte ich es längst abschaffen.

Auch die Wohnung ist unberührt. Aufgerissene Umschläge auf dem Sideboard im Flur, Krümel und Kaffeeränder auf dem Küchentisch, unser Bett zerwühlt und ungemacht, das Laken kalt. Alles wirkt genau so, wie ich es verlassen habe, um ihn von der Arbeit abzuholen.

Trotzdem schiebe ich die Türen unseres Kleiderschranks auf, sie gleiten geräuschlos beiseite, und ich denke daran, wie wir ihn zusammen aufgebaut haben, diesen Riesen von Schrank. Ein Zweipersonenschrank. Ein Pärchenschrank.

Bens Sachen hängen sauber auf ihren Bügeln. Hemden, Shirts, Jacken. Die Hosen liegen oben im Fach. Ich streiche mit dem Finger über die glatte Baumwolle seiner Hemdkragen. Nichts fehlt. Natürlich nicht.

Unsere Wohnung.

Nuestra casa.

Dass wir sie gefunden haben, grenzt an ein Wunder. Der

Wohnungsmarkt ist eigentlich eine Katastrophe, und noch dazu wollten wir unbedingt mitten in der Stadt wohnen. Aber zum Glück haben wir diesen Zettel in zittriger Schrift im Supermarkt gesehen, an der Pinnwand, an der Leute ihre ungenutzten Fitnessgeräte oder Nachhilfestunden anbieten.

Ben hat dort immer wieder nach Wohnungen geguckt, gegen meinen Protest. »Im 21. Jahrhundert bietet kein Mensch eine Wohnung über Zettel im Supermarkt an«, habe ich gesagt. Er hat widersprochen. »Es gibt Omas, die haben kein Internet und keinen Bock auf Makler, weil sie die moralisch verurteilen«, hat er behauptet.

So kamen wir auf die Wohnung. Die Oma entpuppte sich als Opa mit Gehhilfe und einem Dackel, der sich sofort an Bens Unterschenkel klammerte, um diesen zu begatten. »Na, du bist ja ein süßer kleiner Wuschelhund«, sagte Ben mit seinem durchtriebenen Vertriebler-Lachen. »Wie heißt du denn?« Der Hund hieß Mucki. »Hallo, Mucki«, sagte Ben und strahlte Mucki an. Muckis Herrchen strahlte zurück. Mucki umklammerte weiter Bens Unterschenkel und zuckte ungeniert vor und zurück.

Und damit hatten wir die Wohnung. Sie ist sehr groß und hell, das Schönste an ihr sind die riesigen alten Sprossenfenster und der Rest von Stuck im Wohnzimmer, auch die mit der Zeit dunkel angelaufenen Kronleuchter, die wir den Vormietern abgekauft haben. Ansonsten haben wir einfach nur meine Sachen auf die Räume verteilt und einen Kleiderschrank dazugekauft. Die Regale reichten nicht aus, aber wir haben trotzdem keine neuen geholt, sondern stapeln die überzähligen Bücher einfach auf dem zerschrammten Parkett an der Wohnzimmerwand. Ben hat fast nichts mitgenommen an Möbeln oder Kram, er sagte, er will das nicht. Darum ist viel Platz.

Anfangs hatte ich gedacht, dass wir zum Baumarkt fahren würden und streichen und bohren und räumen, unser Heim einrichten eben, so Dinge, aber Ben wollte das nicht. »Ich mag es, wie es ist«, hat er gesagt. »Ich will keine Energie mehr in Gebäude stecken, ich fühle mich am wohlsten, wenn wir alles einfach so lassen. Wenn wir überhaupt einfach immer alles lassen, wie es ist, und uns auf uns konzentrieren. Oder willst du unbedingt streichen? Ist dir das wichtig?«

Ich hatte mir farbige Wände vorgestellt, eine taubenblaue Wand im Wohnzimmer und eine Küche in Pastellgelb, aber ich verstand, was er meinte.

Ben kam aus dem Haus, das er mit Flo zusammen gekauft und gestaltet hatte, das »blaue Haus«, wie er es nannte, er hatte Möbel ausgesucht und Räume versetzen lassen, eine Terrasse verlegt und Stäbchenparkett, und all das hatte nichts genutzt, es hatte nicht zu dem Glück geführt, das es versprochen hatte, trotz all der Arbeit und der Zeit und dem Geld, das sie hineingesteckt hatten, und jetzt war das Haus für ihn ohnehin weg, zerronnen, es lag nur noch als zusätzliche Last auf seinen Schultern, zu der Schuld an der Trennung von seiner Frau summierte sich das Gewicht von Haus und Garten und Rasenmäher und Schuppen und Terrasse und jedem einzelnen Möbelstück und jedem einzelnen Nagel, das war insgesamt sehr viel an Gewicht, das da auf Ben lastete. Er sprach nicht darüber, aber ich wusste es trotzdem.

Und deswegen wollte Ben keine Bindung mehr zu Mauern und Möbeln. Nur zu mir.

Aber ich liebe die Wohnung. Ich glaube, es ist gut, dass wir ihr den zerschrammten Altstadt-Charme gelassen haben, dass wir ihr nicht unsere Persönlichkeit aufdrängen. Ich glaube, nur darum sind wir hier so glücklich.

Mir zieht ein Bild von heute Morgen durch den Kopf: Ben, wie er mit tropfenden Haaren aus dem Bad kommt, ein Handtuch um die Hüfte, frisch rasiert, ich, wie ich die vollen Kaffeebecher auf den Tisch stelle. Er drängt sich an mir vorbei zum Kühlschrank, nutzt die Gelegenheit, mir die Hand auf den Hintern zu legen, er öffnet die Kühlschranktür und murmelt: »Käse, wir müssen dringend mehr von diesem neuen Käse kaufen, der war phantastisch, oder?«

Und ich sage: »Den gibt es aber nur diese Woche, glaube ich, das war so eine Aktion.« Ich beuge mich vor, um ihm einen Rest Rasierschaum vom Hals zu schnippen.

Und er: »Was war das, ein baskischer? Ich werde ein ganzes Kilo davon kaufen müssen, mindestens.« Und dann setzt er sich, greift nach der Zeitung und sagt: »Der Sportteil, hast du den?«

Und ich antworte: »Nein. Aber da ist eine Spalte, die wird dir gefallen, ein Einbrecher hat sich im Haus geirrt, und dann ist alles schiefgegangen.«

Und er sagt: »Ja, das –«, aber dann verstummt er, denn er hat den Sportteil gefunden, und dann verstumme ich auch, und wir senken die Köpfe über die Zeitung, die Ben geholt hat. Und wir trinken den Kaffee, den ich gemacht habe. Und manchmal, zwischendurch, lächeln wir uns an, einfach so. Und es riecht nach Kaffee und die Zeitung raschelt und wir lächeln auch, wenn wir uns nicht ansehen, weil alles gut ist und so, wie es sein soll, und weil wir zusammen sind.

So glücklich sind wir in unserer Wohnung. So glücklich bin ich noch nie zuvor gewesen.

Und jetzt sitze ich hier, mitten in der Nacht, und verstehe nicht, warum ich plötzlich alleine bin.

Ich gehe in die Küche und lasse mich auf den Stuhl fallen. Zwei Gläser Wasser aus dem Kran, ein Stück von dem baskischen Käse, von dem Ben noch ein Kilo kaufen wollte, mindestens. Es sind auch noch Chips von gestern übrig, die esse ich auch. Ich muss essen. Ich darf nicht einfach aufhören zu essen, nur weil meine Kehle zugeschnürt ist.

Im Kühlschrank steht der Weißwein, den Ben gestern aufgemacht hat. Er macht immer Wein zum Abendessen auf, das kannte ich nicht, ich trinke sonst gar nicht viel Alkohol, aber für Ben ist das ganz normal. Er stellt beim Tischdecken automatisch Wein und Gläser hin, so wie manche Menschen automatisch Servietten decken. Zuerst war mir das fremd, dann habe ich mich daran gewöhnt, jetzt finde ich es schön. Auch, dass er mir immer zuprostet, unsere Gläser klirren, wir schauen uns an, und dabei muss er automatisch lächeln. Durch das Weintrinken bekommt so jede Mahlzeit etwas Rituelles. Und dieser Moment, wenn wir uns anschauen, das Glas in der Hand, das ist immer auch der Moment, wo ich genau sehe, dass er es nicht bereut, so viel aufgegeben zu haben, gar nicht, und dann möchte ich vor Glück heulen oder platzen, aber das tue ich nicht, ich sage dann nur leise »Prost«.

Es tut weh, die Weinflasche im Türfach des Kühlschranks zu sehen. Ich könnte ein Glas holen und mir einschenken, ist das nicht genau so eine Situation, in der man sich alleine betrinkt? An so einem Tag wie heute, einer Nacht sogar?

Aber ich tue es nicht. Wenn ich jetzt ein einsames Weinglas füllen würde, wenn ich es an die Lippen setzen würde, ohne das leise Klirren von Bens Glas, ohne Bens »Prost« und ohne Bens Blick auf mir, dann würde ich es wirklich tun, dann würde ich platzen und heulen, aber nicht vor Glück, und deswegen lasse ich es, denn ich darf nicht die Fassung verlieren, ich muss genau aufpassen, es gibt niemanden sonst, der das übernehmen kann, ich bin allein, jetzt und hier, und Ben ist auch allein, aber woanders, und darum muss ich aufpassen, denn er braucht mich.

Atme, Nile!

Atme! Alles, was du tun musst, ist atmen.

Dann wird alles gut. Ich muss mich nur zusammenreißen.

Das habe ich schon den ganzen Tag geschafft. Ich habe es ja sogar geschafft, bei den Leuten anzurufen, obwohl ich wusste, dass sie nicht mit mir sprechen wollen.

Aber auch sie sorgen sich um Ben, auf ihre Weise, genau damit rechtfertigen sie ja ihre Ablehnung, sie wollen nur das Beste für ihn, sie glauben, dass er eine falsche Entscheidung getroffen hat. Sein Verschwinden würde sie beunruhigen, oh ja! Aber so weit, das zu erklären, komme ich gar nicht, denn die Leute sitzen in einem anderen Film. Sie sind immer noch im Trennungsfilm von Ben und Flo. Sie gucken diesen Film schon seit eineinhalb Jahren, und vermutlich gucken sie ihn manchmal ganz gern, sie gucken ihn mit einer Mischung aus Grusel und Neugierde. Sie kauen Popcorn dabei und kapieren nicht, dass das, was sie da vor ihren Augen flimmern lassen, mit der Realität gar nichts zu tun hat.

So eine Trennung richtet natürlich Verheerungen an, nicht nur bei den unmittelbar Beteiligten, sondern auch im sozialen Umfeld. Ich verstehe, dass Bens Freunde und seine Familie einen Loyalitätskonflikt haben. Sie waren damals auf seiner Hochzeit, sie haben Ben und Flo viele Jahre als Paar erlebt, Zeit mit ihnen verbracht. Geburtstage gefeiert, Ausflüge gemacht, zu Abend gegessen. In ihren Alben kleben vermutlich haufenweise Schnappschüsse, die Ben und Flo als Paar zeigen.

Paare mögen andere Paare. Das ist ein Naturgesetz.

Paare haben Angst, wenn andere Paare sich trennen, das ist auch ein Naturgesetz. Und zwar, weil ihnen das vor Augen führt, dass es ganz schnell vorbei sein kann. Es sät Zweifel, die viele Paare nicht aushalten. Plötzlich fragen sie sich: Wie ist das denn bei uns? Bin ich glücklich? Ist mein Partner glücklich? Betrügt er mich? Oder denkt er daran? Wie oft denkt er daran? Wann ist es bei uns möglicherweise so weit?

Und damit sie sich mit diesen Fragen nicht befassen müssen, verteufeln Paare die Trennungen von anderen Paaren. Sie stellen sich in einem Kreis um die frisch Getrennten herum, zeigen mit dem Finger auf den vermeintlich Schuldigen und rufen im Chor: »Wie schrecklich! Wie böse! Wie kannst du nur!« Sie betonieren den einen in Schuld und baden den anderen in Mitleid. Und der dritte Mensch, der das Ganze offenbar mutwillig ausgelöst hat, ist ohnehin der Teufel.

Es ist absurd: Sie verteufeln und isolieren einen. Und dann finden sie es verdächtig, dass wir so viel allein sind.

Ich kann mich nicht wehren. Ich kann nur stillhalten.

Aber jetzt, wo Ben verschwunden ist, geht es nicht mehr darum, wie sie zu mir stehen, oder darum, wie sie zu Flo stehen, oder darum, wer von uns was falsch gemacht hat und wer worunter leidet. Jetzt herrscht eine vollkommen neue Situation, eine Notsituation, ein Problem, das gelöst werden muss. Jetzt muss Ben gefunden werden. Das werde ich ihnen begreiflich machen. Aber wie, wenn sie mich nicht ausreden lassen?

Es ist gleich halb zwei.

Es ist dunkel draußen. Ich bin todmüde und gleichzeitig aufgeregt, und ich habe Angst. Ich habe so schreckliche Angst.

Ich muss schlafen.

Morgen.

Morgen finde ich heraus, was passiert ist.

Ich erwache um sechs.

Geschlafen habe ich höchstens zwei Stunden. Das reicht.

Ich stehe auf und versuche, nicht auf die leere Stelle im Bett zu sehen. Nicht meine Hand dahin zu legen, wo sie sonst Ben berührt, so, wie ich es heute Nacht hundertmal getan habe, heute Nacht, als es mich würgte vor Angst.

Ich versuche, mich auf das Wesentliche zu konzentrieren, und das macht mich etwas ruhiger. Was ich weiß: dass er irgendwo ist. Das ist eine physikalische Tatsache.

Niemand löst sich in Luft auf. Das gibt es nicht.

Also: Irgendwo ist er. Ich muss nur herausfinden, wo.

Es kann sein, dass er ganz in der Nähe ist. Vielleicht bin ich gestern an ihm vorbeigelaufen. Vielleicht waren nur ein oder zwei Meter und eine Mauer zwischen uns.

Als ich gemerkt habe, dass ich eh nicht schlafen kann, ist mir die Idee mit dem Handy gekommen. Ich wollte es orten lassen. Theoretisch geht das. Es gibt eine App für den Fall, dass man sein Handy verliert. Ich habe beim 24-Stunden-Kundenservice angerufen, und die haben mir lang und breit erklärt, dass die App auch bei Ben installiert sein müsste. Wenn er wieder da ist, müssen wir das unbedingt nachholen, damit uns so was nicht noch einmal passiert. Doch jetzt kann ich Ben weder orten noch seine gewählten Verbindungen einsehen. Zumal sein Handy ja mittlerweile aus zu sein scheint. Und mit leerem Akku geht sowieso gar nichts.

Es macht mich fast wahnsinnig, mein stummes Handy anzusehen. Es ist mit Bens verbunden, ich habe seine Nummer, irgendwo ist sein Handy, aber der Kontakt lässt sich nicht herstellen. Etwas in mir dreht sich im Kreis.

Vor einigen Monaten habe ich meinen Haustürschlüssel verloren und habe verzweifelt danach gesucht. In zwei Stunden habe ich etwa vierzigmal den Impuls gehabt, ihn anzurufen, immer für eine Sekunde hielt ich das für eine gute Idee, bis mir dann einfiel, dass man einen Haustürschlüssel nicht anrufen kann.

So ähnlich ist das jetzt mit Bens Handy. Und das provoziert eine Endlosschleife der Vergeblichkeit in meinem Kopf.

Die Küche sieht komisch aus. Leer. Verwaist. Nicht so, wie sie sonst aussieht, wenn Ben nicht da ist, denn dann ist er bei der Arbeit oder er kauft ein oder er ist auf Dienstreise oder er ist beim Zahnarzt oder er bringt Altglas weg, die Weinflaschen, die er zum Abendessen für uns entkorkt hat.

Die Küche scheint den Unterschied zu kennen.

Ich muss mich konzentrieren. Nein, ich muss etwas machen.

Ich fülle den Kaffeebecher mit Wasser, trinke ihn aus. Ich ziehe meine Schuhe an, stecke mein vollständig aufgeladenes Handy in die Hosentasche und gehe los.

Der Laden muss der Ausgangspunkt sein.

Er sieht am Morgen irgendwie anders aus.

Zum ersten Mal registriere ich das Ladenschild, »Chloes« heißt der Laden, weiße Schnörkelschrift, die auf den Scheiben prangt und auf dem Schild, »Chloes«, ohne Apostroph. Durch das Schaufenster sehe ich, was wir gestern zusammen gesehen haben, Ben und ich, ich sehe ein einzelnes graues Kleid an einer kopflosen Schaufensterpuppe, ein wunderbares Kleid, mein Kleid, das richtige Brautkleid für die Frau, die sonst keine Kleider trägt.

Ein Kleid, dessen Zwilling zerrupft, verschwitzt und traurig in unserer Wohnung auf seinem Bügel hängt.

Jeder Raum sieht anders aus, wenn man ihn erst einmal komplett durchschritten hat. Das war schon immer etwas, was mich irritiert hat: wie stark sich Räume verändern. Wenn ich ein Geschäft oder ein Café das erste Mal betrete, habe ich einen ziemlich deutlichen Eindruck davon. Beim zweiten Besuch ist der Eindruck ein anderer. Das ist auch hier so. Liegt es daran, dass ich jetzt weiß, dass der Laden sich viel weiter nach hinten zieht, als man vom Eingang aus sehen kann? Ergänzt das Gehirn, was das Auge nicht sieht?

Ich rüttle an der Ladentür. Sie ist verschlossen. Ein Schild verrät, dass sich das erst ab 11 Uhr ändern wird.

Im Innern des Ladens ist aber Licht. Ich drücke meine Nase an die Scheibe. Im hinteren Teil des Raumes ist eine Bewegung zu erkennen. Ich klopfe.

Keine Reaktion.

»Hallo!«, rufe ich und klopfe erneut.

Nichts.

Ich setze mich vor den Laden in den Hauseingang. Bestimmt haben hier Hunde hingepisst. Ich ziehe mein Handy aus der Tasche. Routinecheck. Negativ.

Ich sehe auf die Uhr. Jetzt sind es fast 19 Stunden.

19 Stunden ohne Ben.

Irgendwo ist er. Er atmet, er spricht.

Er lebt. Er ruft förmlich nach mir. Er wartet, ich spüre das einfach. Das ist nicht esoterisch. »Das ist unser Draht«, sagt Ben immer. Unsere spezielle Verbindung.

Dass ich weiß, wie es ihm geht. Was er als Nächstes sagt. Wo ich ihn berühren muss. Wann er Hunger bekommt, wann sein Schlüssel sich im Schloss dreht, wann er vor Lust schreit. All das weiß ich so genau, als würde es mir diktiert.

Und ebenso sicher weiß ich, dass er lebt und auf mich wartet.

Ich stehe auf, klopfe erneut an die Scheibe. Nichts.

Schräg gegenüber ist diese Bäckerei. Ich hole mir zwei Tassen Kaffee und setze mich vor das Fenster, sodass ich den Eingang im Blick habe. Gerade, als ich die Tassen vor mir abstelle, klingelt mein Handy, und ich greife so hastig danach, dass ich an eine der Tassen stoße und heißer Kaffee meine Hand verbrennt und den Tisch flutet.

Es ist nur ein Kunde. Wahrscheinlich will er fragen, wo der Geschäftsbericht bleibt. Ich drücke ihn weg.

Ich arbeite als freiberufliche Übersetzerin. Spanisch-Deutsch, selten Deutsch-Spanisch. Die Sache mit meinem Beruf ist ähnlich missverständlich wie die mit meinem Namen.

Missverständnis Nummer eins: Übersetzen heißt nicht Dolmetschen.

Missverständnis Nummer zwei: Übersetzen heißt nicht Literaturübersetzen.

Missverständnis Nummer drei ist schwieriger, es betrifft meine Motivation. Wenn Leute hören, dass ich Spanisch studiert habe, strahlen sie und fragen interessiert nach meinen Auslandsaufenthalten und Urlauben, was nur kurz kaschiert, dass sie eigentlich über ihre eigenen Auslandsaufenthalte und Urlaube reden wollen.

Um die Sache abzukürzen, sage ich dann immer, dass bei mir keine Liebe zu Land und Kultur dahintersteht, sondern nur Interesse an der Sprache. Dann sagen die Leute immer: »Aber das kann man doch nicht trennen!« Oder sie sagen: »Oh, wie schade!« Sie halten mich für eine Technokratin oder Langweilerin und lassen vom Thema ab. Manche denken dann auch, ich sei sehr intellektuell oder eine verkappte Literatin.

Dabei ist das, was ich da sage, gar nicht die Wahrheit. Die Wahrheit ist, dass man ja irgendetwas studieren und irgendeine Arbeit machen muss. Und ich mache eine, bei der ich meine Ruhe habe und weder reden noch mich bewegen muss.

Darum übersetze ich auch Gebrauchsanweisungen und Prospekte und PR-Texte, manchmal korrigiere ich Geschäftsberichte. Nichts davon ist wirklich schwierig, nichts davon ist wirklich wichtig und nichts davon ist wirklich eilig, zumindest nicht in meiner Preisklasse. Ich arbeite nur für Direktkunden, und die machen nicht den Druck, den eine Agentur machen würde.

Du kannst doch viel mehr, sagt Ben immer. Das sagt er nicht, weil er findet, dass ich zu wenig verdiene. Womit er recht hätte. Das sagt er, weil er denkt, dass man etwas von sich fordern muss. Dass man sich interessieren soll für das, was man tut. Ben ist mit Leib und Seele Vertriebler. Er versteht nicht, worum es mir geht.

Dass ich an meinem Job gerade mag, dass er langweilig und anspruchslos ist. Das beruhigt mich.

Keine Firma geht pleite, wenn die spanische Version der Homepage einen Tag später online geht. Darum ist es auch nicht schlimm, wenn ich heute nicht erreichbar bin.

Ich kann mich auf das konzentrieren, was jetzt wichtig ist. *Los hechos.* Die Fakten.

Ich brauche viel Kaffee. Denn ich muss die Fakten sortieren.

Die Fakten lauten:

Ben ist weg.

Er geht nicht an sein Handy.

Er hat mich nicht benachrichtigt.

Er ist in keines der umliegenden Krankenhäuser eingeliefert worden, auch kein anderer Mann zwischen zwanzig und fünfzig, nicht in den letzten 24 Stunden. Das habe ich heute Nacht überprüft.

Das alles lässt nur einen Schluss zu: Er ist entführt worden. Aber es hat sich auch niemand gemeldet und irgendwas gefordert, Geld oder – keine Ahnung, was. Er kann kein zufälliges Opfer sein, niemand entführt einfach so einen Mann, der gerade in einem Geschäft für exklusive Damenmode sitzt. Da steckt etwas Gezieltes hinter. Jemand, der etwas Bestimmtes von ihm will. Oder von mir.

Und da kommt für mich nur ein einziger Mensch in Frage, der Mensch, der Ben und mir schon so viel Kummer gemacht hat und von dem wir dachten, wir seien ihn endlich los: Flo. Seine Exfrau.

Sie hat die ganze Zeit noch auf ungesunde Weise an ihm gehangen, aber jetzt ist es so weit, jetzt steht die Scheidung unmittelbar bevor. Also – streng genommen ist sie noch seine Frau.

Nachdem Flo zähneknirschend begriffen hat, dass die Trennung unwiderruflich ist, hat sie plötzlich ganz kooperativ getan. Ben hat das dankbar angenommen, ich habe es mit Misstrauen betrachtet, aber nichts gesagt. Die beiden haben teils mit Mediation, teils mit Anwälten ihre Verhältnisse geregelt, was, davon bin ich überzeugt, eher zu Flos als zu Bens Vorteil ausgefallen ist. Und darum ging es dann doch überraschend schnell, alles, und plötzlich stand der Scheidungstermin, ein Tag, der endlich einen Schlussstrich ziehen sollte. Ein Tag, nach dem Ben und ich frei wären. Klar, ganz logisch ist das nicht, weswegen ein formaler Akt eine solche Befreiung sein sollte, aber uns kam es so vor, wir sehnten diesen Termin so sehr herbei. Die Scheidung trennt die Zeit in ein Davor und ein Danach. Die Scheidung ist das Letzte, was noch überstanden werden muss im langen, zähen Verlauf dieser Trennung. Ist es so, dass ich die ganze Zeit ein ungutes Gefühl hatte, ein Gefühl, als ob noch etwas geschehen, noch nicht alles ausgestanden, als ob noch etwas dazwischenkommen könnte?

Keine Ahnung. Aber jetzt ist definitiv etwas dazwischengekommen.

Mehr weiß ich nicht. Ich habe keine Ahnung, was sich in Flo abspielt. Vielleicht hat der immer näher rückende Termin ihre scheinbar vernünftige Haltung zum Einsturz gebracht, vielleicht ist bei ihr alles erneut umgeschlagen in Wut und Hass.

War diese Entführung geplant? Und worum geht es? Darum, die Scheidung zu verhindern? Aber selbst wenn, was hat sie mit Ben gemacht? Und was soll ihr das bringen?

Sie kann ihn nicht mit Gewalt zwingen, zu ihr zurückzukommen.

Oder war es eine spontane, irrationale Handlung, ein reflexartiger, animalischer Ausbruch? Ich weiß ja, zu welch drastischen Mitteln sie schon gegriffen hat. Ist sie zufällig vorbeigekommen? Hat ihn durch das Schaufenster gesehen? Für einen Augenblick sehe ich die Szene vor mir – Flo, wie sie durch die Stadt flaniert, ihren Blick schweifen lässt, und plötzlich, durch die Scheibe, sieht sie ihn. Ben. Den Mann, der sie verlassen hat. Den Mann, den sie liebt. Von dem sie nicht lassen kann. Und er sitzt da in einer sehr teuren Boutique und wartet offenbar auf mich, auf die Neue. Ist sie da durchgedreht? Ist sie hinein und hat ihn rausgeprügelt? Aber – hätte sie das geschafft? Lautlos, ohne dass ich in der Umkleidekabine etwas davon mitbekommen hätte? Wohl kaum. Das macht keinen Sinn.

Aber was macht denn überhaupt Sinn?

Ich stelle mir erneut die Situation vor. Ihn, wie er dort sitzt auf dem Sessel, entweder lässig mit einer Zeitschrift oder vornübergebeugt mit seinem Handy spielend. Und sie. Wie sie ihn durch das Schaufenster erspäht. Lauernd verharrt, ehe sie entschieden hat, was sie tut. Wie sie sich anpirscht. Wie die Ladenglocke bimmelt, als sie eintritt. Ich hätte das hören müssen in der Umkleide. Hat die Ladenglocke gebimmelt? Ich glaube nicht. Aber vielleicht habe ich es auch einfach nicht gehört. Was wäre passiert? Wie hätte er reagiert?

Vielleicht hat sie ihn herausgewunken. Es kann sein, dass er zu ihr auf die Straße gegangen wäre, um keine Szene zu provozieren. Um zu verhindern, dass wir uns sehen, dass er neut gekreischt und gedroht und geweint wird. Er hat mir ja immerhin versprochen, dass damit jetzt Schluss ist. Aber wenn es so gewesen ist – was ist danach auf der Straße geschehen? Warum ist er nicht wieder reingekommen?

Es ist nicht wirklich plausibel. Nichts von allem, was ich denke, ist plausibel.

Aber eines steht fest: Freiwillig wäre Ben niemals gegangen. Also hat ihn jemand gezwungen.

Und Flo ist die Einzige, die mir einfällt. Sie liebt ihn. Sie hasst mich. Sie würde alles tun, um unsere Hochzeit zu verhindern. Und die Scheidung.

Sie wird nicht mit mir reden wollen, natürlich nicht. Sie wird mir die Tür vor der Nase zuschlagen. Vielleicht wird sie schreien. Vielleicht wird sie Dinge nach mir werfen.

Nein, um nichts in der Welt wird sie mit mir reden wollen, aber ich muss es versuchen, ich muss sie überzeugen, notfalls mit Gewalt.

Sie ist bestimmt zu Hause, denn von dort aus arbeitet sie, sie hat ein Büro oben im Dachgeschoss ausgebaut, das hat Ben mir erzählt. Dort sitzt sie und entwirft irgendwelches Zeug. Sie ist Produktdesignerin, ich habe sie gegoogelt, damit ich Ben nicht fragen muss. Auf ihrer Homepage sieht sie gleichermaßen attraktiv und kompetent aus, eine wahnsinnig gut gekleidete Frau mit kunstvoll umschatteten strahlend blauen Augen, schmale goldene Armreifen an zarten Handgelenken, eine, die Stil und Klasse ausstrahlt und gleichzeitig künstlerisch wirkt. Sie waren zu viel für mich, diese Bilder, ich habe sie nie mehr angesehen. Die Male, als ich Flo in der Realität getroffen habe, waren so stressig, kurze Blitzlichter voller Geschrei und Durcheinander, dass ich kaum gewagt habe, sie genauer zu betrachten. Ich werde auch jetzt nicht wagen, sie anzusehen.

Aber wie soll ich dann mit ihr reden?

Mir ist ein bisschen schlecht, aber vielleicht liegt das am Kaffee. Ich starre auf die beiden leeren Becher, die vor mir auf dem Tablett stehen.

Es hilft nichts. Ich muss zu ihr.

Zu wem soll ich sonst?

Ich werde all meinen Mut zusammennehmen und sie aufsuchen. Sie bitten, mir zu verraten, wo Ben ist. Das ist ein idiotischer Plan, es ist ein Witz von einem Plan, nein, es ist gar kein Plan, aber was soll ich machen? Mir fällt nichts anderes ein.

Ich könnte sie zunächst ganz demütig um ihre Hilfe bitten. Angenommen, sie hat tatsächlich nichts mit seinem Verschwinden zu tun, dann wäre sie vermutlich die einzige Person, die mir weiterhelfen kann. Ich kenne Ben in- und auswendig, ich weiß jeden einzelnen Gedanken und jede Regung, ganz bestimmt ist das so, aber sie kannte ihn vor mir. Vielleicht liegt der Grund für sein Verschwinden in der Zeit seiner Ehe mit Flo.

Und wenn sie doch etwas damit zu tun hat, was natürlich viel wahrscheinlicher ist, dann kann ich mich ihr unter dem Vorwand nähern, ihre Hilfe zu brauchen. Und beobachten, wie sie reagiert. Mich umsehen in ihrem Haus.

Ja, das ist gut.

Allerdings bin ich die Frau, die ihr den Mann weggenommen hat.

Und die sie deswegen töten wollte.

Ich hatte mich nach einem halben Jahr so sehr an das Chinarestaurant gewöhnt, dass ich mich dort irgendwann richtig heimisch fühlte. Ben war viel auf Dienstreisen, und oft fuhr ich in die Städte, in denen er arbeitete, während seine Frau zu Hause saß und nichts ahnte. Meinen Laptop nahm ich mit, schließlich konnte ich überall arbeiten. Und auch in diesen Städten gab es immer ein Chinarestaurant, in dem ich wartete und Rundbriefe übersetzte, bis er kam und wir erst zu Abend aßen und dann ins Hotel gingen.

Die Restaurants ähnelten einander auf beruhigende Weise. Sie wurden unser Wohnzimmer. Billige rote Papierlaternen, Fische, die in Aquarien stumm blubbernd um uns herumschwebten, dunkelgrüne Dschungelpflanzen aus Plastik, lauter vergoldeter Schnickschnack, winkende Glückskatzen. Die bunten Papierschirmchen auf dem Eis, das wir als Nachtisch bestellten, obwohl ich meins immer zu essen vergaß, sodass es vor sich hin schmolz, bis das Schirmchen in Zeitlupe umkippte und versank in einer Lache aus Grün oder Gelb oder Rosa.

Das war irgendwie unser Zuhause.

Dabei mag ich kein chinesisches Essen. Aber ich esse in Restaurants eh nicht viel, und wenn ich frisch verliebt bin, kann ich fast gar nichts essen. Also pickte ich nur im Reis herum. Ich trank Saft und hielt seine Hand, und er aß Kung Bao und hielt meine. Wir redeten leise und verschwörerisch miteinander, so, wie es verbotene, leidende Paare tun. Da war immer eine dunkle Mischung aus Traurigkeit und Erregung zwischen uns, die Angst vor Entdeckung, das Wissen, dass es so nicht ewig weitergehen konnte, die Unsicherheit dessen, was danach auf uns wartete.

Auch die Fische in ihren dickwandigen Wassergefängnissen sahen traurig aus. Sie waren unsere stummen Wächter, unsere einzigen Zeugen. Niemand außer ihnen durfte von uns wissen. Das Wasser schluckte unsere gehauchten Gespräche. Wir duckten uns hinter dem Aquarium. Wir waren in Sicherheit vor fremden Blicken. Vor Entdeckung. Vor dem Skandal. Auch wenn ich mir heimlich wünschte, entdeckt zu werden.

Manchmal stellte ich mir vor, wie jemand hinter dem Aquarium auftauchte und Bens Namen rief. Auf uns zumarschierte, mit dem Finger auf mich zeigte und fragte: »Wer ist das? Und wo ist Flo?« Und dass dann alles rauskommen würde.

Aber so etwas passierte nie. Wir waren immer allein. Und das fand ich natürlich auch schön, gerade das war ja das Absurde: dass ich unsere Zweisamkeit so sehr genoss und deswegen die Ausweglosigkeit der Situation klaglos akzeptierte.

Wir waren irgendwie melancholisch an dem Abend. Ich glaube, das war so eine selbstverliebte Traurigkeit, die unsere Gefühle füreinander noch verstärkte. Wir waren verliebt in unsere geheime Liebe. Ben erzählte eine lange verwickelte Geschichte. Von seiner ersten Freundin, der, mit der er vor dem Abitur zusammen gewesen war. Und dann kam Karneval, und er knutschte mit dieser Meerjungfrau, den ganzen Abend. Er wusste ihren Namen nicht, sie hatte grüne Glitzerschminke im Gesicht und einen langen Fischschwanz und eine Perücke. Und irgendwann war sie weg, und er wusste weder ihren Namen noch ihre Nummer. Dafür stand auf einmal seine Freundin vor ihm. Er machte sofort Schluss, weil er etwas begriffen hatte an diesem Karnevalsabend, ohne genau zu wissen, was. Und er konnte nicht aufhören, an die Meerjungfrau zu denken und sich zu fragen, ob sie die Eine hätte sein können. Das ging viele Jahre so. Bis er Flo kennenlernte. An dieser Stelle hörte Ben mit seiner Erzählung auf und legte seine Fingerspitzen zwischen meine Finger.

»Was machst du da?«, fragte ich.

Er zog ein bisschen die Nase hoch und wandte seinen

Blick ab. »Ich lege meine Finger dahin, wo deine Schwimmhäute wären, wenn du welche hättest.«

Ein riesiger Goldfisch stieß an die Glasscheibe, als wollte er mich freundlich anstupsen. »Und was heißt das?«, fragte ich.

»Guck doch«, sagte er und starrte weiter auf unsere Hände.

Ich guckte.

Unsere Finger nebeneinander, wie die hellen und dunklen Tasten eines Klaviers. Meine kurz und dunkel, seine lang und hell.

»Passt genau«, flüsterte er.

»Ich hab früher oft an diese Meerjungfrau gedacht. Daran, dass ich sie nie wiedersehen würde. Dass sie nur eine Nacht an Land gewesen ist und dass ich das nicht begriffen habe. Ich dachte, ich hätte noch alle Zeit und alle Gelegenheiten.«

Ich sagte nichts.

»Eigentlich ein blöder Gedanke. Viel zu romantisch. Dass es die Eine gibt, die genau zu mir passt.«

Und dann sagte ich doch etwas. Ich sagte: »So wie ich?«

Er nickte.

Ich wartete.

»Und darum ist es so unglaublich, dass mir das passiert. Ich muss damit vorsichtig umgehen. Verantwortungsvoll.«

▌Ich hasse das Wort Verantwortung.

Das ist ein Wort, das für die Ehefrau reserviert ist.

Man weiß aus Filmen und Büchern: Verantwortung haben die Männer gegenüber ihren Ehefrauen und Kindern. Nie gegenüber der Geliebten. Zum Glück haben Ben und Flo keine Kinder. Sie wollten welche, aber es hat nicht geklappt, was jetzt natürlich alles einfacher macht. Anfangs dachte ich, dass es deswegen ganz leicht für ihn sein würde, sich von Flo zu trennen und zu mir zu kommen. Aber das war ein Irrtum.

Er fing schon bald an, von seiner Verantwortung für Flo zu sprechen. Davon, sie nicht verletzen zu wollen. Ich wusste, dass er mich liebte, aber irgendetwas hielt ihn dennoch zurück.

Verantwortung.

Ich hätte bis zu diesem Abend nicht geglaubt, dass ein solches Wort gewendet werden kann wie ein Bettbezug. Dass es sein Gegenteil bedeuten kann. Dass aus einem Urteil eine Chance werden kann. Aus einem Gefängnis eine Zuflucht. Aus einem Verbot eine Einladung.

Aber an diesem Abend war es so. Der Goldfisch stupste mitfühlend an die Scheibe, im trüben Wasser um ihn herum taumelten goldene Schuppen und Futterreste und grüne Fetzen von Wasserpest. Vor mir schmolz ein Erdbeereis, daneben lag das orangefarbene Papierschirmchen, das ich mit unruhigen Händen in seine Bestandteile zerpflückt hatte.

Und er sagte: »Ich muss auch für uns Verantwortung übernehmen, Nile. Für dich und mich. Ich sage Flo, dass ich zu dir will. Ich sage es ihr noch heute Abend.«

Das ist jetzt fast fünfzehn Monate her.

Flo ist natürlich nicht ihr voller Name.

Ich möchte eigentlich gar nicht »Flo« sagen oder denken, wenn ich über sie spreche oder nachdenke, das klingt zu persönlich, geradezu intim, und so sind wir nicht miteinander, natürlich nicht. Im Prinzip kennen wir uns gar nicht, wir lieben nur denselben Mann. Und wir hassen einander deswegen, wir hassen einander, ohne uns zu kennen.

Trotzdem sage ich »Flo«. Ben hat von ihr als »Flo« gesprochen, als sie noch zusammen waren. Vier Wochen, nachdem wir das erste Mal miteinander geschlafen hatten, hörte er damit auf. Danach sagte er »meine Frau«. Und seit diesem Tag im März, dem Abend im Chinarestaurant, sagt er »meine Ex«. Und ganz bald wird er »meine Exfrau« sagen.

Eigentlich heißt sie Florence. Das sagt er noch manchmal, wenn er sie vor anderen erwähnt. Nicht mehr »Flo«, nur »Florence«. Ich habe es ein einziges Mal ausgesprochen und mir augenblicklich die Zunge daran verbrannt. Ich habe das Französische nie gemocht, es ist eine Sprache ohne Rhythmus, oder mit dem falschen Rhythmus, falsch für mich jedenfalls.

Florence.

Bei dem Namen habe ich das beschämende Gefühl, dass ich ihn ungeschickt betone und dass das irgendwie etwas ist, was meine Unterlegenheit verrät. Meine Unterlegenheit gegenüber der witzigen, selbstbewussten, erfolgreichen Florence. Deswegen heißt sie für mich »Flo«. Nicht, weil sie mir nahesteht. Sondern, weil ich mir damit souveräner vorkomme.

»Flo«, das ist für mich eine bewusste Verstümmelung, um sie kleiner zu machen, als sie ist. Um unsere Unterschiede irgendwie in ein günstigeres Verhältnis zu bringen. Die schlanke, hochgewachsene, elegante Designerin und die kräftige kleine Übersetzerin von Gebrauchsanweisungen und Speisekarten.

Die blonde Ehefrau und die dunkle Geliebte.

Vergleiche mit früheren Partnern sind der Kompost, auf dem Misstrauen und Verlassensängste wuchern, das Beet, wo Selbstzweifel und Komplexe blühen und dabei gigantische, surreale Früchte hervorbringen, die mit schier unerträglichem Gestank langsam verwesen und dann erst ihre giftigen Samen freigeben, aus denen in Rekordzeit tausend neue Zweifel sprießen.

Klar interessierte mich Bens Ehe ganz besonders. Doch nach und nach begriff ich, dass es darauf gar nicht ankam.

Nicht bei uns.

Dass es bei uns um etwas ganz anderes ging. Dass jeder Blick in die Vergangenheit uns nur die Sicht darauf trübte.

Manchmal, einmal im Leben vermutlich nur, da triffst du jemanden, und die Luft zwischen euch zischt und funkelt. Der Boden bebt. Und du weißt: Das ist es. Das ist das, worauf du immer gewartet hast. Der, den du festhalten musst und nie mehr loslassen wirst und der dich nie loslassen wird.

So war das bei uns.

Die Art von Begegnung, die die Vergangenheit einfach verdampfen lässt. Klar ist das doof für die Frau, die zu dieser Vergangenheit gehört. Die erkennen muss, dass sie zu einem Rest zusammenschrumpft, der entbehrlich ist und vergessen und vorbei.

Und darum tat Flo alles, was in ihrer Macht stand, um noch irgendeine Rolle zu spielen. Sich sichtbar zu machen. Uns wehzutun.

Sie tat alles.

Einfach alles.

Todo.

Das muss etwa zwei Monate, nachdem er sie verlassen hatte, gewesen sein.

Ich tauchte einen Waschlappen in Essigwasser. So behandelt man ein blaues Auge, das hatte ich gegoogelt. Wobei Bens Auge inzwischen eher lila als blau war, das Unterlid so geschwollen, dass man durch einen schmalen Schlitz ein bisschen Weiß und einen erschreckt zuckenden Teil seiner braunen Iris sehen könnte.

»Ich kann nicht fassen, dass sie das getan hat«, sagte ich.

Er sagte nichts.

»Du darfst das nicht zulassen. Was muss denn noch geschehen?«

»Du verstehst das nicht«, sagte er. Und etwas in mir erstarrte.

Denn in seiner Stimme lag etwas, das ich nicht kannte. Etwas Neues. Es war nur eine Nuance, eine winzige Abweichung vom gewohnten Tonfall, und doch nahm ich es übergenau wahr, diese Schliere, die die Atmosphäre zwischen uns verdunkelte. Da war Distanz. Ablehnung. Und das nach allem, was geschehen war. War das etwa nicht schlimm genug? Reichte es nicht, dass er hier lag mit einem blauen Auge? War das nicht der endgültige Beweis dafür, dass sein Kuschelkurs mit Flo der absolut falscheste aller Wege war, dass es niemals aufhören würde, wenn er nicht ein für alle Mal seine Haltung änderte, ihrem Wahnsinn ein Ende machte? Wie konnte es sein, dass er das nicht verstand? Dass er aber dachte, dass ich ihn nicht verstand?

Ich bekam Angst. Ich hob die Hand mit dem Waschlappen, sie zitterte. Vorsichtig betupfte ich seine Augenhöhle, halb in der Erwartung, dass er nach meinem Arm greifen und ihn wegstoßen würde.

Als ich sprach, war ich ganz ruhig. »Ich muss das auch nicht verstehen. Ich weiß nur, dass so was nicht passieren soll.« Ich spürte, wie mir Tränen in die Augen stiegen. Sein Auge sah aus, als ob es schrecklich schmerzte. Es tat mir selbst körperlich weh, ihn so zu sehen, ich spürte seinen Schmerz überall in mir.

Er schloss für einen Moment die Augen. Jetzt sah ich die violett schimmernde Schwellung, die seine Wimpern zerquetschte, sodass nur noch die Spitzen hervorschauten wie winzige Grashalme.

»Du hättest nicht zu ihr fahren dürfen«, sagte ich, immer noch ganz ruhig. »Das habe ich dir doch gleich gesagt. Dass das nicht gut geht. Dass ihr keinen Kontakt mehr haben dürft.« Eigentlich wollte ich wütend sein, aber das konnte ich nicht, wenn er so litt.

Er schwieg. Die Spitzen seiner Wimpern zitterten, das Violett drumherum zitterte mit.

»Abstand«, sagte ich. Meine Stimme klang ganz hohl

und leer. »Kein Kontakt. Das ist das Beste, auch für sie. Gerade für sie. Du tust auch ihr einen Gefallen. Vor allem ihr.«

Er sagte immer noch nichts. Ich sah die Schmerzen, die er litt, sie zogen über sein Gesicht, so wie die Schatten von Wolken manchmal über die Straßen huschen, und dann zogen sie auch über mich.

»Es ist natürlich alles schwer für sie«, sagte ich. »Aber wie soll sie sich von dir lösen, wenn ihr immer noch Kontakt habt? Bitte, Ben. So geht das doch nicht weiter!« Jetzt flüsterte ich. Beugte mich vor und pustete auf sein violettes Auge, ganz zart. Morgen früh würde man vor lauter Schwellung das Auge nicht sehen können, und er würde damit erst recht nichts sehen können. Er würde einäugig sein, ein Zyklop. Ich flüsterte, noch leiser als zuvor: »Das darf nicht mehr passieren.«

»Es wird auch nicht mehr passieren«, sagte er und griff nach meiner Hand, sehr hastig griff er danach, und er drückte sie sehr, sehr fest.

Das war ein Versprechen. Und ich war mir sicher, er würde es halten, diesmal ja.

Ganz sicher.

Todsicher.

Sie hat gesagt, dass sie mich umbringt. Das war nach der Sache mit Bens Auge. Als er sich endlich entschloss, den Kontakt zu ihr abzubrechen.

Seitdem haben sich unsere Wege nicht mehr gekreuzt. Ben hat das gemeinsame Haus nie mehr betreten.

Das blaue Haus, dem ein Stein fehlt, von dem niemand weiß.

Ich habe es mir manchmal angesehen, von außen. Heimlich nur. Ich habe es noch nie betreten.
Bis heute.
Ich stehe vor ihrer Tür.
Und drücke die Klingel.

Als ich das blaue Haus das erste Mal sah, war es Mittag, zwei Uhr, und die Sonne schien, also war es eigentlich viel zu warm für eine Jacke. Aber ich trug Bens dunkelgrüne Kapuzenjacke wie einen Tarnmantel. Ich hatte mir auf der Karte genau angeguckt, wo ich hinmusste. Ich hatte Kopfhörer in den Ohren, um mit Musik meinen Herzschlag übertönen und mich abschirmen zu können für den Fall, dass jemand mich bemerkte.

»He! Sie da! Was machen Sie? Warum stehen Sie vor diesem Haus? Was wollen Sie von Ben? Lassen Sie Flo in Ruhe!«

So ungefähr lauteten meine vagen Vorstellungen von dem, was Menschen sagen würden, wenn ich vor dem Haus stand, dem Haus, in dem Ben und Flo gemeinsam wohnten.

Tatsächlich geschah natürlich nichts. Oder doch? Eine Geliebte sah das erste Mal das Haus, in dem ihr Liebhaber mit seiner rechtmäßigen Ehefrau lebte. Das war alles. Und das war nichts.

Das Haus lag am Ende einer ruhigen Straße hinter einem

Zaun aus Latten, die so bleich waren wie Treibholz. Gras und Klatschmohn wucherten wild anstelle eines geordneten Vorgartens, und um das Haus herum zog sich ein dichter Kranz blühender Büsche. Ich kenne mich nicht aus mit Pflanzen, aber ich sah einen Schmetterlingsflieder. Links von der schmalen Einfahrt sah ich einen knorrigen Apfelbaum, in dessen Krone eine Schaukel befestigt war. Wer sollte darin schaukeln? Das irritierte mich. Es steckte eine Hoffnung darin, die mich schmerzte.

Das Haus war gar nicht blau. Als ich das erkannte, fühlte ich mich hereingelegt von Ben. Hatte er gewollt, dass ich sein Haus nicht erkenne, selbst wenn ich davorstehe?

Die Fassade war einmal weiß gewesen und jetzt in Würde gealtert. Das Haus hatte ein buckeliges hohes Dach mit Gauben und blaue Fensterläden, die ihm offenbar seinen Namen gegeben hatten. Auch die Haustür war blau.

Ich bückte mich und nahm einen Stein, der zwischen den bleichen Zaunlatten lag.

Und ich begriff, dass jemand, der in einem solchen Haus lebt, darin feststeckt wie ein Vögelchen in einer Schwarzwalduhr.

Das war das Bild, das ich speicherte: Ben, der zur vollen Stunde den Kopf heraussteckte und »Kuckuck!« rief, nur um danach wieder in seiner Uhr zu verschwinden. Immer und immer wieder.

Der immer, immer wieder den Kopf hinaussteckte und rief. Und immer, immer wieder in seiner Uhr verschwand. Weil es etwas gab, das ihn mit dieser Uhr, mit diesem Haus verband.

Un mecanismo.

Ich drehte mich um und ging die Straße hinunter, ohne

mich umzusehen. Ich stieg in den Bus und fuhr in die Stadt. Erst als ich ausstieg, griff ich in meine Jackentasche, die Tasche von Bens Kapuzenjacke, und fühlte nach dem Stein.

Mein Herz klopfte. War er echt? Gehörte er zu Bens Zuhause? Am liebsten hätte ich hineingebissen wie in eine Goldmünze. Er lag kalt und glatt in meiner Hand, und ich dachte daran, dass der Stein wirklich und wahrhaftig unter den Latten gelegen hatte, die den Garten des blauen Hauses vor der Straße schützten. Dass ich es tatsächlich gewagt hatte, ihn von dort fortzunehmen. Und dann dachte ich, dass es für den Verlauf der Dinge vollkommen egal war, ob dieser Stein hier lag oder dort oder ob er im Rhein versank.

Und dennoch hatte ich das dringende Bedürfnis, Flo mitzuteilen, dass da ein Stein gelegen hatte zwischen den Latten des Zauns und dass ich diesen Stein mitgenommen hatte und ihn jetzt bei mir trug. Und ich ahnte, dass dieser Stein ihr vollkommen egal sein würde. Und dass sie vielleicht fragen würde, ob ich verrückt sei.

Und dann, später am Tag, nahm ich den Stein und warf ihn von der Brücke, ich warf, so weit ich konnte.

Er fiel in den Rhein und versank dort, aber ich hörte nicht einmal ein Platschen.

Ich hatte etwas begriffen an diesem Tag. Ich hatte gesehen, wo Ben stand. Und in gewisser Weise hatte ich auch gesehen, wo ich stand. Draußen auf der Straße stand ich nämlich, und zwischen uns war ein Zaun mit Latten und Steinen, die niemand vermisste, weil sie unwichtig waren, gemessen an der unverrückbaren Präsenz des blauen Hauses.

Auf eine seltsame Weise hatte ich mich seit unserer schicksalhaften ersten Begegnung immer ganz stark als die Frau an Bens Seite gefühlt, nicht als seine Affäre. Und dieses starke Gefühl war der Grund, weshalb ich nie zweifelte, warum ich den Kopf so weit oben trug.

Doch als ich mit Bens Jacke vor diesem Zaun stand und zu dem Haus schaute, das nicht blau war, da fühlte sich plötzlich alles anders an. Ich war die unsichtbare Frau, die draußen auf der Straße stand und nichts besaß außer den wenigen gestohlenen Stunden in Hotelzimmern und Chinarestaurants.

Es fühlte sich grauenhaft an.

Eigentlich hätte ich zurück an meinen Schreibtisch gehen müssen, aber ich konnte nicht. Stattdessen ging ich in ein Kaufhaus und fuhr die Rolltreppen hoch und runter. In einer Art Schockzustand betrachtete ich von dort aus die Abteilungen mit Schmuck und Unterwäsche. Urplötzlich kamen sie mir vor wie markierte Bereiche, Orte, an denen ich mich eindecken sollte mit all dem, was Geliebte so kauften. Oder war es so, dass Männer dort für ihre Geliebten einkauften? Ich konnte mir vorstellen, dass Flo in kleinen, ausgesuchten Boutiquen einkaufen ging, wo man sie erkannte und mit Namen begrüßte, wo man ihre Einkäufe vorsichtig in Seidenpapier wickelte und in steife bedruckte Tüten aus dickem Papier steckte, Tüten mit farbiger Kordel. Vielleicht kaufte auch Ben dort die Geschenke für sie ein. Deswegen erschien es mir wahrscheinlich, dass er für mich in ein Kaufhaus gehen würde, so anonym wie die Chinarestaurants, in denen wir aßen.

Erst viel später erfuhr ich, dass Ben niemals Schmuck oder Unterwäsche für Flo gekauft hatte, sondern immer nur

Dinge für den Garten oder exklusive Bildbände. Es sollte mich eigenartig enttäuschen, das zu hören, ich wusste nicht, ob das für oder gegen Flo oder Ben sprach, und so klar mir war, dass das eigentlich egal war, dachte ich dennoch viel darüber nach.

»Kann ich Ihnen weiterhelfen?«, fragte strahlend eine Verkäuferin. Ich zog augenblicklich meine Hand zurück, mit der ich ein spitzenbesetztes Nachthemd befühlt hatte, und floh zur Rolltreppe zurück. Dann fuhr ich in den vierten Stock zur Kundentoilette und wusch mir die Hände. Ich wusch sie noch einmal, knotete mir Bens Jacke um die Hüften und wusch mir ein drittes Mal die Hände, diesmal bis zu den Ellenbogen, ich befeuchtete auch einen Stapel Papiertücher und betupfte mir damit Hals und Nacken. Ich hatte begriffen, dass es egal war, wie viele Steine ich stahl, das blaue Haus würde dort stehen bleiben inmitten von Klatschmohn und blühenden Sträuchern und Apfelbäumen, ein Zuhause, das Zuhause von Ben und Flo.

Ich fühlte mich schmutzig und verwirrt, weil ich begriff, dass es keine Aussicht gab auf ein gutes Ende, und dass auch ein schlechtes Ende nur kommen würde, wenn ich die Sache in Angriff nahm und Schluss machte. Genau das musste ich tun: Ben und Flo in ihrem Haus lassen und alleine klarkommen. Ben vergessen. Ich wusch noch einmal meine Hände und nahm noch mehr Papiertücher, um sie abzutrocknen.

In diesem Moment klingelte mein Handy, und Ben war dran. »Wo bist du?«, sagte er. Und: »Ich will dich sehen. Ich habe Zeit bis drei Uhr.«

Ich stopfte die Papiertücher hastig in den Mülleimer und brach auf.

Der Kuckuck hatte seinen Kopf aus der Uhr gesteckt.

Und ich musste mich beeilen, um die kostbare Zeit zu nutzen, ehe er wieder darin verschwand.

Bevor sie die Tür öffnet, muss ich mich wappnen. Ich muss meine Angst vor Flo bekämpfen und meine Neugierde auf das Haus, muss meine eigentlich längst verblichene Wut auf sie im Griff haben und darf mich von ihrem Hass weder abschrecken noch provozieren lassen. Sie darf mich hassen. Es ist normal, dass sie mich hasst. Ich muss also verhindern, dass sie sofort die Tür zuknallt. Wenn sie brüllt, muss ich sie ganz sachlich überzeugen, mich anzuhören. Wenn sie die Polizei ruft – vielleicht ist das gar nicht schlecht.

Vor allem aber dürfen mich ihre Worte nicht treffen. Alle Ängste und Befindlichkeiten sind egal. Es geht nur um eins. Es geht um Ben.

Aber erst mal sind da wir: zwei Frauen, die einander die Augen auskratzen wollen, die die jeweils andere am liebsten mit einem Zehntonner überfahren würden.

Ich weiß, was sie mir wünscht. Das hat sie mir gesagt nach diesem einen Tag, als Ben bei ihr war, ich habe sie danach angerufen, um zu sagen, dass sie uns endlich in Ruhe lassen solle, und dass ich ihr alles Gute wünsche für ihr weiteres Leben, in dem wir keine Rolle mehr spielen würden. Und da hat sie es mir gesagt. Nein, sie hat es nicht gesagt, sie hat es gekreischt. Dass sie sich nur eins wünscht: dass ich tot umfalle, auf der Stelle.

Ich bin sicher, dass sie mich auch hier und jetzt noch am liebsten von ihrem Grundstück stoßen würde in einen Graben voller Pest und Cholera und Säure und Alligatoren.

Und ich habe keine Ahnung, was ich herausfinden werde,

ob sie mich verhöhnen oder ohrfeigen oder wegschicken wird. Ich weiß nur: Ich werde nicht lockerlassen. Einfach, weil sie meine einzige Spur ist.

Längst ist die Türglocke im Innern des Hauses verklungen. Vermutlich hängt Flo hinter der Haustür und starrt durch den Spion, einen halben Meter von mir entfernt, regungslos, und überlegt, was sie machen soll.

Atme, Nile!

Atme!

Ich höre etwas am Türschloss.

Ich wappne mich gegen alles Mögliche.

Sie öffnet die Tür des blauen Hauses einen Spalt.

Sie sieht mich an und fragt: »Ja?«

So, als wäre ich irgendjemand. So, als wäre ich nicht die Frau, die ihr den Mann weggenommen hat. So, als ob sie mich gar nicht erkennt.

Ich sehe sie an. Flo sieht älter aus, als ich sie in Erinnerung habe. Und auch älter als auf den Fotos auf ihrer Homepage.

Jetzt kann ich sie aus der Nähe betrachten. Ja, sie ist attraktiv. Sie ist so ein Zeitschriften-Model-Typ, eine Frau, an der Klamotten immer gut aussehen, während das Gesicht im Wesentlichen aus großen Augen auf einem hellen Klecks besteht. Nase, Kinn und Mund sind einfach nur gefällig, nichts, was wirklich außergewöhnlich wäre.

Alles an ihr ist lang und schmal, irgendwie knabenhaft, ich sehe, dass sie praktisch gar keine Brust hat, das wusste ich vorher nicht. Ich erinnere mich noch an den Eindruck, den ich von ihr hatte, den von ständiger Bewegung – dass ihre Hände durch die Luft flatterten wie Wäsche an der Leine, immer ruderte sie mit ihren knochigen Hüften, auch ihre dichten silberblonden Haare schienen immer im Schwung.

Jetzt allerdings steht sie ziemlich still. Wie auf den Bildern sind ihre blauen Augen mit viel dunkler Schminke umrandet, aber sie ist verlaufen und sammelt sich in Winkeln und Falten, von deren Existenz ich bisher nichts wusste.

Alt sieht sie aus, ja. Fertig. Wie eine verlassene Frau eben. Und sie erkennt mich nicht, also ist sie vermutlich auch psychisch schwer angeschlagen, durchgedreht vor Trauer.

Kurz fühle ich mich gut. So, als hätte ich einen Sieg errungen. Aber nur ganz, ganz kurz.

Dann sagt sie etwas.

»Nile«, sagt sie einfach, und damit zerstiebt die Möglichkeit, dass sie nicht weiß, wer ich bin. Dass das der Grund ist, warum sie so ruhig bleibt. Flo verzieht den Mund zu einem Lächeln und streckt mir die Hand zur Begrüßung entgegen. Das hat sie noch nie gemacht.

Stille. Schweigen. Sie wartet. Und ihre Hand wartet mit ihr.

Ich greife zögerlich danach. Sie ist warm, knochig, trocken. Ich möchte diese Hand nicht schütteln. Ich möchte um nichts in der Welt daran denken, wessen Hand sie einmal gehalten hat. Ich will vor allem nicht daran denken, was diese Hand einmal gestreichelt hat, der Gedanke bereitet mir körperliche Schmerzen.

Ich lasse sie los, als hätte ich mich verbrannt.

Reiß dich zusammen, Nile! Du bist hier, weil du Ben finden musst!

Ich will sie fragen, was sie mit ihm gemacht hat, aber ich kann nicht. Weil etwas plötzlich ganz anders ist. Weil sie so anders ist, als ich sie mir vorgestellt habe. Weil dann vielleicht auch alles andere anders ist.

Sie steht vor mir, ruhig und abwartend.

Und plötzlich habe ich Angst.

Ich habe mir vorher ganz genau zurechtgelegt, was ich ihr sagen will und wie ich sie überzeugen kann. Oder eher: Ich habe es versucht. Denn mir ist klar geworden, dass ich nicht ins Detail gehen kann. Wie soll ich seiner Exfrau erklären, woher ich weiß, dass ihm etwas passiert ist?

Warum ich so genau weiß, dass etwas nicht stimmt?

Ben und ich, wir haben das Schlimmste hinter uns. Einen Albtraum. Einen Tsunami.

Viele Monate lang herrschten Sturm und Chaos, Wirbel aus Trennungsgesprächen, Auszug, Streit und Mediation. All dies fand nicht zwischen ihm und mir statt, sondern zwischen ihm und Flo.

Ich stand immer daneben.

Nein, ich stand noch nicht einmal daneben. Ich war weit weg. Ich war abwesend im ehelichen Schlafzimmer, ich war abwesend beim Anwalt.

Und doch war ich dabei. Weil ich einen dünnen Faden in der Hand hielt, einen ganz, ganz dünnen Faden, dessen eines Ende in meiner Hand lag und der auf verschlungenen Pfaden zu Ben führte. Ich stand da und wusste, wie es drüben toste und brauste, und ich vertraute darauf, dass dieser Faden nicht abreißen würde. Und er riss auch nicht. Nie.

Sein Handy, mein Handy. Zwei Herzklappen, die unermüdlich arbeiteten, um ein großes Organ intakt zu halten. Uns. Unsere Liebe.

Und dieser Faden machte, dass wir zusammen waren, auch, wenn er im selben Haus schlief wie Flo, im selben Zimmer, im selben Bett gar. Immer flogen Schwüre, Beteuerungen, Herzen, Schnappschüsse, Seufzer und Satzfetzen, Fragen und Antworten von einem Gerät zum anderen. Eigentlich ging es dabei immer nur um einen denkbar simplen Sachverhalt, um emotionale Anwesenheitsbestätigung.

Ich bin da.

Ich bin auch da.

Bist du wirklich noch da?

Ja.

Ohne diesen Faden hätte ich nichts von alldem ausgehalten.

Schwierige Situationen erfordern Regeln. Kontrolle.

Und unsere Regel war:

Lass das Handy eingeschaltet.

Und unsere zweite Regel war:

Wenn es klingelt, geh ran. Immer.

Egal, ob du gerade geschlafen hast, ob der Chef mit dir das Gehalt verhandelt, du an der Kasse stehst. Egal, ob du gerade mit Flo streitest, egal, ob sie gerade aus dem Fenster springen will oder du ihre Handgelenke verbindest. Alles egal.

Geh ran.

Ben brauchte diese Regeln ebenso wie ich. Denn er musste wissen, dass ich wartete. Und immer noch wartete. Und das Warten noch aushalten konnte.

Und Ben verstand auch, warum ich diese Regeln brauchte. Er wusste, was für eine unmenschliche Anstrengung es mich kostete. Er rannte umher und sprach und tat, ich dagegen konnte gar nichts machen, nichts, nur warten, und das war das Alleranstrengendste, was ich je getan habe. Ich musste mich selbst zur Ader lassen, um ihm einen großen Kanister voll mit meinem warmen roten Blut zu füllen, mit all meinem Vertrauen und meiner Zuversicht in uns. Mit diesem Kanister auf dem Rücken zog er los, um seine Trennung anzugehen, während ich entkräftet und blass auf seine Rückkehr wartete. Ben brauchte diesen Vorrat, weil er Zeit wollte, um alles so zu regeln, dass er sich absolut sicher sein konnte.

Da war das, was uns verband, die ganz große Liebe, der Wunsch nach einer Zukunft mit mir, aber da war auch Flo, das Haus, die gemeinsamen Erlebnisse, das Versprechen, das er ihr einmal gegeben hatte, und er taumelte und schwankte zwischen dem Einen und dem Anderen, und dafür brauchte er Zeit.

»Ich muss mir absolut sicher sein«, sagte er immer wieder. »Absolut sicher, dass es das Richtige ist. Und auch Flo soll das verstehen. Dass es nicht nur eine Laune ist. Darum muss ich all diese Gespräche mit ihr führen. Nur so versteht sie, dass es wirklich nicht anders geht.« Ich nickte, obwohl ich es nicht verstand. Was sollte ich denn anderes tun?

Während all dieser Zeit war ich im Hintergrund, ein Gespenst, blutleergesogen und unsichtbar, und hatte nichts in der Hand als meine Hoffnung.

Darum dieser Deal, der Faden in meiner Hand. Wenn ich spürte, dass ich Angst bekam, dann musste er erreichbar sein. Wenn ich spürte, dass ich zu zweifeln begann, musste ich ihn fragen dürfen, ob er auch zweifelt. Und er würde mir ehrlich antworten. Sofort. Ich brauchte diese kleine Gewissheit inmitten der großen Ungewissheit.

Er musste ans Telefon gehen. Ansonsten durfte er machen, was er machen musste, und ich lag herum und versuchte, irgendwie am Leben und bei Kräften zu bleiben, damit ich noch da war, wenn er endlich zu mir kommen würde.

Aber er musste erreichbar sein.

Und das war er immer.

Und er war es noch. Bis heute. Irgendwie hatten wir diese Regeln mit in unsere Beziehung gebracht, auch wenn sie eigentlich nicht mehr notwendig waren. Sie galten noch, und wir hielten uns daran.

Bis jetzt.

Wir sitzen in ihrer Küche. In der Küche, in der sie früher mit Ben gesessen hat. Der Gedanke tut mir weh, ich sehe mich verstohlen um. Es ist eine Küche, in der alles zusammenpasst, es ist kein funktionales Durcheinander wie bei uns, sondern liebevoll abgestimmte, hochwertige Details, geschickt platziert. Alles ist an seinem Platz, alles blitzt. Unaufdringliche Perfektion.

Hier hat Ben gelebt. Hat er auf dem Korbstuhl gesessen, auf dem ich jetzt sitze? Hat er auf die Wand geguckt, an der oben eine nostalgische, leise tickende Küchenuhr hängt und darunter ein Regal mit einer beschämenden Anzahl zueinander passender Gewürzmühlen?

»Kaffee?«, fragt Flo. Mich erschreckt ihre Nettigkeit, die ich so nicht kenne. Ich habe Flo immer nur schimpfend, fauchend, Feuer speiend erlebt, kurze Augenblicke nur, ehe Ben mich fortzog oder sie vor uns weglief.

Ich nicke.

Sie stellt einen Becher unter einen Vollautomaten, drückt Knöpfe. Sie hält sich nicht auf mit Fragen nach Milch oder Zucker, sie macht mir einen doppelten schwarzen Kaffee.

Als er vor mir steht, weiß ich, dass ich ihn trinken werde, ohne nach Milch zu fragen, obwohl ich meinen Kaffee sonst nie schwarz trinke.

Flo setzt sich mir gegenüber. Sie lässt mich keine Sekunde aus den Augen, den Augen, die so unwahrscheinlich hell sind, dass das Licht ihr wehtun muss.

Ich dachte immer, Flo sei wunderschön. Irgendwie gehörte das zu meiner Geschichte, dass Ben für mich seine wunderschöne Frau verlassen hat, die nun allein in diesem wunderschönen Haus sitzt. Flo trägt ein grau gemustertes, grob geschnittenes Kleid, ein Sack mit asymmetrischen Ärmeln. Jede Frau sähe darin aus wie ein Stock in einem Beutel, aber Flo sieht irgendwie mondän aus. Ja, sie ist attraktiv. Aber schön ist sie nicht. Ihre Augen sind komisch. Es ist Blödsinn, dass Menschen blaue Augen immerfort rühmen, blaue Augen können auch hässlich sein, wenn sie so ausgewaschen sind wie die von Flo. Sie sehen aus, als ob alle Kraft aus ihnen herausgelaufen ist.

La tristeza.

Vielleicht hat sie so viel geweint im letzten Jahr. Seinetwegen. Meinetwegen. Vielleicht waren ihre Augen vorher anders blau. Vielleicht waren sie vorher schön.

»Du willst jetzt aber nicht noch ein Stück Kuchen dazu, oder?«, sagt Flo, und ich zucke zusammen.

»Nein«, sage ich. Sie ist nicht wirklich nett. Sie tut nur so. Sie zupft einen unsichtbaren Fussel von ihrem Kleid und verschränkt die Arme. »Warum bist du hier?«

»Ich suche Ben«, sage ich. »Er ist verschwunden.«

Flo betrachtet mich ungläubig, dann bricht sie in ein unechtes Lachen aus, es klingt gallenbitter, und ich bin beinahe froh, dass sie ihre Nettigkeit endlich ablegt.

»Verschwunden!« Sie spuckt das Wort förmlich aus.
»Ja.«
»Er hat dich also verlassen«, sagt sie. »Na, das ist ja köstlich. Wie schön, dass ich es von dir höchstpersönlich erfahre.«
Ich schüttle den Kopf. »Wir waren zusammen einkaufen. Ich bin in die Umkleidekabine gegangen und habe mit der Verkäuferin geredet, vielleicht so fünf, höchstens zehn Minuten. Danach war er verschwunden. Einfach weg. Er geht nicht an sein Handy.«
Flo betrachtet mich immer noch, das hässliche unechte Lächeln im Gesicht, das nicht mehr ist als eine Krümmung ihrer Mundwinkel.
Er hat dich also verlassen!, wiederholt dieser Mundwinkel.
Ich könnte ihr sagen, weshalb wir in dem Laden waren. Dass ich ein Kleid für die Hochzeit anprobiert habe. Ich könnte eine Axt nehmen und eine Kerbe in ihre arrogante Überlegenheit schlagen und dann noch eine und noch eine, warum tue ich das nicht?
Jetzt, wo ich sehe, dass sie nicht wunderschön ist, sondern eine ganz normale, etwas zu magere Frau um die vierzig, die zufälligerweise tolle Klamotten trägt, jetzt, wo ich die Bitterkeit in ihrer Aura schmecke, die Traurigkeit, die sie umgibt, überkommt mich eine Bisshemmung.
Eine Wölfin, die einer anderen, überlegenen Wölfin im Kampf die Kehle darbietet, wird verschont. Flos hässliche Wasseraugen sind ihre Kehle. Und ich verschone sie.
»Er hat dich also verlassen«, sagt sie. Die Wiederholung scheint ihr Spaß zu machen. »Und damit kommst du ausgerechnet zu mir. Wirklich, das hat etwas.« Sie lächelt. Es ist ein Lächeln, das ihre Augen nicht erreicht. Sie sagt: »Wie

kann ein erwachsener Mensch denn bitte verschwinden? Es ist doch viel wahrscheinlicher, dass er auf seinen zwei gesunden Beinen davonspaziert ist, meinst du nicht?«

Was soll ich ihr sagen? Soll ich ihr sagen, dass sie absolut keine Ahnung hat? Dass sie den echten Ben gar nicht kennt? Soll ich beschreiben, wie sein Arm an meinem Bauch klebt, jede Nacht, soll ich von dem saugenden Geräusch erzählen, das entsteht, wenn ich mich vorsichtig davon befreie? Soll ich ihr verraten, was er mir gestern Morgen unter der Dusche zugeflüstert hat? Oder davon erzählen, wie viele Nachrichten er mir stündlich schreibt, weil er sich fühlt, als würde seine Körpertemperatur sofort abfallen, sobald er mich nicht in Griffweite hat? Soll ich ihr das erzählen?

Ich sage: »Glaub mir.«

Sie lacht trocken und ungläubig. »Okay. Dann erzähl mal. Hat er sich in Luft aufgelöst? Ist er entführt worden?«

Ich hebe die Schultern. »Er ist wirklich weg. Von einer Sekunde auf die andere verschwunden.«

»Fünf Minuten sagtest du. Oder zehn.«

»Meinetwegen«, sage ich. »Wir sind in einen Laden gegangen, weil ich ein Kleid anprobieren wollte. Ich habe es gesucht, die richtige Größe gefunden und bin damit in die Umkleidekabine. Und als ich wieder rauskam, war er weg. Ich vermute, es waren fünf Minuten. Vielleicht auch zehn. Ich habe noch mit der Verkäuferin gesprochen und mit einer anderen Kundin. Die Verkäuferin kann sich daran erinnern, dass er da gesessen hat, aber nicht, dass er gegangen ist.«

Flo nimmt ihre Tasse. Es ist ein hellblauer Keramikbecher mit weißen Pünktchen, die so unregelmäßig verteilt sind, dass es handgemalt aussieht. Sie nimmt einen Schluck und fährt damit fort, mich anzustarren, ich möchte ihr sagen, dass sie ihre komischen Augen aus meinem Gesicht nehmen soll, aber das geht schlecht, denn ich sitze hier, weil ich ihre Hilfe brauche.

Sie sagt unvermittelt: »Ich dachte, du wärst hübscher.«

Für einen Moment irritiert mich, dass sie offenbar meine eigenen Gedanken denkt. Für einen Augenblick sehe ich mich mit ihren Augen, sonnenverbrannt und ungekämmt und kräftig, wie ich bin, ein Fremdkörper in ihrer perfekt dekorierten Einbauküche. Ich verstehe, dass sie erstaunt ist über mich.

Ich schiebe meine Tasse weg. »Ich wäre nicht gekommen, wenn es nicht ernst wäre. Glaub mir das. Meinst du, mir macht es Spaß, mit dir hier zu sitzen und Kaffee zu trinken?«

Sie streicht sich mit ihrer mageren, eheringlosen Hand eine Haarsträhne zurück, zupft den wuscheligen hellblonden Knoten zurecht und überlegt. Dann schiebt sie den Stuhl zurück und steht auf. »Warte einen Moment«, sagt sie. Und geht.

Es ist komisch, allein in dieser Küche zu sitzen. Einerseits will ich alle Schubladen aufziehen, jeden Gegenstand in die Hand nehmen und betasten, aber was, wenn Flo mich erwischt? Also sehe ich mich nur um. An der Wand hängen unterschiedliche, aber dennoch zueinander passende Teller und Tassen im Landhausstil wie Dekorationsobjekte, auf der Arbeitsfläche der riesige Kaffeeautomat, ein Wasserkocher, ein massives Holztablett, auf dem Gläser stehen, offenbar mit Müsli und Honig und Marmelade, aber nicht aus dem Supermarkt, sondern zueinander passende geriffelte Gläser mit unpraktischem Kuppelverschluss. Nirgendwo ein Bild von Ben. Ist das gut? Ist das schlecht? Es wäre auch komisch. Niemand hängt Fotos vom eigenen Mann in die Küche, geschweige denn vom zukünftigen Exmann. Und in Küchen hängt man sowieso selten Fotos. Oder? Ich bin nicht so. Ben ist nicht so. Wir beide sind nicht so.

Ein Geräusch im Flur, ich fahre zusammen wie ertappt. Flo kommt zurück und setzt sich sofort wieder mir gegenüber. »Ich habe ihn angerufen. Er geht nicht ran.«

»Das habe ich doch gesagt!«, rufe ich.

Sie kaut an ihrer farblosen Unterlippe.

»Ich habe ihn schon etwa hundertmal angerufen!«, sage ich.

»Ja, aber ich nicht.« So knapp sagt sie das.

Ich sehe, dass es an ihr nagt, ihn nicht erreicht zu haben. Und das irritiert mich. Woher nimmt sie diese Sicherheit, dass er sofort rangegangen wäre? Die kann sie eigentlich gar nicht haben. Nicht mehr. Sie hat ewig lang nicht mehr mit ihm telefoniert. Seit der Sache mit dem blauen Auge ist er nicht mehr rangegangen, wenn sie angerufen hat. Ich habe einige Male mitbekommen, wie er sie weggedrückt hat. Aber eine Diskussion darüber macht jetzt keinen Sinn.

»Ich weiß, dass ihm etwas passiert ist«, sage ich langsam und überdeutlich. »Und ich werde ihn finden. Es wäre gut, wenn du mir alles sagst, was du weißt.«

»Ach wirklich«, sagt sie, und man sieht ihr an, dass sie überlegt.

»Es muss etwas ganz Unerwartetes passiert sein. Entweder, ihn hat jemand entführt –«, ich zögere.

»Entführt«, sagt Flo, es klingt ungläubig.

Hastig rede ich weiter. »Ich weiß, das erscheint erst mal unwahrscheinlich. Aber entweder es war so, oder er hat jemanden getroffen, der irgendwas von ihm wollte, weswegen er schnell verschwinden musste. Oder er ist freiwillig mitgekommen. Wegen irgendeiner Sache von früher. Vielleicht war er mal in irgendwas verwickelt? Ich weiß ja selber, dass das bescheuert klingt. Aber etwas anderes fällt mir nicht ein. Er hat ja keine komische Krankheit oder so. Dass er plötzlich schlafwandelt und –«, ich stocke. Ich glaube nicht, dass es solche Krankheiten gibt. Es klingt absolut bescheuert. Dennoch frage ich, flüsternd: »Oder war da mal was?«

»Nein«, sagt Flo nüchtern. »So was hat er in den letzten fünfzehn Jahren nicht gehabt.«

Ich spüre einen versteckten Hieb bei dieser Zahl und warte, bis dessen Wirkung nachlässt. »Was kann ihm denn noch passiert sein? Fällt dir was ein? Oder etwas anderes? Fällt dir vielleicht jemand ein, der etwas von ihm wollen könnte?«

Sie zögert, schüttelt dann den Kopf. »Nein.«

»Wirklich nicht?«

»Nein. Ich habe aber auch im letzten Jahr beinahe keinen Kontakt zu ihm gehabt, wie du weißt.«

Es entsteht eine Stille, die ich im ganzen Körper spüre. Eine Stille, die mich herausfordert, sie mit Worten zu füllen. Mit Worten, die Flo sagen, dass ich genau weiß, wie sehr sie diesen Kontakt noch gesucht hat, immer wieder. Dass ich weiß, wie sie ihn zu sich gelockt hat mit ihren scheinbaren Gesprächsangeboten, mit absurden Vorwürfen, mit Weinkrämpfen. Dass man das wohl kaum »keinen Kontakt haben« nennen kann. Aber ich widerstehe.

Ich beuge mich vor. »Er ist gegen fünfzehn Uhr verschwunden. Der Laden heißt *Chloes*, das ist eine Boutique in der Innenstadt. Auf der Straße hat ihn niemand gesehen, aber das ist auch kein Wunder, es war voll um die Zeit. Nebenan ist eine Bäckerei, die haben ihn auch nicht gesehen. Die nächste Bahnhaltestelle ist etwa drei Minuten entfernt. Ich habe ihn natürlich sofort auf seinem Handy angerufen, praktisch minütlich, aber er ist nie rangegangen, und mittlerweile scheint sein Handy aus zu sein, vielleicht ist der Akku leer. Ich habe erst die umliegenden Geschäfte abgesucht und bin dann nach Hause. Da war er auch nicht. Die Polizei hat mich nicht ernst genommen. Sie sagten, für Männer, die keine Lust auf Shopping haben, sind sie nicht zuständig.«

»Du warst bei der Polizei?«

»Ich habe angerufen.«

»Und was haben sie sonst noch gesagt?« Flo sieht mich plötzlich anders an. Jetzt habe ich endlich ihre volle Aufmerksamkeit. Offenbar hat die Nennung der Polizei ihr erst die Ernsthaftigkeit meiner Besorgnis deutlich gemacht.

»Im Grunde gar nichts. Mich beruhigt. Gesagt, dass ich bei seinen Freunden nachfragen soll.«

Flo scheint zu überlegen. Anscheinend geht ihr auf, dass ich gerade genau das mache, in gewisser Weise. Nur, dass sie keine Freundin ist, sondern seine Exfrau. Seine zukünftige Exfrau. »Und sonst nichts?«

»Dass ein erwachsener Mensch seinen Aufenthaltsort selbst bestimmen kann. So Kram.«

»Sie haben dich nicht ernst genommen«, sagt Flo.

Ich nicke.

»Du bist nicht seine Frau«, sagt Flo.

Es tut weh, das zu hören, für einen Moment blinzle ich erschreckt, als sei mir etwas ins Auge geflogen. Dann redet sie weiter, und ich begreife, dass sie es nicht als Angriff gemeint hat.

»Wenn ich ihn als vermisst melden würde, wäre das etwas anderes«, sagt sie langsam und sieht mich an.

Ich zögere kurz. »Würdest du das machen?«
Sie nickt.
»Tu es jetzt«, sage ich schnell. »Ruf an.«
Sie schüttelt den Kopf. »So etwas macht man nicht telefonisch. Vermutlich hätten sie dich auch ernster genommen, wenn du hingegangen wärst. Die haben ja ihre Erfahrungen mit Vermisstenmeldungen. Wer es wirklich ernst meint, geht hin. Mit Ausweis und einem aktuellen Foto der vermissten Person.«

Ich schlucke. Sie hat vollkommen recht. Sie ist viel vernünftiger und besonnener als ich, und das trifft mich. Schließlich bin ich es, die Ben finden will! Ich muss mich zusammenreißen. Es darf nicht sein, dass mir so dumme und kindische Fehler unterlaufen. Flo, ja, die wird man ernst nehmen. Sie strahlt das einfach aus. Ich sehe, wie wichtig ihr die Sache ist, und ich bin ihr beinahe dankbar.

Nein, nicht beinahe, ich bin ihr wirklich dankbar.

»Soll ich dir ein aktuelles Foto schicken?«, frage ich zögerlich. Ich weiß nicht, ob sie es als böswillige Demonstration meines Verhältnisses zu Ben wahrnimmt.

»Nein danke«, sagt sie. »Ich habe eins.«

Das irritiert mich, aber ich reiße mich zusammen und betrachte meine Tasse. Keramik. Es ist eine Tasse, der man ansieht, dass sie auf einem Holztisch zu stehen hat, zusammen mit Kerzen und irgendwas Selbstgebackenem.

Und dann sagt sie plötzlich übergangslos: »Bald ist der Scheidungstermin.«

»Ja. Ich weiß.«

»Ich frage dich jetzt nicht, ob dich das freut.«

Ich blicke in die Tasse. Sie ist leer. Ich sehe diese Tasse und das, wofür sie steht: das wohlgeordnete Heim, exklusiv wie die Frau, die darin wohnt. Ich sehe Flos Schmerz. Ich weiß ja, was ihr fehlt. Ihr fehlt Ben.

Wir dürfen jetzt nicht das Thema wechseln. Wir dürfen nicht diskutieren, wer sich gerade freut und wer weint und wer woran schuld ist.

Ich sage leise: »Bitte, Flo. Ich weiß, dass ihm etwas passiert ist.«

Sie betrachtet mich mit ihren kraftlosen Augen. »Ich helfe dir. Aber nicht deinetwegen. Nur seinetwegen.«

Sie steht auf. Das Gespräch ist beendet. Ich erhebe mich und stoße mit der Hüfte schmerzhaft gegen den Tisch. »Danke«, sage ich.

Sie nickt knapp und geht vor zur Haustür. »Ich gebe also bei der Polizei die Vermisstenmeldung auf. Aber das war es dann. Ich fände es besser, dich nicht mehr zu sehen.«

Ich nicke. Dann öffne ich die Tür und gehe.

Das blaue Haus zu verlassen fühlt sich an, als würde ich nach einem einstündigen Tauchgang wieder an die Wasseroberfläche gelangen.

Plötzlich sind da wieder Geräusche. Und Farben. Ich spüre meinen Körper, der zittert und brummt, als wollte er mit Verspätung den Schock für mich spürbar machen, den die Begegnung mit Flo seit jeher in mir auslöst. Die Straße, die Häuser hinter ihren Hecken, die Menschen auf der Straße und die Bäume und die Sonne und der ganze Himmel stürzen auf mich ein. Ich schnappe nach Luft.

Ich bleibe stehen, bewege vorsichtig wie nach einem Sturz die tauben Finger, sauge Luft ein, um zu überprüfen, wie das eigentlich geht, das Atmen.

Gern würde ich mich umdrehen, mich vergewissern, dass es tatsächlich das blaue Haus ist, das ich ungestraft betreten und wieder verlassen habe, aber eine abergläubische Furcht hält mich davon ab, mich umzudrehen.

Und darum setze ich Fuß vor Fuß, ob Flo aus dem Küchenfenster mit den blauen Fensterläden schaut, weiß ich nicht, ob ihre Blicke Löcher in meine Jacke brennen, spüre ich nicht, ich gehe voran, Fuß vor Fuß, und immer weiter, und erst, wenn ich in Sicherheit bin, werde ich mir gestatten, über diese Begegnung und dieses Gespräch nachzudenken.

Ich habe mich in die hinterste Sitzecke einer Bäckerei verkrochen, Plastikpflanzen versuchen einen Dschungel zu imitieren, Furnier täuscht Holz vor, die Plastiksitze tun so, als wären sie aus Leder. Alles hier ist Kulisse. Alles ist Betrug. Vor mir auf einem weißen Tablett eine Tasse Kaffee, die ich mir selbst holen musste. Aber immerhin habe ich hier meine Ruhe.

Erst mal: das Handy checken. Ben hat nicht angerufen und keine Nachricht hinterlassen. Ich wähle seine Nummer und lausche dem Tuten, das sofort einsetzt. Sein Handy scheint also noch immer aus zu sein. Dann schalte ich meins aus und wieder ein, nur um sicherzugehen.

Dann erst kann ich mich konzentrieren auf das, was da gerade geschehen ist.

Das war Bens Haus, das er für mich verlassen hat. Und seine Frau.

Flo hat nicht geschrien.
Sie hat mich hereingelassen.
Sie war freundlich.

Und sie hat versprochen, mir zu helfen.

Das ist das Gute. Es lief besser, als ich gehofft hatte. Woher kommt also mein Gefühl der Beklemmung?

Ich rühre in meinem dicken weißen Becher.

Es passt alles nicht zusammen. Ich habe ihr den Mann ausgespannt. Sie hat mich gehasst. Sie wollte mich umbringen. Und jetzt will sie mir helfen.

Wie kann das sein?

Vielleicht ist sie über Ben hinweg.

Vielleicht hat sie einen Neuen.

Vielleicht liebt sie Ben auch so sehr, dass sie einfach nur ihm helfen will und nicht mir.

Vielleicht, vielleicht.

Flo erschien mir sehr vernünftig. Vielleicht gibt es also gar keinen Grund, beunruhigt zu sein. Sie hat konstruktive und besonnene Vorschläge gemacht. Sie kümmert sich um den Teil mit der Polizei.

Ich muss mich um meinen Teil kümmern.

Markus besitzt einen Fahrradladen.

Das war das Erste, was Ben mir von ihm erzählte. Ich weiß gar nicht mehr, wie wir darauf gekommen waren, eigentlich sprechen wir sehr wenig über unseren Alltag. Aber irgendwann, es muss so in unserer dritten oder vierten Woche gewesen sein, da lagen wir auf einem etwas muffigen Bett mit grauenhaft gemusterten Volants in einem Gästehaus in der Eifel. Ben hatte hier mehrere Kundentermine gehabt, und eigentlich wäre eine Übernachtung vor Ort gar nicht notwendig gewesen, weil er problemlos nachts nach Hause hätte fahren können, aber natürlich nutzten wir die Gelegenheit. Und so hatte er zu Flo gesagt, dass bei dem Geschäftsessen mit dem Kunden vermutlich eine Menge Alkohol fließen und er daher sicherheitshalber im Gästehaus übernachten werde. Wir schliefen wenig in dieser Nacht und aßen am nächsten Morgen auch kaum etwas von dem riesigen Wurstbüfett, das auf einem wahren Ungeheuer aus Eichenfurnier arrangiert war, obwohl wir augenscheinlich die einzigen Gäste waren. Also nahmen wir aus Anstand jeder eine Scheibe Schinken mit einem halben Brötchen, tranken zwei Tassen Kaffee und verschwanden dann wieder in unser Zimmer. Und schliefen miteinander. Dafür waren wir schließlich dort.

Und danach sagte Ben ganz unvermittelt: »Mein Freund Markus hat einen Fahrradladen.«

Ich weiß gar nicht mehr genau, worüber wir vorher gesprochen hatten, jedenfalls rührte mich die Bezeichnung »mein Freund«. Oft haben Männer ja gar keine Freunde. Jedenfalls schienen Ben dieser Markus und sein Fahrradladen wirklich wichtig zu sein.

Ich erinnere mich, dass ich danach darüber nachdachte, ob Ben Markus wohl von mir erzählt hatte. Und ob ich diesen Markus wohl kennenlernen würde. Und ob er wegen Flo irgendwelche Vorbehalte gegen mich haben würde.

Ich habe Markus dann tatsächlich kennengelernt. Damals stimmte mich das optimistisch, aber es blieb bei zwei flüchtigen Treffen, die jetzt auch schon über ein Jahr her sind. Mit Bens anderen Bekannten verlief es ähnlich. Ich merkte schnell, wie sehr die mich ablehnten. Ben zuliebe taten sie, als ob sie mich nicht für eine Hexe hielten, die mit Sex und schmutzigen Tricks einen unbescholtenen braven Bürger und Ehemann vom Pfad der Tugend abbrachte, aber diese Täuschung gelang ihnen mehr schlecht als recht. Und im Grunde lag ihnen auch nur noch so lange etwas an Ben, bis sie begriffen, dass seine Entscheidung unumkehrbar war. Als ihnen klar wurde, dass es kein Zurück mehr in sein altes Leben gab, wandten sie sich von ihm ab. Es wurde unbequem für sie, also zogen sie sich zurück, kündigten Ben die Freundschaft, ohne es auszusprechen.

Auch Markus.

Das weiß ich. Ben hat keinen Kontakt mehr zu ihm. Darunter hat er sehr gelitten, aber irgendwie konnte er es auch verstehen oder zumindest gab er vor, ihn zu verstehen. Markus ist sein Trauzeuge gewesen.

Als ich den Fahrradladen betrete, denke ich kurz darüber nach, wer eigentlich diesmal sein Trauzeuge sein wird.

»Womit kann ich helfen?«, sagt ein Mann zu mir, während er in der Kasse kramt. Er ist nur wenig größer als ich, er wirkt bullig, scheint sein Shirt und die Cordhose beinahe zu sprengen. Trotzdem hat er etwas an sich, was ihn sympathisch macht. Braune Augen, eine kurze Nase, wie ein freundlicher Hund oder so. Markus.

»Ich bin's«, antworte ich.

Markus sieht mich einen Moment lang regungslos an, dann sagt er: »Hallo.« Es klingt höflich, aber kühl.

»Reparatur oder Kauf?«, fragt Markus einsilbig.

»Ich muss mit dir reden«, sage ich.

»Passt gerade schlecht«, sagt Markus und weicht dabei meinem Blick aus.

»Es ist wirklich dringend. Ich hab ja auch schon angerufen. Das würde ich nicht machen, wenn es nicht dringend wäre.« Markus wendet den Blick ab, als wäre irgendetwas an mir ganz schlimm, so, als dürfte man mich keinesfalls ansehen. Ich bin hilflos. Ich bin so verdammt hilflos, wenn niemand mit mir redet, was soll ich denn tun?

»Bitte«, flüstere ich.

Er zögert, dann sagt er: »Komm mit.« Er geht voran, ohne darauf zu achten, ob ich ihm folge, drängt sich hinter die Theke, wo links ein schmaler Gang in einen Nebenraum führt. Hier hängen und stehen überall Räder, die mit Zetteln versehen sind. Vor dem Fensterbrett stehen zwei Stühle.

»Setzen?«, fragt Markus.

Ich nicke und nehme Platz. »Ben ist verschwunden«, sage ich, kreuze die Knie und falte die Hände, als wollte ich um einen Kredit bitten. Im Grunde tue ich das. Ich brauche sein Ohr und sein Vertrauen und seine Hilfe, und all das auf Kredit, denn ich habe nichts zu geben, ich habe seinen Freund vom rechten Weg abgebracht, vermutlich sieht er es so.

Markus runzelt die Stirn, sagt aber nichts.

»Wir waren einkaufen. Gestern«, beginne ich, und dann erzähle ich, was vorgefallen ist, alles erzähle ich, so verständlich wie möglich, auch meinen Besuch bei Flo lasse ich nicht aus, erwähne sicherheitshalber, dass auch sie Ben angerufen und nicht erreicht hat.

Markus' Gesicht ist eine Maske. Ich denke an das, was Ben damals von ihm erzählt hat. Mein Freund Markus hat einen Fahrradladen. Ganz allein hat er den aufgezogen, obwohl er eigentlich Medizin studiert hat, aber vor dem Examen hat er einen Rappel bekommen und wollte plötzlich einen Fahrradladen.

Seine Töchter wurden beide in einem Jahr geboren, was für ein Schock war das, stell dir mal vor, drei Monate nach der Geburt war Astrid schon wieder schwanger, dabei konnten Markus und sie sich vor lauter Müdigkeit kaum daran erinnern, dass sie überhaupt Sex gehabt hatten. Sie reden manchmal noch darüber, es ist wirklich so, dass sie das bezweifeln, aber irgendetwas muss ja passiert sein.

Früher als Teenager sind Ben und er immer zusammen im See geschwommen, bis Markus einmal einen Blutegel ganz oben am Oberschenkel hatte, so weit oben, dass er danach nie mehr in einen See gestiegen ist.

All solche Dinge hat Ben von dem Mann erzählt, der mich

jetzt behandelt, als wäre ich giftig. Der Bens Verschwinden offenbar ungerührt hinnimmt. Kann das sein?

»Und was willst du jetzt von mir?«, fragt Markus.

»Hast du eine Idee?«, frage ich. »Was ihm passiert sein könnte? Ob er Schwierigkeiten hatte, früher einmal? War da jemand, der ein Problem mit ihm hatte? Irgend so was?« Die Ziellosigkeit meiner Fragen macht mich mutlos, und Markus' Gesichtsausdruck tut sein Übriges.

»Das ist doch albern«, sagt er.

»Bitte«, sage ich. »Ich ...«

»Ben ist im Urlaub«, sagt er knapp.

»Was?«

»Er ist im Urlaub. Für ein, zwei Wochen. Weil er so viel Stress hatte in letzter Zeit.«

Ich starre ihn an. Ich sehe Markus, sein an der Stirn dünn werdendes Haar, den Rundhalsausschnitt seines weißen Shirts, die schwarzen Flecken an seinen kräftigen Händen, und ich verstehe nicht, was er da redet. »Warum sagst du das?«, frage ich.

»Weil es stimmt«, sagt er.

»Aber«, ich schlucke, »woher willst du das wissen?«

Markus sieht auf die Uhr an der Wand, er scheint jetzt genervt. »Er hat es mir gesagt. Woher denn wohl sonst?«

»Aber ihr habt keinen Kontakt. Seit fast einem Jahr habt ihr keinen Kontakt mehr.«

»Sagt wer?«, fragt Markus und sieht mir überraschend aggressiv in die Augen.

»Ich dachte ...« Am liebsten würde ich ihn anschreien, würde ich ihn fragen, was er hier abzieht, weswegen er mich wie eine nervige Schnüfflerin behandelt, würde sagen, dass er Bens neues Leben nur deswegen nicht akzeptieren kann, weil er sich sein eigenes Unglück mit seiner langweiligen Ehe nicht einzugestehen wagt.

Es bringt nichts zu streiten. »Wo ist er?«, höre ich mich sagen.

»Frankreich. Irgendwo in Aquitanien«, sagt Markus und sieht mir schnurgerade in die Augen. »Ich weiß nicht, wo genau. Er wollte Ruhe, weil er sich dringend mal erholen muss. Und deswegen werde ich auch den Teufel tun und ihn anrufen, falls es das ist, was du mir gerade vorschlagen wolltest.« Offenbar kann er Gedanken lesen.

»Sein Auto steht aber auf dem Parkplatz im Hof«, sage ich.

Markus knallt seine Hand auf das Fensterbrett und trommelt mit den Fingern darauf, eine provozierende Geste, die ihre Wirkung tut, weil sie mich zutiefst verstört. »Ja stell dir mal vor, ich hab keine Ahnung, ob er mit dem Auto dorthin fahren wollte.«

Ich räuspere mich. »Weißt du, was er da genau macht? Besucht er jemanden?«

»Frag ihn doch selbst«, sagt Markus bissig.

Ich stehe vor ihm, hilflos, und überlege, was ich sagen oder tun kann, um diesem Gespräch noch irgendetwas Konstruktives abzuringen.

»Ich verstehe«, sage ich leise.

»Du findest sicher alleine raus«, sagt Markus.

Ich nicke stumm.

Und dann winde ich mich zwischen den Fahrrädern hindurch zurück in den Verkaufsraum und versuche mir vorzustellen, was Ben an diesem Mann eigentlich findet. An einem sogenannten Freund, der mir als Antwort auf die Mitteilung von Bens Verschwinden eine faustdicke Lüge auftischt. Denn das da eben ist eine Lüge gewesen, glasklar, eindeutig.

Als ich wieder hinter der Theke auftauche und vor mir das Innere des Ladens sehe, habe ich eine Eingebung. Lautlos gehe ich zurück an die Tür zum Nebenraum. Dort halte ich inne und lausche.

Und lausche.

Und höre doch nichts.

Ist es nicht sehr wahrscheinlich, dass Markus nach meinem Bericht jemanden anrufen würde? Ben selbst? Flo? Einen gemeinsamen Freund?

Doch Markus tut nichts dergleichen. Ich höre, wie seine Finger rhythmisch auf das Fensterbrett trommeln. Und wie er tonlos dazu pfeift. Dann hört das Trommeln schlagartig auf, Stuhlbeine scharren über den Boden, offenbar steht Markus auf.

Und ich fliehe.

»Du bist ein Reh, weißt du das? Genauso schreckhaft. Du spitzt die Ohren und runzelst die Stirn, und dann huschst du weg.«

»Ein Reh? Du hast mich wohl länger nicht angeguckt. Wenn ich eins nicht bin, dann ein Reh.«

»Siehst du? Das meine ich.«

»Was?«

»Das. Was du gerade machst.«

»Was denn?«

»Schon gut. Komm her. Komm einfach her. Wovor hast du eigentlich dauernd Angst?«

»Ich hab keine Angst.«

»Vor gar nichts?«

»Nein.«

Und das stimmt. Solange er da ist, habe ich wirklich keine Angst.

Höchstens davor, dass er einmal nicht mehr da ist.

■ Er heißt Jäger, Dr. Peter Jäger, und seine Anschrift habe ich vom Briefkopf eines Schreibens. Die ganze Gerichtskorrespondenz steckt im Scheidungsordner auf Bens Schreibtisch. Wir haben nämlich ein Arbeitszimmer, was auch gut ist, falls wir mal ein Gästezimmer brauchen, wenn irgendwelche Freunde oder Verwandte uns eines Tages doch einmal besuchen wollen. Oder falls wir doch irgendwann ein Kind bekommen, auch wenn sich das im Moment noch sehr weit weg anfühlt. Und außerdem kann ich das Arbeitszimmer natürlich von der Steuer absetzen.

Dort steht auch mein wuchtiger Eichenschreibtisch mit Klauenfüßen, auf dem es unfassbar ordentlich aussieht. Rechts von der dunkelgrünen Schreibunterlage stehen zwei Stiftebecher, links davon liegen saubere Papierstapel und Blöcke. Über dem oberen Rand der Unterlage: Radiergummis und ein Glas mit Büroklammern.

Warum, fragt Ben immer, kannst du die Küche nicht so hinterlassen wie deinen Schreibtisch?

Weil du dann gar nichts zum Aufräumen hättest, sage ich dann und küsse seinen Hals.

Anfangs hat er immer gesagt: Ich wüsste gern, wie es wirklich in deinem Kopf aussieht, Nile. So wie auf deinem Schreibtisch oder so wie in der Küche.

Als ich den Scheidungsordner sah, ist mir die Idee mit dem Anwalt gekommen. Er ist definitiv jemand, mit dem Ben im letzten Jahr viel zu tun hatte. Ich gehe davon aus, dass er bestens unterrichtet ist über alles, was Ben Sorgen machen könnte. Es kann ja sein, dass Ben manche Themen von mir fernhalten will, um mich nicht zu belasten. Weil er Dinge selbst regeln will. Weil er mit mir nicht über unangenehme Dinge wie die Scheidung sprechen will, sondern lieber über schöne wie die Hochzeit.

Also, der Anwalt. Dr. Peter Jäger. Teilhaber einer Anwaltskanzlei, die von Familienrecht bis Steuerrecht offenbar alles macht.

Dort anzurufen ist keine Option. Am Telefon geht so viel verloren, die Reaktionen des Gegenübers entgehen mir möglicherweise, meine Möglichkeiten zu insistieren sind eingeschränkt, und ich weiß ja, wie das in Büros so läuft, man kann einfach so tun, als wäre man nicht da.

Irgendeiner der Menschen, die ich kontaktiere, wird irgendetwas wissen. Doch kaum jemand will mit mir reden. Vielleicht haben manche auch einen guten Grund, das nicht zu tun. Ich rechne ab jetzt mit allem. Und nun stehe ich vor dem riesigen Bürogebäude und betrachte das Kanzleischild.

Und stehe zehn Minuten später in Jägers Büro. Ob ich einen Termin habe, hat die grauhaarige Sekretärin mich höflich gefragt, und ich habe gesagt, dass es sehr dringend sei, ein Notfall. Ob ich Mandantin sei, hat sie dann gefragt, und ich habe geantwortet, dass einer der Mandanten entführt wurde. Welches Aktenzeichen, hat sie gefragt, und da habe ich sie stehen lassen und bin einfach geradeaus durchmarschiert.

»Es tut mir leid, sie ist einfach –«, sagt die Sekretärin, die mir im Laufschritt gefolgt ist, und ringt die Hände.

»Schon gut«, sagt Herr Jäger, wenn das Schild an der Tür nicht lügt, ist er das, der Mann, der hinter dem Tisch sitzt und auf seiner Tastatur klimpert, neben der Berge von Papier liegen. Hinter ihm schauderhafte Kunstdrucke, schauderhaft, weil Massenware. Picassos Mädchen mit Taube? Eine Friedenstaube? Für einen Anwalt, der auf Scheidungsrecht spezialisiert ist? Das ist Sarkasmus pur.

Er nickt der Sekretärin zu, sein Gesicht ist hager, die Haare verblichen, man erkennt gerade noch, dass er mal rothaarig war.

Sie gehorcht dem Wink, verlässt den Raum, schließt die Tür. Und dann bin ich allein mit ihm.

»Sie haben keinen Termin«, sagt er. Es ist eine Feststellung, keine Frage.

»Es geht um Ben Godak«, sage ich, und dann erkläre ich, was geschehen ist, und er hört zu.

»Es muss irgendetwas geben, was ihn in Schwierigkeiten gebracht hat«, erkläre ich. »Zuerst war ich sicher, dass es mit der Scheidung zu tun hat, Sie wissen ja, dass die unmittelbar bevorsteht. Aber es kann auch sein, dass es um finanzielle Probleme geht. Oder um … Ich weiß nicht. Ich weiß nur, dass er verschwunden ist und dass ich ihn nicht erreiche.« Ich verstumme.

»Und deswegen machen Sie sich Sorgen«, sagt Jäger.

Ich nicke. »Ich wusste nicht, dass ihm jemand Böses will

oder dass er Probleme hat. Aber vielleicht wissen Sie ja etwas.«

Jäger lächelt.

Ich habe diesen Mann immer als Verbündeten betrachtet, sozusagen. Als Freund in der Ferne. Denn er ist derjenige, der diese Scheidung vorbereitet und vorangetrieben hat. Er ist der, der dafür sorgt, dass Ben nicht aus schlechtem Gewissen alles Flo überlässt.

Doch jetzt sagt er: »Nun, ich verstehe, warum Sie hier sind. Aber Sie werden hoffentlich ebenso verstehen, dass die Fürsorgepflicht und Schweigepflicht meinem Mandanten gegenüber nicht enden, nur weil jemand seit einer Zeit nichts von ihm gehört hat.«

Für einen Moment muss ich diese nüchterne Antwort auf meine unverblümt geschilderte Notlage erst mal verdauen. Muss für mich übersetzen, wen er mit »jemand« meint. Mich nämlich. »Ich bin nicht jemand«, sage ich. »Ich bin Nile. Seine Lebensgefährtin.«

Jäger nickt bedächtig, dann sagt er etwas, was absolut nicht zu diesem Nicken passt. »Es tut mir sehr leid, dass ich Ihnen nicht helfen kann, aber es ist für dieses Gespräch absolut unerheblich, wer Sie sind.«

Ich reiße mich zusammen. »Er ist verschwunden, verstehen Sie? Ich war deswegen schon bei der Polizei. Die suchen nach ihm.« Das stimmt nicht, aber das ist egal.

»Meine Schweigepflicht gilt dennoch.«

Die Taube an der Wand hinter ihm macht mich langsam wütend. Diese zur Schau gestellte Friedfertigkeit, dieses völlig gleichgültige Abschmettern meines Anliegens. »Wissen Sie«, sage ich und brauche einige Sekunden, um mich zu sammeln, damit ich nicht losbrülle, »wenn die hierhin kommen mit ihren Dienstausweisen und Sie wegen eines möglichen Gewaltverbrechens befragen, dann stehen Sie ziemlich blöd da mit Ihrer Schweigepflicht. Weil es nämlich sein kann, dass Ihr Mandant gerade verletzt ist oder gefangen gehalten wird und Hilfe braucht. Wie steht es dann mit Ihrer Pflicht?«

»Das werde ich gegebenenfalls mit der Polizei besprechen, wenn es so weit ist.«

»Also ist sie bisher noch nicht gekommen?«

»Kein Kommentar.« Das sagt er im Ernst, als wären hier irgendwelche Kameras auf ihn gerichtet. Ich stehe abrupt auf und gehe.

Ich finde, dass Bens Anwalt ein Arschloch ist, ein Riesenarschloch sogar.

▎ Selbstverständlich ist Ben nicht auf Dienstreise oder beim Kundentermin oder im Büro. Das ist doch völlig klar. Natürlich wissen die in der Firma nicht, wo er steckt, er hat keinen privaten Kontakt zu den Leuten aus seinem Team, auch wenn er sich mit allen gut versteht, so, wie er sich immer mit allen versteht, auf seine Vertrieblerart.

Aber ich muss etwas tun. Also tue ich das, was die Polizei tun würde.

Ich stehe in der Eingangshalle mit dem viel zu blauen Teppichboden. Normalerweise hole ich Ben hier unten ab, darum weiß ich, wie es hier aussieht. Oben in seinem Büro war ich noch nicht so oft. Es ist ein bisschen stressig, dorthin zu gelangen, jemand muss einen nach oben begleiten.

»Moment bitte«, sagt der junge Mann am Empfang und lächelt routiniert, als er zum Hörer greift, um in Bens Büro anzurufen. Wieder steigt mein Puls, so, als ob es tatsächlich sein könnte, dass Ben da ist und den Anruf entgegennimmt. Der Kerl legt den Hörer auf und sagt: »Herr Godak ist nicht am Platz.«

Ich weiß nicht, wie ich das finden soll. Klar wäre eine andere Antwort mir lieber gewesen, schließlich wünsche ich mir nichts sehnlicher, als dass Ben ganz normal im Büro sitzt ... Oder? Was würde das bedeuten? Was würde ich machen, wenn er mir jetzt vor die Füße stolpert, als wäre nichts gewesen?

Ich sage: »Dann müsste ich mit einem Kollegen sprechen, bitte.«

Der Kerl nickt und wartet. Er wartet auf einen Namen. Ich überlege fieberhaft, ob mir einer einfällt, jemand, den ich kennengelernt habe oder von dem Ben erzählt hat, aber mein Hirn ist wie leergefegt. Ich will schon verzweifelt den Kopf schütteln, doch dann sage ich triumphierend: »Hanno! Hanno Henseler! Ist der da?«

Das ist Bens Chef.

»Kleines Momentchen«, sagt der Kerl. Er lächelt mir zu, wählt und murmelt in den Hörer, dann legt er auf und sagt: »Ich bringe Sie hoch.«

Die Fahrstuhltüren öffnen sich mit einem Pling und geben den Blick auf den Flur frei, der zu einem riesigen Großraumbüro führt.

Hanno Henseler ist so ein extrem gut gelaunter, extrem jovialer Chef mit Sechstagebart und pastellfarbenen Hemden, dazu unnatürlich gelockte Haare in einem Braunton, der garantiert aus der Tube kommt.

»Nile!«, ruft er, als er mir entgegenkommt. »Hey! Was kann ich für dich tun?«

Ich habe ihn noch nicht oft gesehen, es ist Ben nicht so recht, wenn ich bei ihm auf der Arbeit aufkreuze, aber die vier, fünf Male, die ich seinem Chef begegnet bin, hat er mich mit aufgekratzter Euphorie begrüßt, die mir nicht echt vorkam. Noch dazu hat er so was gespielt Aufmerksames, das sich beinahe baggerig anfühlt. Ich verstehe ja, dass er zu Kundinnen so ist. Aber warum zu mir?

Er kann das nicht abschütteln, sagt Ben. Das ist einfach seine Art. Du solltest mal hören, wie er mit seiner Frau spricht!

Hanno strahlt. »Hey, ist das neu? Steht dir gut.« Das raunt er mir zu, ganz intim sozusagen.

Im Grunde machen Leute wie Hanno es einem leicht. Anfangs aber war ich verschreckt, weil ich diese Art nicht kannte. »Es geht um Ben«, sage ich.

Hanno lacht, als wollte er sagen: Ja, ihr zwei Täubchen! Dann schlägt sein Gesichtsausdruck plötzlich um, und er sagt mit verdunkelter Stimme: »Na klar, das denke ich mir.«

Dieser Umschwung irritiert mich. »Warum klar? Weißt du was?«

»Weiß ich was?«, echot er.

»Wegen Ben.«

Ich verstehe seine Reaktion nicht, sie macht mich misstrauisch. Wer weiß, was er hinter seinem jovialen Pastellgetue verbirgt?

Ich dränge mich an Hanno vorbei, Bens Büro liegt weiter hinten im Gang, er gehört zu den wenigen, die ein Einzelbüro haben. Ich hechte durch den Gang und weiche den entgegenkommenden Mitarbeitern aus.

Hanno ruft hinter mir her: »Nile, was ist los?«

Ich reiße die Tür auf. Ein Alurollo vor dem Fenster zerteilt das Sonnenlicht in Scheiben, der Schreibtisch ist leer bis auf einen Papierstapel im Posteingangsfach, Bens Laptop liegt nicht da, er nimmt ihn immer mit nach Hause. Ich notiere mir im Geiste, dass ich nach seinem Laptop suchen muss, warum bin ich noch nicht darauf gekommen? Ich sehe mich im Raum um. Nichts fällt auf.

»Hey, Nile, was ist los?« Hanno ist mir gefolgt, er sieht jetzt beinahe verärgert aus.

Ich trete an den Tisch, suche etwas, irgendetwas, was mir helfen kann. Hier steht kein Foto von mir, was mich etwas enttäuscht, immerhin, registriert mein Hirn, steht hier auch keins von Flo, aber das ist ja wohl selbstverständlich. Dann sehe ich sie, eine Figur der Bremer Stadtmusikanten, albern, etwas hässlich.

Das war, als er einen Kundentermin in Bremen hatte, in unserem dritten Monat, nach seinem Geburtstag. Tagsüber war ich durch die Stadt gestrolcht und hatte überlegt, ob ich ihm etwas schenken sollte, und wenn ja, was. Dabei spürte ich schmerzhaft, wie viel Pärchenroutine mir fehlte, Beziehungserfahrung überhaupt, denn die Frage, wie ich mit Bens Geburtstag umgehen sollte, wurde in meiner Wahrnehmung zu einer Prüfung, bei der ich höchstwahrscheinlich durchfallen würde – was albern war, natürlich, das war mir durchaus bewusst, aber so fühlte es sich an. Und dann sah ich diese Figur und kaufte sie in einer Kurzschlussreaktion, diesen völlig bescheuerten, sinnlosen, nicht einmal hübschen Touristenartikel, der für jeden anderen nichts sagte als: Hallo, ich war in Bremen! Der für mich aber immerhin sagte: *Wir* waren in Bremen. Und vielleicht sagte er das auch für Ben.

»Ich bin total schlecht im Schenken«, sagte ich verschämt, als ich sie ihm überreichte. Für einen Moment sah Ben erstaunt aus, er starrte auf den Stapel aus Esel, Hund, Katze, Hahn, und dann musste er lachen und küsste mich.

Er freute sich, nicht, weil sie ihm ernsthaft gefiel, sondern eher, weil er das süß fand, meine Hilflosigkeit, süß, so hat er es erklärt, und ich nahm verschwommen die mögliche

Geschichte dahinter wahr, nämlich, dass Flo höchstwahrscheinlich eine sehr professionelle, zielgerichtete Schenkerin war. Und dann verstummten wir beide, weil uns die Situation klar wurde: Ich war seine Geliebte und hatte ihm diesen Dekoscheiß geschenkt. Was sollte er mit der Figur tun, sie in seinem Haus aufstellen, wo Flo sie sehen würde? Und wenn ja, was wäre das? Eine Provokation? Eine Unverschämtheit? Eine Reviermarkierung?

Ben sagte schließlich: »Genau so was fehlt auf meinem Schreibtisch, ganz ehrlich, ich hab schon so oft gedacht, dass sich ein Stapel von vier Tieren wunderbar links neben dem Telefon machen würde. Das Telefon schreit förmlich danach.«

Und da stehen sie. Links neben dem Telefon. Als ich das letzte Mal hier war, sind sie mir gar nicht aufgefallen, so, wie mir nie etwas auffällt, wenn Ben da ist, weil ich dann immer nur Augen für ihn habe. Wer weiß, was mir noch alles entgangen ist?

»Nile, was ist denn eigentlich los?«, fragt Hanno, und ich drehe mich zu ihm um.

»Ben ist nicht da«, sage ich.

»Nein, natürlich nicht. Weil er krank ist. Ich hoffe, es ist nichts Schlimmes.«

»Krank?«

»Ja, natürlich, Nile. Musst du doch am besten wissen.« Jetzt sieht er verwirrt aus.

»Hanno«, sage ich und übernehme intuitiv seine blöde Eigenschaft, die Leute übertrieben persönlich beim Vornamen zu nennen. »Ben ist verschwunden.«

Er starrt mich an. »Was ist er?«

»Verschwunden.«

»Quatsch«, sagt er und schüttelt den Kopf. »Er ist krank. Hat er nicht ...« Ganz offensichtlich checkt er in seinem Kopf gerade, in welchen Verhältnissen wir leben. »Aber er hat sich doch abgemeldet«, sagt er dann. »Heute Morgen. Wann soll er denn verschwunden sein?«

Seine Worte hängen sekundenlang zwischen uns, bis sie mein Gehirn erreichen. Mein Herz beginnt zu pochen. »Wann hat er sich abgemeldet? Was hat er gesagt? Geht es ihm gut?« Das ist es, wonach ich die ganze Zeit gegiert habe, ein Hinweis, ein Lebenszeichen, irgendetwas. Hanno hatte Kontakt mit Ben! Heute noch!

Hanno scheint zu überlegen. »Moment«, sagt er. Er tritt an Bens Telefon und tippt eine Durchwahl, ich muss dabei auf die Figur der Bremer Stadtmusikanten starren. »Kommst du mal kurz?«, sagt er in den Hörer und legt dann grußlos auf. Dann wendet er sich wieder zu mir. »Das haben wir gleich.«

Es dauert wenige Sekunden, dann steht eine junge aschblonde Kollegin mit weißer Schluppenbluse im Raum, die mir vage bekannt vorkommt.

»Jenny, Bens Freundin Nile kennst du ja sicher«, sagt Hanno. »Du hast doch eben mit ihm telefoniert, oder?«

Jenny nickt mir knapp zu und heftet den Blick dann auf ihren Chef. »Stimmt so nicht«, sagt sie.

»Aber sagtest du nicht, er habe sich krankgemeldet?«

»Seine Frau hat angerufen«, erklärt Jenny und ihr Blick rutscht zu mir, eher neugierig als verlegen.

»Seine Frau«, wiederholt Hanno nachdenklich.

»Ja, klar. Florence. Er hat ja auch schlecht ausgesehen die letzten Tage, finde ich.«

»Hm«, macht Hanno. »Danke, das war's dann.«

»Nein«, sage ich hastig. »Wann war das? Wann genau?«

Sie überlegt. »Kurz vor der Mittagspause. Zwölf Uhr vielleicht.«

Das war, nachdem ich bei Flo war. Also ist es nicht so, dass sie schon vorher von seinem Verschwinden wusste. Nicht unbedingt.

»Warum hast du mir gesagt, dass er sich heute Morgen krankgemeldet hat?«, frage ich Hanno, es kommt schärfer heraus, als es gemeint ist.

Er sieht überrascht aus. »Ich bin erst mittags reingekommen. Darum dachte ich, er selbst hätte früh angerufen, wie man das eigentlich macht.«

Jenny nickt mir noch mal zu, wieder sehr neugierig, dann geht sie raus.

Hanno knipst seine Freundlichkeit an wie eine Lampe. »Tja, was soll ich sagen, das ist dann wohl der Stand«, sagt er.

Ich fühle mich plötzlich komisch. Wie unter Anklage. Dass Flo hier anruft, um Ben krankzumelden, lässt unsere Lebensverhältnisse verrutschen, als bestünde unsere gemeinsame Wohnung bloß aus Pappe, als ließen ihre Wände sich beliebig verschieben, wenn die Umstände es erfordern. »Wir wohnen zusammen, seit über einem Jahr«, sage ich und merke, wie bescheuert das klingt.

Hanno sieht irritiert aus, vielleicht sogar peinlich berührt. »Ist doch klar, Nile. Ist doch ganz klar.«

»Er ist gestern beim Einkaufen verschwunden, von einer Sekunde auf die andere. Ich kam aus der Umkleide, und er war weg, und niemand hat ihn danach mehr gesehen. Er geht auch nicht ans Handy.«

»Aber warum ruft Florence dann hier an?«

»Keine Ahnung.«

»Hmmm. Verstehe. Und er ist vielleicht zufällig, ich meine, vielleicht wollte er was abholen, bei Florence, oder so?«

Was für ein absurder Gedanke: Er ist zu Flo, um dort etwas abzuholen, ist dann dort krank geworden, eine schlimme Erkältung vielleicht, hat sich einfach in sein altes Ehebett gelegt und ist von den vielen fiebersenkenden Mitteln eingeschlafen, und zur Sicherheit hat seine Ex ihn heute Morgen ausschlafen lassen. Damit es keinen Ärger gibt, hat sie Ben auf der Arbeit abgemeldet, ehe sie in ihrer schönen Küche frischen Orangensaft gepresst hat, mit vielen Vitaminen, damit er schneller gesund wird?

»Ich war heute Vormittag bei ihr, sie weiß genau, dass ich ihn suche«, sage ich.

»Hmmmm«, macht Hanno, es ist mir tatsächlich gelungen, ihm seine beschissene Fröhlichkeit auszutreiben. »Und, ich meine, redet ihr normal miteinander, du und sie?«

»Eben ging es«, sage ich knapp.

»Das heißt, sie hätte dich angerufen, wenn er bei ihr aufgetaucht wäre?«

»Davon gehe ich aus.«

»Was soll ich machen?«

»Du könntest sie noch mal anrufen und nachfragen, Hanno.«

Er überlegt. Und während er überlegt, gehe ich dieses Gespräch in Gedanken durch, kalkuliere Hannos kundenfreundliche Art ein und Flos Motive, egal, welche es auch sein mögen, und sage dann: »Nee, vergiss es, ich mach das selber. Keine Umstände. Ich danke dir.«

Jetzt ist er perplex. »Ich weiß nicht, Nile. Das klingt ja alles sehr komisch, du.«

Das IST auch sehr komisch, will ich schreien, aber ich lächle Hanno ins Gesicht und sage: »Du hast mir echt sehr geholfen, Hanno, danke, du! Guten Tag noch!«

Und dann fliehe ich förmlich aus dem Büro, ich merke, wie Blicke an mir kleben, aber ich beachte sie nicht, ich gehe einfach weiter und hole erst wieder Luft, als sich die Aufzugtüren schließen.

Jenny hat gesagt, er habe schlecht ausgesehen die letzten Tage, und vielleicht stimmt das. Er ist etwas blass gewesen, blasser als sonst.

Ging es ihm schlecht, und ich habe nichts davon bemerkt?

Sorge und schlechtes Gewissen schwappen in mir hoch wie schwarze bittere Flüssigkeiten.

Ich habe mich nicht gut genug um Ben gekümmert. Nicht so, wie er sich immer um mich gekümmert hat.

Als Kind war ich sehr verschlossen. Eigentlich bin ich immer noch sehr verschlossen. Viele Dinge habe ich nie jemandem erzählt, bis Ben kam.

Das mit den Monstern.

Als ich klein war, dachte ich, dass unter meinem Bett Monster wohnen. Das war sehr gefährlich. Wie sollte ich aus dem Bett steigen? Die Monster waren gierig, aber schlau. Sie lagen dort, dicht aneinandergedrängt, und lauerten. Sobald meine Füße den Boden berührten, würden die Monster zuschnappen mit ihren gekrümmten Krallen und mich zu sich hinunterziehen, um mich zu verschlingen. Das Verschlingen machte mir am wenigsten Angst, viel mehr grauste mir vor dem schraubstockartigen Griff um meine nackten Knöchel und davor, zwischen ihnen unter dem Bett zu liegen, in Enge und Staub und Angst, und sie ansehen und ihre borstigen Körper berühren zu müssen.

Ich traute mich oft nicht aufzustehen. Meine Mutter redete so lange auf mich ein, erst im Guten, schließlich mit Schimpfen und Drohen, bis ich mich endlich überwand und mit einem riesigen Satz aus dem Bett sprang, um dann zitternd darunter zu schauen. Und nichts zu sehen. Weil die Monster sich blitzschnell versteckt hatten.

»Warum hast du deiner Mutter nicht von den Monstern erzählt?«, fragte Ben. Wir lagen auf der Seite, ich lag in seinen Armen, mein Rücken an seiner warmen Brust.

»Dann hätte sie auch Angst gehabt. Das wollte ich nicht.«

»Vielleicht hätte sie dir ja helfen können. Vielleicht hätte sie gewusst, wie man die Monster vertreibt.«

»Der Gedanke ist mir gar nicht gekommen.«

»Und wann sind die Monster verschwunden?«

»Ich weiß es nicht so genau«, sagte ich und kuschelte mich noch enger an ihn.

Aber das war eine Lüge. So ganz sind sie nie verschwunden. Nicht bis zu dem Tag, an dem Ben kam.

Immerhin eins hat das Gespräch mit Hanno mir verraten: Flo hat Dreck am Stecken.

Jetzt weiß ich es.

Etwas stimmt nicht, etwas stimmt ganz gewaltig nicht.

Denn sie hat mich angelogen, als sie behauptete, dass sie zur Polizei gehen würde. Sie hat das Gegenteil getan. Ihr Anruf im Büro war ein Versuch, Bens Verschwinden zu verschleiern. Damit niemand nach ihm sucht. Damit niemand merkt, dass er weg ist.

Die Polizei. Nie im Leben hat sie bei der Polizei angerufen. Gibt es eine Extra-Nummer für Vermisstenfälle? Oder für die örtliche Dienststelle? Warum habe ich mir nicht die richtige Durchwahl geben lassen? Egal, ich wähle erneut die 110.

»Guten Tag«, sage ich und überlege erst beim Reden, was ich eigentlich sagen will.

»Ich rufe wegen der Vermisstensache Ben Godak an. Ich habe da einen Hinweis, offenbar ist er bei der Arbeit krankgemeldet worden.«

»Einen Moment«, sagt die Stimme am anderen Ende, »ich stelle Sie mal durch.«

Mit angehaltenem Atem warte ich. Dann, nach einigen Minuten erst, ein Mann diesmal: »Hören Sie? Wie war der Name?«

»Nile. Nile Wrede.«

»Und um welche Vermisstensache soll es gehen?«

»Ben Godak.«

»Den haben wir hier nicht. Sind Sie sicher, dass Sie den richtigen Namen haben?«

Ich lege auf, ohne zu antworten.

Sie hat ihn nicht als vermisst gemeldet. Natürlich hat sie das nicht getan, denn sie hatte nie vor, mir zu helfen.

Und sie hat auf Bens Arbeit angerufen und ihn krankgemeldet, damit auch niemand anders ihn sucht.

Ich bin auf ihre hilfsbereite Fassade hereingefallen. Sie hat mich getäuscht, damit sie weiter ihr Spiel treiben kann – welches ist es diesmal, nach all den hysterischen Heulattacken, verleumderischen Mitteilungen und melodramatischen Selbstmorddrohungen?

Ich weiß nicht, was sie mit Ben gemacht hat.

Aber ich werde es herausfinden.

Und dann hole ich ihn mir zurück.

Mein erster Impuls ist, bei Flo Sturm zu klingeln und sie zu fragen, was das soll. Ich will ihre bescheuerten Keramiktassen in ihrer bescheuerten Küche herumwerfen, ich will sie verprügeln, bis sie mir die Wahrheit sagt, bis sie sagt, was sie weiß, bis sie sagt, wo Ben steckt, was das soll, all solche Dinge.

Ich könnte mit der Bahn fahren, aber ich gehe zu Fuß, weil mich das beruhigt und ich währenddessen meine Gedanken sortieren kann.

Freiwillig wird sie mir ohnehin nichts verraten. Wenn sie dazu bereit wäre, dann hätte sie das vorher schon getan.

Ich weiß nicht, was das alles zu bedeuten hat, aber eines steht fest: Flo hat etwas zu verbergen. Vermutlich Ben.

Und deswegen muss ich aufpassen.

Ich werde ab jetzt jeden ihrer Schritte überwachen. Das ist nicht die beste Idee der Welt, wirklich nicht. Einmal, weil ich nicht weiß, ob das etwas bringt, aber vor allem, weil ich nicht gerade eine Spezialistin in solchen Angelegenheiten bin. Aber was soll ich sonst tun?

Unterwegs kaufe ich an einem Kiosk eine Flasche Wasser und zwei Schokoriegel. Damit mache ich mich auf zum blauen Haus.

Komischerweise geht es mir gut. Endlich herrscht Klarheit. In Bezug auf Flo, meine ich.

Der Bodensatz von allem, was mit Flo zu tun hat, ist schwarze, klebrige Eifersucht, und die war schon immer da, seit dem Moment, als Ben das erste Mal ihren Namen nannte und ich begriff, dass es sie gibt. Seine Frau. Dass er eine hat.

Ben war immer voller Wärme und Hochachtung und Mitgefühl, wenn er von ihr sprach, es war keineswegs so, dass er sich bei mir über seine Ehefrau auskotzte, oh nein, er sprach nicht so, wie die Männer im Klischee sprechen, wenn sie bei ihren Geliebten sind. Er pries ihre Intelligenz und Fairness und die guten Zeiten, die sie gehabt hatten. Vor allem erzählte er immer wieder davon, wie wahnsinnig durchsetzungsstark und witzig Flo sei. Eigentlich war es ein riesiger grellbunter Blumenstrauß positiver Eigenschaften, den er mir da präsentierte, es fiel mir schwer, inmitten dieser hundert Tugenden eine echte Frau zu erkennen. Aber nun, wichtig war: Er sprach nur gut über sie.

Und auf diesen Ton bin ich natürlich eingestiegen, ich wollte keinesfalls die geifernde eifersüchtige Geliebte sein. Ich musste auch gar nicht eifersüchtig sein. Denn hinter all der Wärme und Hochachtung steckte die simple Tatsache, dass Ben seine Frau nicht liebte. Nicht mehr. Das hatte ich begriffen. Trotzdem hätte es mir gutgetan, wenn er schlecht über sie gesprochen hätte, doch er tat es nicht, nie, und ich passte mich dem an.

Im Grunde, sagte ich mir, müsste mir das egal sein, denn er liebte mich, oh ja, und er würde sie verlassen, wenn auch in für mich quälend langsamen Schritten. Das hat er auch getan. Und jetzt ist er beinahe geschieden.

Aber der klebrige schwarze Bodensatz ist immer noch da. Und darum löst die Gewissheit, dass Flo tatsächlich gelogen hat, jetzt, wo es um alles geht, beinahe Lust in mir aus.

Endlich befindet sich die arme, tapfere, zu Unrecht verlassene, edle Flo dort, wo sie hingehört.

Endlich sehe ich sie mit beiden Füßen auf dem schwarzen ekligen, klebrigen Boden, auf dem ich sie immer schon vermutet habe. Endlich, endlich, endlich darf ich sie hassen und verachten und ihr lauter fiese Motive unterstellen. Ich habe alles Recht dazu. Auch das Recht, sie zu beschatten.

Und jetzt, wo ich vor dem blauen Haus stehe und durch den bleichen Treibholzzaun gucke, bin ich nicht etwa die eifersüchtige Geliebte aus Bens schmuddeligem Schattenleben, die brennende Blicke in das Glitzerleben seiner bürgerlichen Existenz wirft, sondern ich habe einen handfesten Grund. Und vor allem: ein Ziel.

Das Gartentor quietscht, als ich es öffne. Ich stelle mich direkt vor die Haustür, so, dass man mich von den Fenstern aus nur sehen kann, wenn man direkt davorsteht. Vorsichtig nähere ich mich einem der blauen Fenster, hinter dem sich, wie ich weiß, die Küche befindet. Der hochgewachsene Lavendel kitzelt mich am Knie, als ich mich vorbeuge, um hineinzusehen. Da nehme ich im Hintergrund des Raumes eine Bewegung wahr und gehe sofort wieder in Deckung.

Sie ist da. Hat sie mich gesehen? Nein, sicher nicht.

Ich verlasse das Grundstück, so schnell es geht, ohne zu rennen, und gehe die Straße hinunter.

Zum Glück ist auf der anderen Straßenseite eine Bushaltestelle. Von hier aus kann ich zwar nicht das Haus, dafür aber die ganze Straße beobachten. Wenn Flo das Haus verlässt, werde ich es sehen.

Und herausfinden, was sie im Schilde führt.

Seit einer Stunde sitze ich an der Bushaltestelle, und nichts passiert. Niemand geht zum blauen Haus, niemand verlässt es.

In der Zwischenzeit habe ich zweimal bei Ben angerufen und etwa hundertmal überlegt, was ich noch alles tun könnte. Dann probiere ich es wieder. Bei Markus. Bei Bens Eltern. Und schließlich bei Hanno.

»Hallo«, sage ich. »Ich bin es, Nile.«

»Nile, hey«, sagt er, seine Begeisterung ist nur ein bisschen schwächer als sonst.

»Hast du was gehört?«

»Wie?«

»Von Ben. Hast du irgendwas gehört?«

»Wie meinst du das?«, fragt er, und da begreife ich, dass er absolut nicht checkt, wie ernst die Lage ist.

»Ben ist noch immer nicht aufgetaucht. Er ist verschwunden, falls du dich erinnerst.«

»Gib ihm Zeit. Er hat sicher, hm.« Er verstummt, offenbar merkt er, wie blöd er reagiert.

»Ich habe«, sage ich, und erst im Reden merke ich, wie

sich meine Idee formt, »ich habe überlegt, ob du vielleicht doch noch mal bei Bens Exfrau anrufen könntest.« Ich bringe ihren Namen nicht über die Lippen. »Du könntest ja sagen, dass du ihn wegen eines Termins sprechen musst oder so.«

Schweigen. »Nee, du, was soll das denn bringen.«

»Vielleicht sagt sie dann die Wahrheit. Weil sie kapiert, dass sein Verschwinden aufgefallen ist. Es ist ja auch eine Hilfe für sie, sozusagen. Denn sie hat gelogen, und wenn man ihr deutlich macht, dass das auffliegen wird, kann sie sich bestimmt leichter entscheiden, die Wahrheit zu sagen.« Ich merke, wie ich mich um Kopf und Kragen rede, aber ich will etwas tun, irgendwas, mehr tun, als hier zu sitzen und ein Haus zu beobachten, und allein der Gedanke, dass endlich irgendetwas passiert, diese Hoffnung tut mir schon so gut, dass ich vor Erleichterung weinen könnte.

»Ich weiß nicht recht.«

»Bitte, Hanno.«

»Okay, ich rufe sie an.«

»Wirklich?«

»Ja, versprochen.«

»Mach das jetzt. Sofort. Okay?«

»Mach ich. Tschüss!«

»Danke, Hanno.« Das drückt nicht ansatzweise aus, wie dankbar ich ihm bin, aber was soll ich sonst sagen? Er ruft an! Jemand spricht mit Flo! Es passiert etwas, endlich!

Es fühlt sich beinahe an, als hätte ich endlich einen Verbündeten, endlich hilft mir jemand. Hanno.

Andererseits kann es sein, dass er nur zugestimmt hat, um seine Ruhe zu haben. Weil er weiterarbeiten will. Oder muss. Weil ihm das wichtiger ist. Weil er mir eh nicht glaubt.

Am liebsten würde ich ihn noch einmal anrufen. Ich könnte sagen, dass ich wissen will, was sie gesagt hat.

Ist doch klar, dass mich das interessiert, oder? Mist, ich hätte ihn gleich festnageln sollen – hätte sagen sollen, dass er mich noch mal anrufen soll.

Noch während ich darüber nachdenke, geschieht etwas.

Flo erscheint am Ende der Straße.

Sie hat sich umgezogen, jetzt trägt sie Jeans und eine weiße Bluse, dazu hochhackige schwarze Sandalen und eine große schwarze Handtasche. Sie sieht stur geradeaus, als sie den Weg in Richtung Stadt einschlägt. Mein Glück ist, dass sie nicht das Auto nimmt, offenbar hat sie es nicht weit.

Hat Hanno sie angerufen? Ist sie deswegen losgezogen? Ich bleibe auf der anderen Straßenseite und halte mich dicht hinter ihr, aus lauter Angst, sie aus den Augen zu verlieren.

Schnellen Schrittes geht Flo voran, sie scheint sehr konzentriert. Das ist mein Glück, denn wenn sie sich umblicken würde, wäre ich sofort entdeckt. Aber das tut sie nicht. Erst an der Kreuzung bleibt sie stehen. Ohne nach links und rechts zu sehen, wühlt sie in ihrer Handtasche, zieht das Handy hervor und wählt. Offenbar erreicht sie niemanden. Sie steckt das Handy zurück, ein achtloser Schulterblick, der mich nicht streift, ehe sie die Straße überquert.

Es ist seltsam, sie so ungeniert beobachten zu können. Vorhin, aus der Nähe, habe ich nur gesehen, dass sie nicht so schön ist, wie ich glaubte, dass sie älter ist als gedacht und traurig dazu, aber jetzt spüre ich die Wirkung, die sie verströmt, und die ist eine andere. Sie strahlt eine Attraktivität aus, die sie selbst nicht zu interessieren scheint.

Sie greift in ihren wuscheligen Haarknoten, löst das Gummi. Mit einer Hand lockert sie das Haar, eine eigenartig lodernde silberblonde Mähne, dann schlingt sie erneut das Gummi darum und zupft, bis der Knoten wieder sitzt, sehr hoch oben, sodass ihr zarter weißer Nacken frei liegt. Es ist eine sehr weibliche Bewegung, und für einen Moment versetzt mir die Sicherheit, die daraus spricht, einen Stich.

Flo steigt in die Straßenbahn, es kostet mich keine Mühe, hinter ihr in den Waggon einzusteigen, ohne dass sie mich bemerkt. Vielleicht ist es das, was sie so selbstsicher erscheinen lässt: Sie würdigt ihre Umgebung keines Blickes. Nicht nur ich, auch die anderen Menschen sind unsichtbar für sie. Für mich ist das in diesem Moment natürlich von Vorteil.

Sie bleibt stehen, hält sich an der Stange fest und wirft einen ungeduldigen Blick auf die schmale Uhr an ihrem schmalen Handgelenk. Es ist ein Blick, der so viel ausstrahlt, einer, der sie geschäftig und wichtig und weiblich aussehen lässt. Gleichzeitig spricht aus diesem Blick eine Missbilligung, als wäre die Bahn zu spät und alle um Flo herum schuld daran, nur nicht sie selbst. Es ist erstaunlich, wie sehr Gesten Verhältnisse schaffen können, denke ich. Ich spüre, wie ich selbst mit der Masse der Menschen verschmelze, während Flo sich deutlich abhebt.

Sie steigt aus, ich folge ihr. Hier war ich noch nie. Hohe Altbauten, überwiegend Mehrfamilienhäuser, ein Sonnenstudio und ein Kiosk. Sonst gibt es nichts zu sehen.

Flo geht entschlossen zu einem Hauseingang. Statt zu klingeln, kramt sie in ihrer Handtasche, zückt einen Schlüssel und öffnet die Tür. Als sie im Haus verschwunden ist, hechte ich los, tatsächlich gelingt es mir, die schwere hölzerne Tür zu erwischen, ehe sie ins Schloss fällt. Ich zögere. Was soll ich jetzt tun? Hier unten stehen bleiben und warten? Verschwinden? Den Fuß in der Tür lese ich Klingelschilder. Bröhl, Miehle, Gordetzki, Dogan, Schmidt.

Sagt mir nichts. Ich lausche ins Treppenhaus, Flos Schritten nach, entschlossene Schritte, die weit oben im Haus verklingen. Geht sie zur obersten Wohnung? Schmidt? Ich folge ihr leise, eile in großen Schritten die Treppe hoch und höre eine Tür zufallen.

Vor dem obersten Stockwerk halte ich inne. »Schmidt« steht auch an der Wohnungstür. Ist das die Tür, hinter der Flo verschwunden ist? Ich warte und spitze die Ohren.

Und dann höre ich sie. »Ben?«, ruft sie im Innern der Wohnung.

Und dann noch einmal: »Ben?«

Ich erstarre.

All mein Hoffen und Sehnen zieht sich schmerzhaft zusammen, greift nach meinem Innersten und kriecht damit unter der Tür hindurch in die Wohnung, in der Flo steht und »Ben!« ruft.

Ist er es? Ist er es wirklich?

Mein Puls rast, ich presse mein Ohr gegen die Tür und lausche und lausche und lausche mit aller Kraft, aber da ist nichts, keine Antwort, nur das harte Stakkato von Flos Schritten, kein Ton von Ben, aber das hat nichts zu bedeuten, immerhin kann es sein, dass sie ihn gefangen hat, gefesselt, geknebelt, dass er deswegen nichts sagen kann.

Ich will die Tür aufreißen und hineinstürmen, will Flo beiseitestoßen und ihn befreien, in die Arme nehmen, will in seine Augen sehen und »Ben!« sagen.

Aber die Tür ist zu.

Ich lehne mich dagegen, spüre das kühle harte Holz an meiner heißen Wange.

Und was wäre, wenn ich anklopfen würde? Würde sie mir öffnen? Oder ist es vielleicht viel besser, wenn sie noch nicht weiß, dass ich ihr auf die Schliche gekommen bin? Gibt mir das mehr Möglichkeiten?

Mein Herz hämmert noch immer, es hämmert bis in meinen Hals hinauf, es hämmert so laut, dass ich die Schritte im Innern der Wohnung erst in allerletzter Sekunde höre.

Sie nähern sich der Wohnungstür, es gelingt mir gerade noch, die Treppe hinunterzuspringen, ich fliehe das Treppenhaus hinunter, es ist unmöglich, dass sie das nicht hört. Aber wer weiß, wie sie es interpretiert, vielleicht denkt sie, dass es Herr Dogan ist, der eine Bahn nicht verpassen will.

Unten im Hausflur angekommen, zögere ich, dann habe ich eine Eingebung und laufe noch weiter hinunter in den Keller, wo ich vor vier Türen stehe, ich öffne die erste links und finde mich in einem Wäschekeller wieder, auf vielen kreuz und quer gespannten Leinen trocknen Handtücher und Hosen, dazu riecht es durchdringend nach blumigem Weichspüler.

Voller Angst horche ich nach oben, ich höre leise die Haustür zufallen, aber wer weiß, vielleicht ist das ein Trick, vielleicht ist sie mir gefolgt, steht gerade auf der anderen Seite der Tür und lauscht ebenfalls?

Eine Minute warte ich, noch eine, dann öffne ich vorsichtig die Tür.

Nichts.

Niemand.

Ich gehe in Zeitlupe die Treppenstufen hinauf. Die Haustür ist zu.

Mein Atem entweicht mit einem Zischen. Ich merke, dass ich Angst habe. Und dass ich unbedingt nach oben muss, ich muss einfach, ich werde mich durch nichts und niemanden aufhalten lassen, jetzt nicht mehr. Und darum eile ich, immer zwei Stufen auf einmal nehmend, die Treppe hinauf zu der Wohnung.

Es ist totenstill hinter der Tür. Keine Flo. »Ben?«, flüstere ich, mein Herz pocht schmerzhaft und laut gegen meinen Brustkorb.

»Ben?«

Keine Antwort.

»Ben?« Nach kurzem Zögern drücke ich die Klingel. Laut schrillt sie hinter der Wohnungstür.

Niemand öffnet. Kein Laut aus der Wohnung verrät, ob sich darin jemand befindet.

Probeweise lehne ich mich gegen die Tür. Sie gibt kaum nach. Ein winziger Spalt zwischen Tür und Zarge, aber reicht das, um sie aufzubrechen?

Ich werfe mich gegen die Wohnungstür. »Ben!«, rufe ich. »Ben!«

Schmerzhaft prallt meine Schulter gegen das Holz, die Tür bewegt sich keinen Zentimeter, ich hämmere mit den Fäusten dagegen.

»Ben!«

Niemand öffnet.

Ich verstumme und presse mein Ohr gegen die Tür, mein Blut rauscht so laut, dass ich nichts höre außer dem Tosen in mir.

»Ben!«

Ich trete drei Schritte zurück, nehme Anlauf.

Erneut kracht meine Schulter gegen die Tür, rotglühende Blitze schießen durch meine rechte Körperhälfte, es tut so verdammt weh.

Und noch einmal trete ich einige Schritte zurück und will gerade das Knie heben, um gegen die Tür zu treten, als die Wohnungstür am anderen Ende des Ganges aufgerissen wird. »Was ist denn hier los?«, schreit ein älterer Mann, entsetzt sieht er mich an, überrascht starre ich zurück.

»Was machen Sie da!«, ruft er, dann: »Was ist denn das für ein Höllenlärm? Ich rufe die Polizei!«

Ich erstarre.

»Nein«, sage ich. »Nein, tun Sie das nicht.«

Er betrachtet mich genauer. »Sie können doch hier nicht ...«, sagt er. Und: »Was wollen Sie?«

»Nur ein Streit«, sage ich. »Nur ein Streit, entschuldigen Sie bitte.«

»Wollen Sie zu den neuen Mietern?«, fragt er misstrauisch.

Ich antworte nicht. Noch einmal werfe ich einen Blick auf die Tür, hinter der Ben gefangen gehalten wird, ich bin mir sicher, und dann wende ich mich widerstrebend ab. Als ich am Nachbarn vorbeigehe, weicht er ins Innere seiner Wohnung zurück und schließt die Tür bis auf einen Spalt.

»Auf Wiedersehen«, sage ich. »Keine Sorge, ich gehe jetzt.«

Natürlich gehe ich nur ein Stockwerk hinunter und verharre dann auf dem Treppenabsatz.

Ich muss mich konzentrieren.

Ich muss mich wahnsinnig konzentrieren.

Ich darf jetzt nichts Falsches machen.

Ich sitze auf den Stufen und denke nach.

Was wäre, wenn der Nachbar die Polizei rufen würde? Wäre das gut oder schlecht?

Einerseits könnten sie mir helfen, Ben zu befreien. Aber würden sie das tun? Wenn eine Frau in einem fremden Treppenhaus randaliert, würde die von Nachbarn herbeigerufene Polizei dann auf ihr Geheiß hin eine Wohnungstür aufbrechen, hinter der nicht einmal verdächtige Geräusche zu hören sind? Oder würde man mich wegschicken oder gar aufs Präsidium bringen?

Ich weiß es nicht.

Aber es ist zu riskant.

Ich muss das anders regeln. Allein. Und so schnell wie möglich. Solange Flo nicht weiß, dass ich ihr gefolgt bin. Solange sie nicht weiß, dass ich die Wohnung gefunden habe, in der sie stand und »Ben!« rief.

Oh, Ben! Bist du da drin? Was, wenn er dort gefesselt und geknebelt auf mich wartet?

Ich stehe auf und nähere mich der Wohnungstür, auf der »Miehle« steht. Sie sieht genau so aus wie die andere. Es ist ein altes Haus, es sind auch alte Türen.

Vorsichtig stemme ich mich gegen die Tür. So winzig ist der Spalt gar nicht, diese Türen sind eindeutig kein optimaler Schutz vor Einbrechern. Ich vermute, jemand mit etwas mehr Kraft und Erfahrung könnte sie leicht aufbrechen. Und Flo hat die Tür hinter sich zugeknallt, das Geräusch klingt in meinen Ohren noch nach. Aber hat sie auch abgeschlossen?

Oder hat sie ihn so sicher gefesselt, dass sie das für unnötig hielt? In meinem Hals wird es eng bei dem Gedanken.

Leise, um den Nachbarn nicht erneut aufzuschrecken,

steige ich die Stufen wieder hinauf. Er hat seine Tür wieder zugemacht.

Ich krame in meinem Portemonnaie nach einer Karte, zuerst kommt mir meine Bankkarte in die Finger, kurz zögere ich, was, wenn sie zerbricht? Dann finde ich meine Versichertenkarte, die ist entbehrlich. Ich zwänge sie vorsichtig in den Schlitz zwischen Tür und Türrahmen, bewege sie auf und ab, so, wie ich denke, dass man es macht. Nichts passiert. Ich ziehe die Karte wieder hervor und versuche es erneut, wieder vergeblich. Kein Schnappen im Schloss, nicht einmal irgendein Geräusch, das mir verrät, ob sich überhaupt irgendetwas tut.

Ich muss diese Tür aufhebeln. Welcher verdammte Gegenstand wäre geeignet, diese verdammte Tür aufzuhebeln, ehe Flo zurückkommt?

Ich habe ja keine Ahnung, was sie vorhat. Ich muss also schnell machen. Ganz schnell.

Womit kann man eine Tür aufhebeln? Es muss etwas sein, das schmal genug ist, um in den Schlitz zu passen. Ein Messer. Ein sehr stabiles Messer. Ich habe keins. Ich muss ganz schnell eins besorgen. Kaufen geht nicht, hier gibt es keine Geschäfte in der Nähe. Klingeln. Irgendwo klingeln, vielleicht nicht direkt im Nachbarhaus, aber ein paar Häuser weiter, und mich als Nachbarin ausgeben, der gerade nicht etwa Eier oder Zwiebeln ausgegangen sind, sondern Messer. Aber ist es nicht viel zu auffällig, wenn ich nach einem Messer frage? Gehört das nicht zu den Dingen, bei denen Leute misstrauisch werden?

Ich muss mir etwas ausdenken. Eine Geschichte erzählen.

Fremde Menschen ansprechen gehört absolut nicht zu meinen Stärken.

Ich werde mir einfach vorstellen, dass ich jemand anderes bin. Jemand, der selbstsicher ist und schlau. Flo vielleicht. So, wie Ben von ihr erzählt. So, wie sie war, ehe sie so unglücklich wurde. Und ich darf nicht vergessen, die Haustür zu blockieren, damit ich auch wieder reinkomme.

Fünf Minuten später stehe ich vor einer anderen Haustür, neben der mehrere Klingelschilder prangen. Vermutlich sind die meisten Menschen auf der Arbeit. Ich drücke eine Klingel nach der anderen, bis der Türöffner summt, ohne dass ich nach meinem Anliegen gefragt werde. Langsam steige ich das Treppenhaus hoch, bereits im ersten Stock öffnet sich eine Wohnungstür, und ein sehr glatt rasierter junger Mann in schimmernden Trainingsklamotten und dicken Ringen in den Ohrläppchen guckt mich erstaunt an.

Ich mag keine Gespräche mit fremden Menschen. Ich mag noch nicht einmal Gespräche mit Menschen, die ich kenne, meistens zumindest. Fremde anzusprechen ist mir ein Gräuel, sie um etwas zu bitten ist noch schlimmer. Aber darum darf es jetzt nicht gehen.

Ich reiße mich zusammen. Ich habe mich noch nie so zusammengerissen. Ich bin gar nicht Nile. Ich bin die lustige, kecke Flo aus Bens Erzählungen, die eine Tortenschaufel braucht, um damit eine Tür aufzubrechen.

»Nicht die Post?«, fragt er.

»Entschuldigen Sie«, sage ich, »es ist mir jetzt echt total unangenehm, aber mir ist was ganz Blödes passiert, puh. Ich bin nebenan in Nummer 40 zu einer Geburtstagsfeier eingeladen, und wir finden die Tortenschaufel nicht. Und darum haben wir Schnick, Schnack, Schnuck gespielt, und ich hab verloren und muss in fünf Minuten eine neue Tortenschaufel auftreiben, sonst ...« Ich verdrehe die Augen.

»Sonst – was?«, fragt der Typ und verschränkt die Arme vor der breiten Brust. Er ist etwa zehn Jahre jünger als ich und scheint Spaß an meiner Geschichte zu finden.

»Sonst muss ich noch mehr trinken, als ich eh schon trinken musste, und dann ist die Party für mich echt vorbei«, sage ich und überlege, ob ich irgendwie einen betrunkenen Eindruck machen kann – Mist, daran hätte ich vorher schon denken sollen. Ich ziehe einen Schein aus der Hosentasche.

»Das will ich natürlich nicht«, grinst der Typ. Er greift sich ans Ohr und dreht an seinem Ohrring. Mir kommt es fast so vor, als ob er flirtet. Ich frage mich, was er gerade in mir sieht, ich bin viel zu alt für ihn und mit Sicherheit nicht die Art Frau, auf die er sonst so steht.

»Zwanzig Euro für eine Tortenschaufel, das ist das Geschäft deines Lebens«, sage ich und wedle mit dem Schein.

»Ich weiß gar nicht, ob wir eine haben«, sagt der Typ.

Bittebitte, denke ich, und: Mist, warum hab ich so präzise nach einer Tortenschaufel gefragt? Und sage: »Sonst gib mir einfach etwas anderes, was man als Tortenschaufel benutzen könnte. Die anderen sind schließlich auch nicht mehr nüchtern.« Ich deute ein prustendes Lachen an, das mir ganz gut gelingt.

»Okaaay«, sagt der Typ, er sieht echt gut gelaunt aus, vermutlich hab ich ihm eine Story geliefert, mit der er sich die ganze kommende Woche interessant machen wird.

In diesem Moment ertönt aus dem Hinteren der Wohnung eine schrille Stimme. »Wo bleibst du, Guido, ich warte!«

Augenblicklich erlischt das Lächeln auf dem Gesicht des Typen. »Moment«, sagt er zu mir, offenbar will er nicht, dass ich denke, die Zicke, mit der er zusammenwohnt, kommandiere ihn herum. Obwohl es ganz offensichtlich genau so ist. »Tausend Dank«, flüstere ich und stopfe ihm den Schein in die Hand. Wenn er erst etwas von mir angenommen hat, wird er mir auch im Gegenzug etwas liefern wollen. Alter Verkaufstrick. Ich habe also doch etwas von Ben gelernt.

Er verschwindet und kommt tatsächlich nach wenigen Sekunden mit einer Tortenschaufel zurück. Er streckt sie mir hin, und ich greife hastig danach. Der Typ hält sie einige Augenblicke zu lange fest, beinahe, als könnte er sich nicht von ihr trennen. Oder von mir. Ich denke schon, dass ich jetzt daran ziehen und mich um die Tortenschaufel prügeln muss, aber dann lässt er schließlich doch los.

»Schöne Party noch!«, ruft er mir hinterher, es klingt beinahe sehnsüchtig, ich vermute, er würde am liebsten mitkommen.

»Wird sicher toll«, rufe ich zurück. Und kann nicht fassen, wie einfach es ist, so zu tun, als sei ich jemand anderes.

Warum habe ich das früher nicht probiert?

Ich umklammere die Tortenschaufel.

Gleich ist es geschafft.

Aus der Nachbarwohnung höre ich kein Geräusch außer dem Fernseher. Das ist gut.

»Ben«, rufe ich leise durch die Tür. »Gleich bin ich bei dir!«

Keine Antwort.

Ich habe es mir leichter vorgestellt, eine Tür aufzubrechen. Irgendwas mache ich falsch, aber nachdem ich zum neunten Mal die Spitze der Schaufel in Höhe der Klinke zwischen Tür und Rahmen geschoben und mit aller Kraft einen dilettantischen Hebelgriff versucht habe, springt die Tür bereitwillig auf. Allerdings sieht sie jetzt schlimm aus, entlang der Kante ist die Farbe abgeplatzt, darunter zersplittertes Holz.

Egal: Es ist geschafft.

Ich trete ein.

»Ben!«, rufe ich leise.

Vielleicht zu leise, es kommt keine Antwort.

Ich sehe mich um. Ich stehe in einem Flur, links eine offene Tür zum Bad, vor mir ein Wohnraum, das ist alles.

»Ben?«

Keine Antwort. Ich höre nichts. Und sehe nichts. Die Wohnung ist leer.

Kein Ben.

Enttäuschung rauscht durch mich hindurch wie kaltes Wasser.

Flo hat ihn gerufen. Das habe ich gehört!

Aber er ist nicht hier.

Was hat das zu bedeuten?

Ich sehe mich um und trete einige Schritte geradeaus in den Wohnraum. Links eine kleine Küchenzeile, eine Theke, rechts ein braunes Sofa mit Couchtisch, hinter einem großen Regal, das offenbar als Raumteiler fungiert, verstecken sich ein Kleiderschrank und ein Bett. Mehr nicht. Was hat Flo hier gemacht? Warum ist sie ...

Und dann sehe ich es.

Mein Gehirn verarbeitet, was vorher lediglich meine Augen registriert haben. In Zeitlupe trete ich in die Mitte des Zimmers und drehe mich langsam um, ganz langsam, um mich zu gewöhnen an das, was ich da sehe. Die Sachen, die herumliegen und etwas vom Bewohner dieser Wohnung verraten.

Die Tüte Schokomüsli auf der Theke.

Die *National Geographic* auf dem Couchtisch.

Die Packung Kaffeebohnen aus der Kaffeerösterei *Hiele*.

Die blaue Kapuzenjacke, die an einem Haken an der Tür hängt.

Alles ist da. Seine Sachen.

Nur er fehlt.

Was hat das zu bedeuten?

Ich fange an zu zittern. Er ist nicht hier. Er wohnt hier nicht, wie sollte er auch, er wohnt doch bei mir.

Ich betrachte meine Hände. Sie beben wie Blätter, die der Wind vom Baum reißen will. Ein böser, starker Wind, der mir Zweifel einflüstern will.

Atme, Nile!

Atme!

Du musst einfach nur atmen.

Ich werde nicht auf den Wind hören. Er lügt. Und darum gehe ich ins Bad und zögere einen Moment, ehe ich wage, den Badezimmerschrank zu öffnen. Badezimmer verraten alles über die Bewohner, ist es nicht so? Ich strecke die Hand aus, sie zittert noch immer.

Die Tür des Badezimmerschranks klappt auf und gibt den Blick auf sein Inneres frei. Und ich sehe die Dose Rasierschaum. Die Zahnpasta mit der milden Frische. Das Birkenshampoo.

Lauter Sachen, die ich kenne. Die genau so auch bei mir stehen. Bei mir? Bei uns!

Das sind Bens Sachen.

Aber es ist nicht seine Wohnung.

Es ist nicht der Ort, an dem er mit mir Zeitung liest und Kaffee trinkt. Nicht der Ort, wo er ins Zimmer kommt, wenn ich am Schreibtisch sitze, und meine Haare hochhebt, damit er meinen Nacken küssen kann mit diesen vielen kleinen schnellen Küssen, die ich so mag. Es ist nicht der Ort, an dem er mich ansieht und »Nile« sagt. Es ist nicht der Ort, an dem ich »Ben« sage.

Es ist ein böser Ort. Ein betrügerischer Ort. Ein Ort für Monster, die mir Zweifel einflüstern.

Jemand will den Eindruck erwecken, dass Ben hier wohnt. Flo. Aber was, zum Teufel, soll das? Sie weiß doch, dass er hier nicht wohnt! Wem oder was will sie etwas vorspielen?

Und warum steht an der Tür »Schmidt«, wer oder was heißt denn hier Schmidt?

Ich klappe den Badezimmerschrank zu, sehe für einen Augenblick mein eigenes starres Gesicht im Spiegel, dann gehe ich zurück in den Wohnraum und greife nach der Jacke, die an der Tür hängt. Ich knäule sie zusammen und vergrabe mein Gesicht darin.

Ich hole tief Luft.

Und dann trifft mich etwas, unverhofft, es trifft mich wie eine Keule.

Etwas, was nicht sein kann.

Ich mag keine Monster.

Irgendwann im Studium sind wir auf dieses Goya-Zitat mit den Monstern zu sprechen gekommen, und etwas daran hat mich fast verrückt gemacht. Vermutlich war das ein Grund, warum ich mich später entschieden habe, nur noch Geschäftsberichte und Gebrauchsanweisungen zu übersetzen. Zumindest fällt mir dieser Text immer ein, wenn ich darüber nachdenke, warum ich mache, was ich mache. Obwohl ich zugegebenermaßen nicht viel darüber nachdenke.

Das Zitat mit den Monstern ist sehr berühmt, es stammt von Francisco de Goya, und es ist unmöglich zu übersetzen in seiner Doppeldeutigkeit.

Natürlich ist so etwas eine Standardsituation für Übersetzer, und wer sich davon in Verzweiflung stürzen lässt, sollte den Beruf wechseln. Oder sich eben auf Gebrauchsanweisungen beschränken.

El sueño de la razón produce monstruos.

El sueño kann Schlaf bedeuten oder Traum. Also kann *El sueño de la razón* sowohl »Schlaf der Vernunft« heißen als auch »Traum der Vernunft«. Erschwerend kommt hinzu, dass *de la razón* nicht nur als simpler besitzanzeigender Genitiv gelesen werden kann, bei dem es die Vernunft ist, die schläft oder träumt, sondern auch als Genitivus objectivus, mit dem »von der Vernunft« geträumt wird.

Und darum bedeutet das Zitat, je nachdem, wie man es übersetzt, das Gegenteil der jeweils anderen Übersetzung.

»Der Schlaf der Vernunft gebiert Monster.« Alle Laster erwachen zum Leben, wenn die Vernunft ausgeschaltet ist.

Oder: »Der Traum von der Vernunft gebiert Monster.« Erst das Streben nach der Vernunft erschafft die Übel. So haben es die Gegner der Aufklärung verstanden. Und wie verstehe ich es?

Sind die Monster da, weil man so sehr danach strebt, vernünftig zu sein?

Oder sind sie da, weil man für einen Moment die Zügel der Vernunft gelockert hat, sodass sie eingeschlafen ist?

Das Einzige, was feststeht:

Die Monster existieren. Es gibt sie.

Hay monstruos.

Und weil einem niemand sagen kann, ob der verdammte Goya es so oder so gemeint hat, weiß ich nicht, was man gegen die Monster machen kann.

Darum ist es gut, wenn man Gebrauchsanweisungen übersetzt, statt sich den Kopf über so schwierige Fragen zu zerbrechen.

Eine Gebrauchsanweisung ist gut, weil sie etwas mit dem konkreten Produkt zu tun hat.

Sie hat nichts mit mir zu tun.

Und nichts mit den Monstern.

Der Geruch von Ben ist eine Keule, die mich an der Schläfe trifft und niederschlägt. Alles explodiert, als ich ihn wahrnehme. Ben, wie er lacht, Ben, wie er aus dem Bett steigt, Ben, wie er mich küsst, Ben, wie er gedankenverloren die Watte aus dem Brötchen pickt, Ben, wie er sich gähnend den Bauch kratzt.

Das ist seine Jacke. Meine Nase sagt eindeutig, dass das seine Jacke ist, meine Augen sagen das auch, er hat viele dieser Jacken in allen möglichen Blau- und Grau- und Grüntönen. An der Kordel der Kapuze macht er immer noch einen Extraknoten, weil er eine kindische Angst hat, dass die Kordel durch die Lasche flutscht, eine Angst, über die ich oft heimlich gelacht habe, weil ich sie total süß finde. Misstrauisch betasten meine Finger den Knoten, der sich genauso anfühlt wie all die anderen Knoten in seinen anderen Jacken.

Es ist seine Jacke.

Ein Indiz für seine Anwesenheit.

Ich muss mich konzentrieren. Ich muss mir alle Details angucken und erst dann, wenn ich sie nebeneinandergelegt und geprüft habe, darf ich ihnen eine Bedeutung geben. Ich darf keine vorschnelle Interpretation vornehmen. Es ist wie beim Übersetzen. Wer vorschnell interpretiert, begeht Übersetzungsfehler.

Und das darf mir jetzt nicht passieren.

Ich balle meine Hände zu Fäusten und trete vor die Küchenzeile. Alles werde ich mir ansehen, haargenau, damit ich verstehe, was –

Ein Geräusch an der Tür.

Sie geht auf.

Ich habe keine Schritte im Treppenhaus gehört.

Ich drehe mich um, und da steht sie in der Wohnungstür und starrt mich entgeistert an.

Flo.

Sie trägt ihre Handtasche über der Schulter.

Und sie starrt mich an, als würde sie ihren Augen nicht trauen.

»Nile«, sagt sie. Es klingt ganz leer. Als hätte auch ihre Stimme die Farbe verloren.

»Flo«, sage ich.

Ich muss ihren Namen förmlich aus mir herauspressen, er bleibt beinahe in mir stecken und bringt mich zum Husten.

Sie sagt: »Was soll das hier? Kannst du mir das erklären?«

Vorsichtig tritt sie ein. Langsam lässt sie ihre Handtasche zu Boden sinken, dann betrachtet sie mich von oben, sie ist so wahnsinnig groß. Sie sieht mich an, als könnte sie mich vernichten, als wollte sie genau das tun.

Sie sagt: »Was hast du hier zu suchen? Das ist Hausfriedensbruch.«

Dann sieht sie sich um, als ob sie jemanden suchen würde.

Ich merke, wie mich etwas überkommt wie eine nahende Ohnmacht. Wut. Es ist Wut. In der Hand halte ich die Kapuzenjacke, und diese Jacke macht mich so unfassbar wütend – wie kann es sein, dass ich seine Jacke in den Händen halte, nur diese blaue Jacke, aber nicht ihn, nicht Ben? Ich hebe sie hoch, wie einen Beweis. Und sage sehr langsam und deutlich und nicht besonders laut: »Wo ist er?«

Flo tritt zurück, sie greift nach der Tür, versucht sie zu schließen.

Sie sagt: »Das ist Einbruch. Du bist hier eingebrochen.«

Ich sage: »Ben. Wo ist er?«

Flos Gesicht ist eine Maske. Sie zieht die Schultern hoch, dreht sich zur Tür und beugt sich vor, um sie genauer zu betrachten. »Die ist richtig kaputt!«

»Rede mit mir«, sage ich. Oder flehe ich etwa?

»Du verkennst hier ein bisschen die Situation. Ich habe dich soeben bei einem Einbruch ertappt.«

»Flo. Sag es mir. Wo ist er?«

Sie verzieht das Gesicht. »Hier nicht.«

Ich betrachte die Jacke in meinen Händen. »Das ist seine Jacke. Sie riecht nach ihm.« Ich umarme die Jacke.

»Na«, sagt Flo. »Du musst es ja wissen.«

Ich trete ihr entgegen, die Jacke lasse ich fallen. Ich gehe ganz nah an Flo heran, viel zu nah, so nah, wie ich ihr gar nicht kommen möchte, so nah, dass ich über mir ihre verwischte Augenschminke sehe, die leicht schlaff werdende Haut an ihren Mundwinkeln, so nah, dass ich sie riechen kann, ihr Parfüm, frisch und mit einer Spur Gurke. Ich sage: »Flo. Zum allerletzten Mal. Wo ist er?«

Sie sieht mich an, als wäre ich Dreck am Schuh, weicht

zurück. Sie sagt: »Du spinnst wohl. Du spinnst wirklich. Du bist hier eingebrochen. Und jetzt schnüffelst du hier herum wie ein Hund, der sein Herrchen verloren hat.«

»Wo kann er sein? Bitte, sag mir alles, was du weißt.«

»Keine Ahnung. Ich weiß gar nichts.«

»Aber du hast eben nach ihm gerufen! Warum?«

Sie verzieht das Gesicht. »Du gehst jetzt. Möchtest du die Jacke mitnehmen? Damit du weiter daran schnüffeln kannst?«

Und dann passiert es einfach, ohne Vorwarnung.

Meine Faust schießt in die Höhe, und ich schlage zu.

Was habe ich getan?
Das wollte ich nicht.
Ich habe sie getroffen. Mitten ins Gesicht.
Das wollte ich wirklich nicht!
Doch, das wollte ich. Lange schon.
Nein, wollte ich nicht!
Doch.
Nein!
»Das wollte ich nicht«, sage ich.
Flo liegt auf dem Boden, anscheinend unfähig sich zu rühren. In ihrem Gesicht ist mehr Überraschung als Schmerz. Ihr Kiefer hat geknackt, als ich ihn getroffen habe, das war aber bestimmt nur der Zusammenprall mit meiner Faust. Ich glaube nicht, dass etwas gebrochen ist.

Ich stehe über ihr. Ich rühre sie nicht an. Es war ein einziger Schlag. Sie ist jetzt nicht mehr größer als ich, jetzt kann ich von oben auf sie hinuntergucken wie vorher sie auf mich.

Vom Boden kommt ein gurgelndes Geräusch. Das liegt daran, dass Flo versucht, durch die Nase zu atmen. Aus ihrer Nase strömt Blut. Das war ich aber nicht. Ich habe sie seitlich aufs Kinn geschlagen, nicht auf die Nase, da bin ich mir ziemlich sicher.

Flos Augen sind schreckgeweitet. Warum steht sie nicht einfach wieder auf? Es ist ja nicht so, dass ich sie k. o. geschlagen habe oder so.

»Bist du okay?«, frage ich.

Sie zischt wieder. Böse. Es klingt wie ein Lachen, ich glaube, es soll auch ein Lachen sein.

Dann sagt sie: »Du bist doch irre. Du bist echt total irre.« Ihre Hand flattert zu ihrer Nase, dann reckt sie sie in die Luft wie ein Beweisstück, blutverschmiert, und ein triumphierendes Lächeln huscht über ihr Gesicht.

Warum lächelt sie? Es sieht beinahe aus, als ob sie sich freut.

Worüber? Dass ihre Nase blutet? Dass sie am Boden liegt?

Nein. Dass ich jetzt die Böse bin. Nur, weil ich sie unglücklich getroffen habe. Was ich nicht wollte. Es war falsch von mir, sie zu schlagen.

Aber es kann einfach nicht sein, dass sie hier in dieser Wohnung steht und sich über mich lustig macht, während Bens Sachen um uns herum liegen, und sie tut so, als wäre nichts. Dabei ist alles um uns herum der Beweis dafür, dass sie mich angelogen hat.

Oh, das hat sie genossen, dass ich etwas von ihr wissen wollte!

Und dass sie jetzt wieder das Opfer ist, diese Rolle kann sie gut spielen.

Ich wette, jetzt werde ich gar nichts mehr von ihr erfahren.

Flo rutscht rückwärts auf dem Hintern zur Wand und richtet sich daran auf. Dabei lässt sie mich nicht aus den Augen.

»Es tut mir leid«, sage ich nervös.

Sie sagt nichts, beobachtet mich weiter.

Ich suche in meinen Taschen nach einem Taschentuch, es wäre gut, wenn ich ihr eins geben könnte, denn das Blut aus ihrer Nase verursacht eine ziemliche Sauerei. Ihre transparente weiße Bluse ist dunkelrot durchtränkt, das sieht natürlich schlimm aus, es sieht viel schlimmer aus, als es ist.

»Ich habe das nicht gewollt, es ist einfach passiert«, sage ich, und als von ihr keine Reaktion kommt, spüre ich die Angst, und Angst will ich nicht, nicht hier und nicht jetzt und auch sonst nicht, und darum fange ich an zu schreien. »Was soll das hier mit dieser Wohnung? Du hast mich angelogen! Warum sind hier Bens Sachen? Warum hast du mir nichts davon erzählt?«

Flo sagt immer noch nichts. Sie fasst sich an die Nase, betrachtet die blutige Hand.

»Du musst es mir sagen«, rufe ich.

Sie blickt auf, Verachtung im Blick. »Gar nichts muss ich«, presst sie hervor.

Ich hocke mich vor ihr hin und sehe das ganze dunkelrote Blut und ihr bleiches, verzerrtes Gesicht, sie sieht kein bisschen schön und elegant mehr aus, wirklich kein bisschen, sie sieht auch nicht mehr schlank aus, nur noch hager. Ich spreche ganz langsam und deutlich. »Es geht hier nicht um eine blutige Nase oder darum, wer angefangen hat. Ben ist in Gefahr. Dass du mich angelogen hast, war nicht gerade hilfreich. Ich muss herausfinden, was mit ihm passiert ist. Hast du das verstanden? Jetzt mach aus einer Mücke keinen Elefanten, bitte. Nur, weil ich dich dumm erwischt habe. Ich bin eben nervös, verständlicherweise.«

Sie betrachtet mich, als wäre ich ein Insekt. »Du hast mich niedergeschlagen«, sagt sie.

»Ich hab mich entschuldigt«, sage ich.

Sie sagt nichts.

»Mehr kann ich ja wohl nicht tun.« Außer vielleicht ein Taschentuch zu suchen. Besser eine ganze Packung, am besten gleich zwei, denn es ist wirklich eine ziemliche Sauerei mit dem Blut. Aber verdammt, ich habe keine Taschentücher dabei, und wenn ich zum Bad gehe und Klopapier hole, dann wende ich ihr den Rücken zu, und das mache ich natürlich auf keinen Fall. Ich sage: »Das alles wäre nicht passiert, wenn ...« Für einen Moment verliere ich den Faden, und das merkt sie sofort, sie reckt so komisch das Kinn nach oben, eine Geste des Triumphs. »Was hätte ich denn tun sollen?«, sage ich. Ich bin hilflos, ganz und gar, sie lässt mich übers Stöckchen springen. »Ich muss ihn finden. Niemand sonst wird ihn suchen, wenn ich es nicht tue. Und wenn du jetzt die Polizei rufst, dann nehmen die mich nur wegen diesem blöden geknackten Schloss vielleicht mit aufs Präsidium.«

»Nicht nur wegen dem Schloss«, sagt sie und zieht geräuschvoll die Nase hoch, es ist ein hässliches Geräusch, das gar nicht zu dieser gutaussehenden eleganten Flo passen will, ebenso, wie die ganze Situation überhaupt nicht zu ihr passen will, aber Moment – vielleicht ist es auch umgekehrt, und mein Schlag hat aus dieser glatten Hülle einer gut gekleideten Exfrau endlich das herausgehauen, was schon immer in ihr steckte, eine uneinsichtige, unkooperative, eine bösartige Harpyie, die den Rotz hochzieht, eine, der Ben scheißegal ist, die mit Drohungen um sich schmeißt und der der Hass aus jeder Pore tropft.

Flo sagt: »Aus der Nummer kommst du nicht raus. Du bist gewalttätig geworden.« Sie sieht zum Fürchten aus, ihre Nase ist schief und beginnt bereits anzuschwellen, ihre Lippe ist zerplatzt, und alles ist voller Blut, das sie mit dem Unterarm kreuz und quer verschmiert hat, über ihr Gesicht zuckt ein Grinsen.

»Ich wollte dir nicht wehtun«, sage ich hastig, »mal ehrlich, worum geht es hier denn? Ich muss Ben finden, und du wirst doch wohl zugeben müssen, dass diese Sache mit der Wohnung hier mehr als komisch ist. Wenn du von Anfang an offen mit mir geredet hättest, dann wäre das nicht passiert.«

»Ach, jetzt bin ich schuld?«, höhnt Flo.

»So habe ich das nicht gesagt. Aber ...«

Sie betrachtet mich, wie ich um Worte ringe, und ich merke, wie sie die Situation genießt.

Da fällt mir eine Sache ein, die ich unbedingt klären muss. »Du hast wegen Bens Verschwinden gar nicht die Polizei gerufen, oder?«

»Natürlich nicht«, sagt Flo. »Nicht wegen Ben. Aber deinetwegen werde ich sie rufen, darauf kannst du Gift nehmen!«

Ich versuche, das nicht zu beachten. »Stattdessen hast du auf der Arbeit angerufen und so getan, als wäre Ben krank. Warum?«

»Denk doch mal nach.«

»Ich hab keine Zeit für Denkspielchen! Sage mir endlich, was du weißt. Ich bezahle auch ein neues Schloss.« Nach einer kleinen Pause setze ich ein »Selbstverständlich« hinterher.

Sie regt sich nicht.

»Und ich entschuldige mich.« Diese Worte muss ich hervorpressen, so schwer fallen sie mir.

Flos Stimme ist ganz schrill. Sie hat eine hässliche Stimme, fällt mir jetzt erst auf, etwas dünn, ein wenig zu hoch. »Und du meinst, das reicht? Nein, Nile, ich rufe die Polizei.« Sie pokert. Oder sie will sehen, wie ich mich schlage.

»Überleg dir das doch mal«, sage ich und muss mich erst sammeln, ehe ich weitersprechen kann. Ich darf nichts Falsches sagen. »Wenn du das machst ... Wenn du das machst, dann verliere ich unendlich viel Zeit, Zeit, in der Ben irgendwo sitzt und –« Die Worte ersterben mir auf der Zunge.

»Kein Wunder, dass er dich verlassen hat«, sagt sie, nein, sie sagt es nicht, sie spuckt es aus, und mit den Worten spritzt auch etwas Blut aus ihrem Mund.

»Er hat mich nicht verlassen«, sage ich.

Sie grinst, und das sieht wirklich gruselig aus mit ihrem blutverschmierten Gesicht. Sie ist hässlich. Sie ist eine hässliche Frau mit hässlichen Augen und einer hässlichen Stimme, und ich begreife, dass ich das schon vorher hätte wissen müssen, dann wäre ich vielleicht nicht so eifersüchtig und unsicher gewesen, dann hätte ich nicht so viel geweint.

»Glaub doch, was du willst«, sage ich.

Flo lacht. »Du denkst, niemand weiß es, oder?«

»Weiß was?«

»Ich weiß, was du getan hast. Ich weiß alles.«

»Was weißt du?«, frage ich. Ich verstehe nicht, wovon sie spricht.

»Ben hat es mir erzählt.«

»Ben hat dir gar nichts erzählt.«

»Deine Ausraster. Deine Eifersucht.«

»Das geht dich einen Scheißdreck an«, sage ich und spüre, wie es mir heiß in die Adern schießt. Flo darf nicht darüber reden, oh nein, die nicht, sie hat nichts damit zu tun, das ist etwas zwischen Ben und mir.

»Du hast ihm ein blaues Auge geschlagen«, sagt sie. Da sitzt sie auf dem Boden, die Frau, der ich den Mann ausgespannt habe, noch benommen von meinem Schlag und dem Sturz, ihr Gesicht ist eine Trümmerlandschaft aus Schwellung und Blut und Schrecken, und hässlich ist sie auch, mit einer hässlichen Stimme, und doch verhöhnt sie mich.

Sie hat die Macht. Das ist das eine.

Das andere ist, dass sie spürt, wie ich über sie denke. Und dass sie spürt, wie unbedingt ich ihre Kooperation brauche. Und genau das wird sie mir um die Ohren hauen.

Darum weiß ich, dass alle meine Argumente vergeblich sind.

Es ist eh zu spät für Teamwork. Sie sitzt dort auf dem Boden, und sie blutet, und das war ich, und das wird sie ausreizen bis ins Letzte, oh ja, das wird sie. Das kann ich nicht mehr ändern. Aber wenn ich diesen Weg konsequent weitergehe, kann ich alles rauskriegen, dann muss ich keine Rücksicht mehr nehmen. Ich habe alle Möglichkeiten. Ich denke an die Besteckschublade, die Messer darin. Es ist nicht schön, daran zu denken, aber es hilft, wenn ich mir klarmache, dass ich nicht hilflos bin. Wenn sie tatsächlich schweigen will, dann werde ich Mittel und Wege finden, ihr Schweigen zu brechen.

Ich trete auf sie zu, reiße ihr so schnell und ruckartig die Arme nach hinten, dass ihr die Luft wegbleibt. Für einen

Moment starrt sie mich verdattert an, dann, nach zwei Schrecksekunden, saugt sie Luft ein wie ein Staubsauger.

»Du«, zischt Flo. »Du bist doch total …« Ihre Beine strampeln schwach und hilflos.

Sie zischt noch, während ich sie mit mir schleife und ihre Handgelenke mit dem Geschirrtuch an die Heizung fessle. Sie hört erst auf zu zischen, als ich ihr ein Knäuel Haushaltshandschuhe aus einer der Schubladen in den Mund stopfe.

Sie sind gelb.

Stumm hängt Flo an der Heizung, blutverschmiert, während gelbe Gummifinger ihr aus der Mundhöhle hängen, und ihre kaputten, leeren Augen verfolgen mich hasserfüllt.

Ich würde alles für dich tun, Ben.

Einfach alles.

Das habe ich dir auch gesagt, an einem kalten Tag im Januar. Da lagen wir unter einem gestärkten Laken in einem überhitzten Hotelzimmer, die Füße umeinandergeschlungen, und sahen einander an. Das Licht war zu grell, wir hatten es so eilig gehabt, ins Bett zu kommen, dass wir vergaßen, den Deckenfluter auszuknipsen. Ich weiß noch, wie ich die erstaunlich hellen Spitzen deiner Wimpern betrachtet habe, und dann die winzigen rostroten Flecken in deinen braunen Augen, immer abwechselnd, erst links, dann rechts. Man kann nicht beide Augen gleichzeitig fixieren, es wird so oft gesprochen vom In-die-Augen-Schauen, dabei geht das gar nicht so einfach.

Du sagtest: »Mach das nicht, ich bekomme ja einen Drehwurm.«

Und ich sagte: »Ich würde alles für dich tun.«

Und du sagtest: »Ich weiß. Aber du musst gar nichts tun, nur auf mich warten, ein bisschen noch.«

Du meintest damit deine Trennung. Ich wusste, dass ich

zur Not bis in alle Ewigkeit auf dich warten würde, und du wusstest das auch.

Und ich sagte: »Ich würde noch mehr als das tun. Einfach alles.«

Und du sagtest: »Ich weiß. Ich weiß es wirklich.«

Ich glaube, du stelltest dir dabei vor, wie ich in einer heißen Sommernacht barfuß zur Tankstelle laufe, um dir ein kühles Bier zu holen. Oder dass ich irgendwelche Stringtangas mit Puschelschwanz anziehe, um dich zum Lachen zu bringen.

So was eben.

Du dachtest sicher nicht, dass ich deine Ehefrau niederschlagen, sie mit gelben Gummihandschuhen knebeln und an die Heizung fesseln würde, um sie dann mit dem Inhalt der Besteckschublade zu foltern, damit sie mir verrät, was sie mit dir gemacht hat.

Aber genau das ist es, was ich gerade für dich tue. Genau das.

Aber zuerst ist die Wohnung dran.

Ich sehe mich um, mein Kopf fliegt von links nach rechts.

Die Kaffeebohnen. Ich nehme sie in die Hand. Braunes Papier, noch verschlossen. Ganz besondere Bohnen in einer braunen Tüte. Aus der Kaffeerösterei *Hiele*. Man muss sie im Internet bestellen oder im *Café Haberlandt* kaufen. Genau die gleichen Bohnen stehen auch in unserer Küche.

Ich möchte weinen, als ich daran denke, wie wir das letzte Mal zusammen diese Bohnen gekauft haben. Solche Dinge sind Ben wichtig, der richtige Kaffee muss es sein, der richtige Käse, der richtige Wein, das Leben ist hart genug, sagt er immer, da will ich wenigstens mit meinem Kaffee im Reinen sein.

Oh, Ben! Ich will Kaffee mit dir trinken! Wo bist du?

Ich stelle die Packung zurück.

Zu Flo sehe ich nicht hinüber.

Die Zeitschrift auf dem Couchtisch. *National Geographic*. Er liest sie mit großer Aufmerksamkeit, manchmal erzählt er mir von den Artikeln. Als Kind wollte er Ethnologe werden, erzählte er mir einmal, weil er dachte, die reisen durch die Welt und machen die schönen Fotos für die Magazine. Sein Vater erklärte ihm dann, dass das nicht stimmt, dass Ethnologen heutzutage in staubigen Archiven sitzen und forschen. Ben glaubte ihm und begrub den Traum schon als Kind, und erst viel später, als er zwar nicht im Archiv, aber dafür meist im Büro rumsaß, begriff er, dass man ihm da etwas ausgeredet hatte, was vielleicht doch ein Beruf hätte werden können. »Aber so ist mein Vater«, sagte er, das war als ultimativer Schuldspruch gedacht, aber ich war dem Vater dankbar, denn wenn Ben jetzt irgendwo in Asien oder Afrika hocken und fotografieren oder studieren oder forschen würde, dann wäre er nicht bei mir. Ich schämte mich, dass ich mit Bens Vater einer Meinung war, obwohl ich wusste, wie übel Ben ihm die Sache nahm.

Ich nehme das Heft in die Hand. Es ist die neueste Ausgabe. Hat Ben die schon gelesen? Bei uns zu Hause liegt die gleiche Ausgabe. Oder?

Mir wird übel. Ich verstehe das nicht. Ich werde immer nervöser und unsicherer, und plötzlich sind da wieder die Zweifel, die mich anspringen wie Monster.

Die Zweifel und die Angst.

Sie pflanzen mir diese Fragen in den Kopf. Spricht das

alles nicht dafür, dass sie hier zusammen Zeit verbringen, Ben und Flo?

Und wenn ja, was tun sie hier?

Ich will die Fragen wegwischen, will sie anschreien und fortjagen, hinaus in den Flur, will die Tür hinter ihnen zuknallen und den Schlüssel umdrehen, einmal, zweimal, dreimal, viermal, tausendmal, aber das geht nicht.

Ich starre zur Tür. Sie steht einen Spalt offen, bewegt sie sich sogar?

Was kann ich bloß tun?

Und dann fällt es mir ein.

Das Bett.

Ich laufe zum Bett, werfe mich darauf, voller Angst vor dem, was kommt. Und dann wage ich es, hole Luft durch die Nase. Halte die Luft in meinen Lungen. Und spüre Erleichterung, unendliche Erleichterung.

Weichspüler. Es riecht nicht nach Ben, nur nach Weichspüler.

Auch nach Flos gurkigem Parfüm riecht es nicht.

Dies hier ist ein frisch bezogenes Bett.

Ich richte mich auf, einen Moment der Erleichterung nur gestatte ich mir, dann stehe ich vor dem Schrank und öffne die Türen.

Ich sehe einen sauberen Stapel von Bens Unterhosen. Und einen kleinen Stapel von Bens T-Shirts, die Sorte, die er unter die Hemden zieht, er kauft sie im Fünferpack. Und mehr nicht. Keine Klamotten von Flo. Sonst ist der Schrank leer.

Als ich an die Küchenzeile trete, gibt Flo ein gurgelndes Geräusch von sich und ändert ihre Position, sodass die Heizung, an der sie hängt, leise dröhnt.

Ich beachte sie nicht, sondern ziehe die unterste Schublade auf. Darin finde ich drei Pfannen, drei Töpfe und ein Sieb. In der Schublade darüber das übliche Besteck, Messer, Gabeln, Löffel, daneben Schneebesen, Kartoffelschäler, Suppenkelle.

Ich öffne alle Schränke. Und ziehe die Schubladen auf, eine nach der anderen. Und erkenne das Muster, die Gegenstände erzählen mir etwas.

Gegenstände können sprechen. Schneebesen, Schöpflöffel, Kartoffelschäler, drei Holzlöffel, zwei Obstmesser, ein Brotmesser.

Ben mag keine Kartoffeln. Er hat noch nie im Leben Kartoffeln geschält, darauf würde ich wetten. Er schält auch keine Möhren. Für ihn bedeutet Kochen, dass man Nudeln macht oder Steaks brät oder Spiegeleier.

Außerdem finde ich oben im Schrank eine halbvolle Tüte Zucker, Salz, angebrochene Schachteln Kräutertee und Grüntee, Tzatzikigewürz, Oregano.

Ben trinkt keinen Tee.

Er trinkt Kaffee, und ja, sein Lieblingskaffee steht hier, eine ganze Packung Bohnen, noch verschweißt.

Dinge wie der Kaffee erzählen mir von Ben, aber sie erzählen nicht, dass er hier war. Sondern, dass er erwartet wurde. Und die anderen Gegenstände, die nichts mit ihm zu tun haben, erzählen mir auch etwas.

Ich atme tief durch und sortiere, was ich sehe und was ich weiß.

Dies hier ist eine Standardeinrichtung. Eine Ferienwohnung vielleicht, in der die Leute, die Tzatzikigewürz benutzt haben, die Dosen einfach dagelassen haben. Aber Flo hat den Bestand aufgestockt, ihn auf Ben zugeschnitten. Und eine seiner Kapuzenjacken hingehängt.

Ich muss nachdenken. Was hat das zu bedeuten? Die Wohnung gehört Flo. Aber es sind nur Sachen von Ben hier. Der Name an der Klingel, Schmidt, ist das der Name des Vormieters oder ein Tarnname? Auf jeden Fall wollte Flo nicht, dass an der Tür »Godak« steht.

Mit Sicherheit hat Flo noch einen Haufen von Bens Unterhosen und Shirts zu Hause gehabt. Und eben eine Jacke. Eine, die sie nicht gewaschen hat. Die sie *extra* nicht gewaschen hat. Nur darum riecht sie noch nach ihm.

Und natürlich weiß Flo, welchen Kaffee Ben trinkt. Und welches Müsli er isst. Und mit all diesem Krempel hat sie eine Wohnung eingerichtet. Als Krönung kam dann die ungewaschene Jacke direkt an die Tür, wie ein Geweih, das man über den Eingang nagelt.

Diese Wohnung ist ein Ben-Tempel, errichtet aus seinen Shirts und Unterhosen und Kaffeebohnen und Müsli.

Das ist die Erklärung.

Ich setze mich vorsichtig auf das braune Sofa.

Kann es sein, dass Flo verrückt ist?

Ich sehe mich um. Versuche mir vorzustellen, was Flo hier tut und warum.

Stelle mir vor, wie sie vormittags im blauen Haus Anrufe mit Kunden tätigt, wie sie über ihren Kalkulationen und Plänen brütet, bis sie einen Blick auf die schicke Uhr am schmalen Handgelenk wirft, lächelt, sich reckt und streckt und das Haus verlässt. Wie sie die Straßenbahn nimmt, oder nein, vermutlich geht sie zu Fuß, jeder Schritt tut ihr gut, sie freut sich auf ihre rituelle Mittagspause. Unterwegs macht sie halt und kauft an irgendeinem Kiosk die neue *National Geographic*. Wenn sie dann hier ist, schließt sie die Wohnung auf und betritt den Raum. Sie nimmt Bens Jacke und zieht sie über, kuschelt sich in den weichen Stoff, saugt seinen Duft ein. Und dann setzt sie sich hierhin und blättert in der Zeitschrift und steckt die Nase immer wieder in den Stoff der Jacke ...

Legt sie sich auch auf das Bett und stellt sich vor, er wäre da? Er käme gleich durch die Tür?

Ich schlucke.

Kann das alles wirklich sein, oder ist das nur eine sehr gruselige Phantasie von mir, eine völlig abwegige?

Mir wird übel.

Ich gehe an der zusammengekauerten Gestalt an der Heizung vorbei, hinter das Regal, wo das frisch bezogene Bett steht, und lege mich noch einmal mitsamt meinen Schuhen darauf. Von hier aus kann ich Flo nicht sehen, allein das ist eine Erleichterung.

Ben ist nie hier gewesen. Es steht alles für ihn bereit, aber er hat nichts davon angerührt.

Von der Heizung kommt ein geisterhaftes Klopfen, leise nur. Das ist Flo, die gegen ihr Schicksal protestiert. Ich lasse sie. Sie kann mir nichts tun.

Ich muss sie gleich ausfragen. An dieser Stelle macht mein Gehirn einen Sprung, so, wie eine Nadel auf einer zerkratzten Schallplatte über die Rillen hüpft. Ich will mich nicht mit dem auseinandersetzen, was da auf mich zukommt. An das, was ich mit ihr tun muss, wenn sie nicht antwortet. Das, was ich tun muss, damit sie mir antwortet. Daran will ich nicht denken.

Darum hüpft die Plattennadel in meinem Kopf in eine ganz andere Rille: Wenn Flo ihn tatsächlich entführt hätte, dann würde sie doch wohl kaum die Polizei wegen meines

Einbruchs rufen wollen, oder? Sie müsste doch wissen, dass ich die Polizei umgehend mit Bens Verschwinden und meinem Verdacht konfrontieren würde. Das bedeutet, dass Flo wahrscheinlich doch unschuldig ist.

Was das, was ich mit ihr tun muss, wenn sie nicht antwortet, noch schwieriger macht.

Es war ein verdammt gutes Gefühl, sie wehrlos über den Boden zu schleifen und die Gummihandschuhe zwischen ihre dünnen Lippen zu stopfen, um ihren Beschimpfungen ein Ende zu bereiten.

Trotzdem ist da plötzlich irgendetwas, was mich alarmiert. Etwas, was ich nicht benennen kann, ein Gefühl, als ob ich etwas vergessen hätte.

Das Klopfen ist lauter geworden. Ich lasse sie. Ich werde sie nicht beachten. Was für ein schönes Gefühl, dass ich sie einfach ignorieren kann, wo sie mir so lange das Leben schwergemacht hat!

Klopfklopf.

Flo klopft an die Heizung, dringlich, schnell.

Und dann fällt es mir ein.

Die Gummihandschuhe in Flos Mund. Ihre Nase, die immer weiter zuschwellen wird.

Was, wenn Flo erstickt? Dann werde ich nichts mehr von ihr erfahren.

Ich springe vom Bett auf und haste die wenigen Schritte zur Küchenzeile. Da sehe ich Flo so, wie ich sie verlassen habe. Aber ihr Gesicht sieht anders aus, beängstigend. Es ist hochrot und schweißüberströmt neben all dem Blut, ihre hässlichen Wasseraugen quellen ihr beinahe aus dem Kopf. Ich ziehe an den gelben Gummifingern und reiße ihr hastig den Knebel aus dem Mund.

Ein unmenschliches Stöhnen folgt, laut und hohl, und dann beginnt Flo zu husten. Sie hustet und hustet, und dabei spritzt noch mehr Blut aus ihrem Mund. Aber anscheinend geht es, sie bekommt jetzt Luft, ich muss sie nicht reanimieren oder so, oh Gott, wäre das schrecklich gewesen, wenn ich Flo hätte beatmen müssen!

»Ein Wort«, sage ich. »Ein einziges Wort, und ich stopf dir alles wieder rein, ist das klar?«

Flo hustet weiter, den Kopf abgewendet, ein kaum merkliches Nicken. Sie hustet noch einige Male, dann hat sie sich beruhigt. Sie weicht meinem Blick aus. Sie hat jetzt Angst. Die Atemnot hat sie diszipliniert, und das ist gut, das macht alles leichter für mich.

Ich werfe die Gummihandschuhe vor ihr auf den Boden. Dass ich meine Drohung nicht wiederholen muss, sehe ich an ihrem Gesicht. Gut so.

»So, langsam wird mir einiges klar«, sage ich zu ihr. Sie antwortet nicht, hustet nur. Sie wartet. Ich weiß nicht, worauf sie wartet, es ist mir auch egal. Ich genieße die Ruhe. Ich genieße es, dass ich machen kann, was ich machen muss, dass sie nicht rumschreien oder weglaufen oder mir furchtbare Dinge sagen kann, das wird sie nicht mehr wagen. Ich weiß ja, was sie in all der Zeit über mich gesagt hat, zu Ben, zu anderen, ihre ganze eigene Version der Wahrheit, eine so hässliche Version, dass ich mich und Ben darin gar nicht erkennen konnte. Aus unserer Liebe hat sie etwas unerträglich Banales und Abgeschmacktes gemacht und aus mir eine Hexe, die ihr unschuldiges Opfer mit miesen Tricks in ihr Bett geschleppt und mit Zähnen und Klauen daran gehindert hat, es wieder zu verlassen. All ihre Worte habe ich immer, immer einfach so hinnehmen müssen, ohne mich je zu wehren, weil das diejenige nicht tut, wegen der ein Mann seine Frau verlassen hat. Die Geliebte muss immer alles hinnehmen, sie muss immun sein gegen üble Nachrede, denn sie hat ja schließlich schon den Mann abgekriegt, darum hält sie still, das ist in Zement gegossen, sie ist selbst Zement, sie ist die zementene Statue der bösen Gewinnerin, aber sie fühlt sich nicht so, nein, sie fühlt sich beschissen, weil sie nämlich eine Frau aus Fleisch und Blut ist, eine Frau, die liebt, so wie die andere auch.

Aber jetzt. Jetzt bin ich nicht mehr aus Zement. Jetzt kann ich tun, was ich will.

Plötzlich fällt mir etwas ein. Ich habe seit mindestens einer Stunde mein Handy nicht gecheckt. Das ist mir seit Bens Verschwinden noch nicht passiert.

Ich ziehe mein Handy hervor. In dem kurzen Augenblick der Hoffnung, bevor mein Auge auf das Display trifft, fühle ich Aufregung und Vorfreude, es fühlt sich an wie ein Schub der schmerzhaft entbehrten Droge, für einen Moment bin ich anderswo.

Der Moment ist zu kurz.

Sobald mein Blick das Display trifft, weiß ich alles. Kein Anruf, keine Nachricht. Dann: noch einmal ein kleiner warmer Stoß, als ich Bens Nummer wähle und ihn anrufe. Ein Ziehen im Bauch, während es tutet. Die Enttäuschung, als ich einsehe, dass er nicht rangehen wird.

Als ich das Handy weglege, ist mit einem Schlag wieder alles da, vor allem Flos Augen, die mich unablässig beobachten. Die Tatsache, dass sie diesen intimen Moment der Hoffnung von mir mitbekommen hat, erfüllt mich beinahe mit Scham. Es ist, als ob sich nur durch ihren Blick die winzige Möglichkeit auftut, dass Ben tatsächlich aus freien

Stücken nicht an sein Handy geht. Dabei ist das Quatsch. Das würde er niemals tun, das weiß ich, ich weiß viel mehr über Ben, als diese gefesselte, blutbeschmierte Frau auf dem Boden in ihren ganzen Ehejahren jemals gewusst hat.

Und vor allem weiß ich eines ganz sicher.

Er liebt mich.

Und er ist irgendwo gefangen und wartet darauf, dass ich ihn befreie.

Ich gehe vor Flo in die Hocke. Das Mitleid, das mich bei ihrem Anblick automatisch befällt, wische ich weg, es ist kein Platz dafür, nicht in dieser Wohnung, einer Wohnung, die sie schuldig spricht.

»Okay«, sage ich. »Du hast einen Schlüssel, daraus schließe ich, dass du diese Wohnung gemietet hast. Weil du dachtest, Ben würde hier einziehen. Aber warum?«

Sie antwortet nicht, starrt mich nur an.

»Es wäre wirklich besser, wenn du mir antwortest«, sage ich.

Sie wendet den Blick ab.

Ich hebe die Gummihandschuhe auf. Sie sind fleckig vom Blut. »Du hast doch nicht wirklich gedacht, er zieht freiwillig wieder bei mir aus, oder?«

Schweigen.

Ich sehe mich um. »Doch, offenbar hast du das gedacht. Und er sollte es sich hier kuschelig machen und Zeit für sich haben, damit er zu dem Schluss kommt, dass es mit euch beiden doch weitergehen könnte? Dir ist schon klar, wie absurd das ist? Du weißt ja, dass er dich nicht mehr will.«

Ein kurzes Flackern in ihren Augen, als habe sie dieser Halbsatz echt getroffen.

»Natürlich weißt du das«, fahre ich fort. »Er wäre nie freiwillig hier eingezogen. Oder wolltest du ihn vielleicht gewaltsam hier einsperren? Und jetzt ist dir jemand zuvorgekommen?« Ich sehe das Fenster, das nicht vergittert ist – natürlich ist es nicht vergittert! Ich denke an die Heizung, deren Rohre eben das Trommeln der gefesselten Flo übertragen haben. Nein, es macht absolut keinen Sinn, dass sie ihn hier gefangen halten wollte. Absolut nicht.

Aber was dann? Das muss sie mir verraten.

Sie muss einfach.

Ich öffne die Küchenschublade. Dosenöffner, Obstmesser, Brotmesser, Schälmesser. Was soll ich jetzt machen? Muss ich wirklich? Ich wühle zwischen den Messern herum, und von dem Geräusch allein zuckt Flo zusammen. Das zeigt mir, was sie mir zutraut. Und aus irgendeinem Grund schockiert mich das, obwohl ich ja genau das vorhabe, was sie fürchtet.

»Es wäre wirklich besser, wenn du mir hilfst«, sage ich. »Für uns beide.« Ich ziehe heftig an der Schublade, bis zum Anschlag ziehe ich sie auf, es scheppert.

Und jetzt redet sie.

»Ich kann dir nicht helfen, weil ich nichts weiß«, sagt sie hastig, sie stolpert förmlich über ihre Worte. »Ich weiß nur das, wovon du nichts wissen willst. Und alle anderen wissen das auch. Deswegen wird niemand dir helfen.«

Für einen Augenblick bin ich sprachlos.

Flo redet weiter, gehetzt klingt sie, panisch beinahe. »Er ist weg von dir, und darauf habe ich lange gewartet. Nicht, weil ich ihn zurückwill. Du kannst das offenbar nicht begreifen, aber ich will ihn nicht zurück, nicht mal für Geld.

Es lief schon lange nicht mehr gut zwischen uns. Aber trotzdem wünsche ich ihm das nicht, was er mit dir hat.«

»Was er mit mir hat«, wiederhole ich.

Sie nickt.

»Du kannst ihm das nicht gönnen«, sage ich leise.

Sie schüttelt den Kopf. »Ich rede von dieser ständigen Kontrolle. Keine Luft zum Atmen lässt du ihm. Er darf niemanden mehr treffen, niemanden, nicht mehr ausgehen, keinen Spaß mehr haben, gar nichts, und das Schlimme ist, du hast es sogar geschafft, das so zu drehen, als ob es von ihm selbst käme.«

Mir gefällt diese Darstellung nicht, die ich da zu hören bekomme, sie gefällt mir ganz und gar nicht. Ich will am liebsten schreien, dass Ben nun mal seine Zeit lieber mit mir verbringt. Dass das normal ist, wenn man frisch verliebt ist, und keinesfalls bedeutet, dass die böse neue Freundin ihn kontrolliert, so wie Flo überall behauptet. Dass Ben einfach keine Lust hat, sich mit Menschen zu treffen, die für seine aktuelle Lebenssituation nur Unverständnis und Missbilligung aufbringen. Warum soll er sich freiwillig mit Leuten treffen, die denken, er habe einen schlimmen Fehler gemacht, als er seine wunderbare Ehe für eine dumme kleine Affäre ruiniert hat?

Sie redet weiter. »Dieses Handy, die ganze Zeit, diese Überwachung auf Schritt und Tritt. Ich hätte dir gleich sagen können, dass er so was nicht mitmacht. Und dann hast du ihm auch noch den Kontakt zu mir verboten, obwohl unsere Scheidung längst läuft. Weißt du eigentlich, wie lächerlich das ist?«

»Moment«, rufe ich. »Das ist ein Missverständnis. Ich habe ihm gar nichts verboten.«

Sie wirft mir einen Blick zu, der mich niederstrecken könnte, dabei ist sie es, die am Boden liegt. »Das musstest du ja auch gar nicht. Er wusste ziemlich genau, was auf ihn zukommt, wenn etwas rauskommt, was dir nicht passt.«

»Wenn was rauskommt?«, frage ich, ich bin ganz ruhig, nein, bin ich nicht, da ist ein winziger spitzer Stachel von Angst in meiner Stimme, den ich nicht unterdrücken kann.

Sie hat den Stachel auch bemerkt. »Dass er Kontakt zu seinen Freunden hält. Zu Markus. Zu mir. Er hat den Kontakt ja echt fast abgebrochen, angeblich hatte er plötzlich keine Zeit mehr, für niemanden. Oder er hat in letzter Sekunde abgesagt. Und dann hat er sich irgendwann doch verabredet, aber ohne es dir zu sagen. Das hat er so deutlich nicht verraten, aber ich habe das gemerkt und die anderen natürlich auch. Er saß da ja wie auf Kohlen! Diese Nachrichten von dir, die Anrufe zwischendurch, für die er aus der Kneipe ging. Da war allen klar, dass er so tat, als wäre er im Büro oder auf Kundenbesuch. Ich hab ja gemerkt, was für einen Schiss er immer davor hatte, dass das rauskommt. Wenn er bei mir war, war das besonders schlimm. Weil er Angst hatte, dass du wieder eine furchtbare Szene machst.« Jetzt war ein Glitzern in ihre fahlen Augen getreten, etwa so, als wäre ihr nach vielen Fehlschüssen endlich ein Tor gelungen.

»Und du hast ihm geglaubt«, setzt sie hinzu und lächelt.

Ich denke daran zurück, wie es war.

An diesem einen Abend zum Beispiel. Wie ich im Dunkeln vor dem Fenster dieser hell erleuchteten Kneipe stand. Wie ich langsam mein Handy aus der Tasche holte und die Nachricht tippte. Wie ich sah, wie er in seine Tasche griff, das Handy nahm und eine Antwort tippte, mit ernster

Miene, während die Leute um ihn herum in ausgelassener Stimmung waren. Wie seine Antwort in Sekundenschnelle auf meinem Display erschien.

Muss noch drei blöde Mails fertigschreiben, dann mach ich mich auf den Heimweg. XXX

Wie ich mich mit letzter Kraft nach Hause schleppte und dort zusammenbrach. Wie er nach Hause kam und zuerst überhaupt nicht begriff, was passiert war.

»Und als du«, fährt Flo fort, und ihre Stimme ist sehr fest, »als du ihm dann das blaue Auge geschlagen hast, da wusste ich, er braucht Hilfe, um da rauszukommen. Wenn du gewalttätig wirst, dann ist eine Grenze erreicht.«

Eine Stille zwischen uns, eine schreckliche Stille. »Ich bin nicht gewalttätig«, sage ich in diese Stille hinein.

»Ach nein?«, sagt Flo. »Ich weiß Bescheid, Nile.«

▍Das Tolle an Selbstverteidigung ist, dass es dir in Fleisch und Blut übergeht. Etwas Unerlaubtes berührt dich, und du reagierst. Die Faust ballt sich, der Arm schnellt hoch. Eine einzige fließende Bewegung, ein Pfeil, der eine gespannte Sehne verlässt.

Du hast gar keine Zeit, Angst zu haben. Es geht alles wie von selbst.

Du hast diese Sehne dauerhaft gespannt in dir, den Pfeil immer im Anschlag, für den Fall, dass du ihn brauchst. Fleisch und Blut und Herz und Hirn. Alles ist eins. Der Pfeil ist immer im Anschlag, die Sehne ist nie entspannt. Du kannst dich auf beide verlassen. Auf die Sehne. Auf den Pfeil.

Alles ist immer angespannt. Die ganze Zeit. Jede Sekunde. Immer.

Das Schlechte an Selbstverteidigung ist, dass es dir in Fleisch und Blut übergeht. Der Pfeil lauert, die Sehne vibriert.

Du hast keine Zeit, nachzudenken. Zu überprüfen, ob der, der dich gerade berührt hat, vielleicht dein Freund ist.

Ob er Ben heißt und dich in den Arm nehmen will. Weil

du außer dir bist und weil er dir zeigen will, wie leid ihm das tut. Weil er weiß, dass er nicht heimlich zu seiner Exfrau hätte gehen sollen, nur weil sie ihn wieder einmal heulend angerufen und mit Nachrichten bombardiert hat. Weil er nicht weiß, was er machen soll, wo du ihm doch gesagt hast, dass du durchdrehst, wenn er das noch mal tut, und er keinesfalls will, dass du wieder durchdrehst. Aber genau das tust du. Und wenn du so wütend bist und solche Angst hast, dann übernehmen die Reflexe die Regie und du schlägst um dich.

Der Pfeil verlässt die Sehne. Eine Faust trifft eine Augenhöhle.

Und dann liegt Ben auf dem Sofa, und du tupfst an ihm herum und sagst, dass er nicht hätte zu ihr gehen dürfen.

Und er sagt: Ich weiß.

Flo redet wie aufgezogen. Sie hat jetzt keine Angst mehr vor mir. Sie redet nicht wegen der Messer in der Schublade. Sie redet, weil sie mich verletzen will. Obwohl sie gefesselt ist und blutet, obwohl ich diese Schublade voller Besteck habe und sie geschlagen habe und es wieder tun würde, trotzdem hat sie die Macht. Denn ich muss etwas aus ihr herausbekommen, unbedingt, und deswegen werde ich ihr zuhören, egal, was sie sagt. Das ist ihre Macht, und die genießt sie.

»Er war bei mir, für ein ganz normales freundschaftliches Gespräch, und das hast du offenbar rausgekriegt. Und bist durchgedreht. Genau davor hatte er Angst. Er hat es sogar gesagt, an dem Tag. Zum allerersten Mal hat er ausgesprochen, dass du krankhaft eifersüchtig bist und deswegen nichts von seinem Besuch bei mir wissen sollst. Und dann ist er gegangen, und am nächsten Tag erscheint er mit einem blauen Auge im Büro und sagt, er sei gestürzt.«

Ich bin ganz still. Ich wäre am liebsten unsichtbar. Nein, ich wäre am liebsten verschwunden.

»Markus hat versucht, mit ihm zu reden, es war ja offensichtlich, was da vorgefallen ist. Ben hat daraufhin nur beteuert, er sei wirklich die Treppe hinuntergefallen. Und als Markus nicht lockergelassen hat, hat Ben den Kontakt komplett abgebrochen. Und schließlich sogar Markus' Nummer geblockt. Dasselbe hat er auch mit mir gemacht. Wir haben fast nur noch über unsere Anwälte kommuniziert, und das, obwohl rein gar nichts vorgefallen war zwischen uns, kein Streit, gar nichts. Bei diesem einen Treffen haben wir uns noch gut verstanden, und danach das.«

Sie schweigt für einen Moment, und ich denke wieder daran, wie ich sie beide gesehen habe durch das Fenster. Nichts vorgefallen? Geredet haben sie, die ganze Zeit. Und sie hat geweint und geweint und sich an seinen Hals gehängt. Und er hat sie getröstet, oh ja, das habe ich gesehen.

Flo redet immer weiter.

»Als du bei mir zu Hause aufgekreuzt bist, wusste ich deswegen sofort, was los war. Dass er es endlich geschafft hat, dich zu verlassen. Ich habe mich nur gewundert, dass er nicht ans Telefon gegangen ist. Aber wer weiß, hab ich gedacht, vielleicht hat er Angst, dass du sein Telefon orten kannst. Oder es ist im Streit kaputtgegangen. Aber als du angefangen hast zu reden und zu reden, habe ich gemerkt, dass du echt genau so krass bist, wie ich die ganze Zeit gedacht habe. Genauso verblendet. Dass du ihn nicht gehen lässt. Dass du dir lieber eine Entführung einredest, als dir die Möglichkeit einzugestehen, dass er dich verlassen haben könnte. Dass dir gar nicht in den Sinn kommt, dass du für ihn nur eine willkommene Gelegenheit warst, die Ehe mit mir zu beenden und ein bisschen Liebe und Abenteuer zu tanken. Dass er aber keinesfalls sein Leben verbringen will mit einer Frau, die ihn keinen Schritt unbeobachtet lässt. Dass er das nicht ewig mit sich machen lässt und dann verschwindet, natürlich, ohne Tschüss zu sagen, weil du sonst ausflippst. Ihm noch ein blaues Auge schlägst.« Sie sieht mich an, und dann sagt sie: »Nile«, sie sagt es ganz sanft, und das ist schlimmer, als wenn sie schreien würde. »Wer aus einer solchen Beziehung rauswill, der darf kein Abschiedsgespräch führen. Ich hab das alles nachgelesen. Man muss einfach verschwinden und sicherstellen, dass der andere einen nicht finden kann. Weil der Verlassene eventuell zu allem bereit ist.«

Ich schüttle den Kopf.

Sie sieht mich an. »Hast du mir nicht gerade eben selber gesagt, dass du alles, alles tun wirst, um ihn zu finden?«

Ich nicke.

»Und hast du ihn nicht geschlagen?«

Ich nicke.

»Und jetzt mich?«

Ich nicke wieder.

Ich will ihr eine reinhauen, und ich will mir die Ohren zuhalten, und ich will Flo mit Gewalt alle ihre Worte zurück in den Mund stecken und durch ihren Schlund schieben bis in ihren Bauch, und dort sollen sie dann für immer bleiben, bis Flo explodiert, an ihren ganzen vergifteten Worten, die so geschickt Wahrheit mit Lüge vermengen.

Aber das geht nicht.

Das geht nicht, weil ich dann nie erfahren würde, was sie weiß.

Ich muss aushalten, dass sie all das sagt, wenn ich weiterkommen will. Nur dann sagt sie vielleicht zwischen all den bösen Dingen auch das eine, was ich wissen will, was mir weiterhelfen kann, mir und Ben.

Ich muss es aushalten, und ich kann das auch aushalten.

»Okay«, sage ich und staune, wie dünn meine Stimme ist. »Rede einfach weiter, okay? Raus damit. Sag mir alles, was du denkst. Alles, was du loswerden willst.«

Sie guckt verärgert. »Ich denk mir das ja nicht aus. Ben hat mir das mit deiner Eifersucht ja selbst erzählt an dem Abend«, sagt sie.

Ich warte, mein Herz fängt an zu hämmern.

»Einmal hat er es ausgesprochen. Und danach direkt hat er ein blaues Auge und will nicht mehr mit uns sprechen. Für mich war damit klar, was sich bei euch abspielt. Darum habe ich ihm übergangsweise dieses Apartment gemietet, damit er etwas hat, wo er immer untertauchen kann.«

Für einen Moment ist es, als ob der Raum um uns kreist. Diese Wohnung, die gerade eine neue Bedeutung bekommt.

Mein Herz bleibt stehen.

Ben! Wenn ein Gedanke unerträglich für mich ist, dann der: dass du mit ihr so über mich gesprochen hast wie mit mir über sie. Oh, wir haben viel über Flo geredet am Anfang!

Ich weiß noch genau, wie sich das angefühlt hat. Wie du nach und nach immer mehr der kleinen Szenen und großen Streits, immer mehr Bilder eurer langen Ehe vor mir ausgebreitet hast und wie sie vor uns lagen und wir sie betrachteten, Hand in Hand.

Den Strandurlaub auf Rhodos, in dem Flo tagelang auf dieselbe Seite in ihrem Buch starrte, was du nicht kommentieren wolltest, weil du Angst hattest, dass sie an einen anderen denken könnte. Wie sie dir dann vorwarf, du hättest nicht bemerkt, dass sie tagelang dieselbe Seite anstarrte. Und wie du dich nach ihren Vorwürfen entschlossen hast, so zu tun, als hättest du es tatsächlich nicht bemerkt, weil sie dir eh nicht geglaubt hätte.

Das Weihnachtsfest, bei dem ihr einander den identischen hochprofessionellen Milchaufschäumer geschenkt und erst gelacht habt und dann Monate später darüber in Streit geraten seid, wer eigentlich wem damit einen Gefallen tun und wer nur selbst einen besitzen wollte.

Und auch die schönen Geschichten, die, in denen er warm und etwas traurig erzählte, wie wahnsinnig witzig und tough sie war, beides Eigenschaften, die er so an ihr gemocht hatte, bis sie irgendwann ganz verschwunden waren.

All diese Dinge haben wir gedreht und gewendet und beleuchtet und bewertet.

Wie ein Insekt lag Flo da vor uns, wir betrachteten sie durch unser gemeinsames Mikroskop.

Bin jetzt ich das Insekt?

Ich blicke von unten durch das Mikroskop und sehe Flo und Ben, die auf mich hinunterblicken, und ich will schreien.

Ich bin ein Insekt, und die beiden trampeln über mich hinweg.

Sie trampeln mich tot.

Ich bin ganz allein und Ben ist weit weg, ich kann ihn nicht mehr spüren, er ist ein ferner Punkt. Ein Punkt neben einem anderen Punkt. Zwei Punkte, die mich beobachten, Ben und Flo.

Das kann nicht sein.

Ich denke an Ben, der mich ansieht, an Ben, der meinen Namen sagt.

Der ihn richtig ausspricht, immer, von Anfang an.

Ich höre, wie Ben meinen Namen sagt, und mein Herz beginnt wieder zu schlagen.

Oh ja, es schlägt!

Und wie es schlägt!

Es war anders.

Flo lügt.

Oder Ben hat ihr das mit der Eifersucht einfach nur gesagt, um mich zu schützen? Nicht, weil es stimmt. Sondern, weil er niemandem erzählen will, was wirklich mit mir los ist. Er hat mir ja schließlich versprochen, niemandem etwas zu verraten.

So macht es Sinn.

Ehe sie sich zu viele Gedanken machen und auf Dinge kommen würde, die niemand über mich wissen soll, hat er ihr diesen Brocken mit der Eifersucht hingeworfen.

Und die arme Flo hat ihn aufgepickt wie ein Huhn. Dummerweise ist sie so auf den Gedanken gekommen, Ben vor mir retten zu müssen. Wahrscheinlich hat sie das in ihren Hoffnungen bestärkt.

Natürlich wollte sie, dass er zu ihr zurückkommt. Zurück ins blaue Haus. Wer würde Ben nicht zurückwollen?

»Ich wollte natürlich nicht, dass er wieder zu mir ins Haus zieht«, sagt sie, als hätte sie meine Gedanken gelesen. »Einmal, weil wir getrennt sind. Aber auch, weil ich sicher war, dass du dort als Erstes nach ihm suchen würdest. Und genau so ist es ja dann gewesen.« Für einen Moment hält sie inne. »Er wusste von der Wohnung. Aber er hat behauptet, dass er das nicht braucht und dass alles in Ordnung ist und so. Ich habe ihn überredet, dass er den Schlüssel an sich nimmt.

Und als du zu mir gekommen bist und gesagt hast, er sei

verschwunden, da dachte ich: Endlich hat er es gemacht. Und um ihm einen Vorsprung zu geben, habe ich gesagt, dass ich die Polizei rufe. Und ich habe ihn krankgemeldet. Damit er erst mal Ruhe hat. Damit du ihn in Ruhe lässt. Aber ich sehe ja, du gibst niemals Ruhe.«

Wieso sollte ich auch, will ich fragen, aber etwas anderes fällt mir ein, und ich bin froh darüber wie eine Studentin, die endlich einmal beweisen kann, dass sie aufgepasst hat.

»Du willst mir doch nicht weismachen, dass du ihm von deinem eigenen Geld eine Wohnung bezahlst, die ganze Zeit, eine Wohnung, in der noch nicht mal jemand lebt!«

Sie blickt mich ausdruckslos an. »Was heißt denn *mein Geld*, Nile?«, sagt sie dann, und obwohl das eine Frage ist, erwartet sie keine Antwort. »Wir sind noch verheiratet. Ich verfüge über das Konto, auf dem immer noch unser gemeinsames Geld liegt. Und ich bekomme das ganze Haus. Überhaupt, er war so großzügig beim Zugewinnausgleich, aus schlechtem Gewissen natürlich, aber egal, er war großzügig. Denkst du im Ernst, da stelle ich mich wegen vierhundert Euro im Monat an, wenn es darum geht, ihm aus der Scheiße zu helfen?«

Ich sage nichts. Etwas in ihren Worten trifft mich. Nein, nicht etwas, das »Wir«.

»Er wollte die Wohnung nicht. Das hat er gesagt. Aber er wusste, dass sie existiert. Als Zufluchtsort. Ich habe ihm alles Mögliche hier hingestellt, damit er klarkommt fürs Erste.« Wir beide denken an das Müsli. Die Schokocreme. Den Kaffee. »Und ich hab gehofft, dass er es eines Tages einfach macht, auch ohne mir Bescheid zu sagen. Und deswegen bin ich heute hergekommen. Um nachzusehen, ob er hier ist.«

»Du siehst, das ist er nicht«, sage ich gepresst. Es fällt mir schwer, ruhig zu bleiben. »Schon mal daran gedacht, dass er nicht nur behauptet hat, dass er die Wohnung nicht braucht? Sondern dass es einfach stimmt?«, sage ich. »Dass er freiwillig bei mir geblieben ist?«

Sie schnaubt. »Er hat sich das eingeredet, dass alles gut ist«, sagt sie. »Das tun Leute in solchen Beziehungen immer. Weil sie hoffen, dass es besser wird. Dass es das letzte Mal war. Aber ganz ehrlich, ich hab ihn ja erlebt, wie deine Nachrichten kamen und er plötzlich nur noch aufs Handy geguckt hat, total unter Strom stand und dringend losmusste. Da war er so seltsam. Da hab ich mir richtig Sorgen um ihn gemacht, obwohl ich an dem Tag weiß Gott anderes im Kopf hatte.«

Sie erwähnt das so lapidar, dass mir die Wut in die Adern schießt. Für einen Moment ist es wieder, als stünde ich vor dem Fenster, als sähe ich ihn drinnen bei ihr.

Flo redet hier von Bens schlimmstmöglichem Vertrauensbruch.

»Da hast du ihn praktisch gezwungen«, sage ich, mir bleibt fast die Luft weg, sodass meine Worte klingen, als würde ich über holprigen Untergrund stolpern. »Du hast geschrieben, dass du nicht mehr leben willst und dass er deswegen sofort kommen soll.« Das hatte er mir alles im Nachhinein erklärt. Er wollte mir auch ihre Nachrichten zeigen, aber ich habe gesagt, dass das nicht nötig ist.

»Stimmt«, sagt Flo knapp.

Ich räuspere mich. »Dir ist doch klar, wie ich das finde, oder? Selbstverständlich bin ich dagegen, dass du ihn kontaktierst, nur weil du irgendeine Krise hast. Ihr seid nicht mehr zusammen! Für so was ist Ben nicht mehr zuständig, und es ist total ungesund, wenn du immer weiter um ihn herumschleichst! Klar ist das blöd, wenn es dir schlecht geht, aber dann ruf halt deine Freundinnen an.«

»Ich wollte aber nicht mit irgendwelchen Freundinnen sprechen, sondern mit Ben.«

Sein Name aus ihrem Mund, das ist für mich wie ein Peitschenhieb, ich zucke zusammen. Ich versuche, ganz sachlich und ruhig zu antworten, vernünftig. »Ja, das mag ja sein. Aber er wollte nun mal nicht mit dir sprechen.«

Sie verzieht den Mund. »Wollte nicht? Er durfte nicht! Er wollte schon. Und er ist dann ja auch gekommen.« Man hört ihr den Triumph nicht an, und das wundert mich.

Ich sage leise: »Aber nur, weil du die Opfer-Karte gespielt hast.«

Und das hat sie wirklich geschickt gemacht.

Ich halte das einfach nicht aus. Da ist so ein großes schwarzes Loch in mir, und ich weiß, das wird niemals weggehen. Das, was ich verloren habe, wird jeden Tag größer, und das, was mir geblieben ist, verschwindet. Ich habe keine Hoffnung, dass ich das aushalten kann. Ich will das auch nicht aushalten. Ich bin so allein, Ben.

Das hat sie geschrieben. Vor Ben wollte ich nicht neugierig erscheinen, aber später habe ich Flos Nachricht heimlich gelesen und alles bestätigt gefunden, was er mir berichtet hatte.

Wort für Wort hat sich die Nachricht bei mir eingebrannt, oh ja, das ist eine Frau, die wirklich alle Register zieht, um den Kontakt mit dem Mann, der sie verlassen hat, zu erzwingen.

Und das ist so unfair! Sie bekommt das Haus und wer weiß wie viel Geld. Kann sie uns nicht endlich in Ruhe lassen?

Am liebsten hätte ich sie damals aufgesucht und angebrüllt.

Verdammt, komm endlich klar! Denkst du, du bist die Einzige, die allein ist und unglücklich? Mir ging es auch so, viele Jahre lang, und ich habe niemandem die Schuld daran gegeben.

Alle Menschen wollen Liebe, Flo, aber man kann sie nicht erzwingen. Wenn das bei euch Liebe gewesen wäre, dann wäre er bei dir geblieben. Dann wäre er bei dir glücklich gewesen. Und du bei ihm. Du hattest viele Jahre Zeit, um dafür zu sorgen, dass er dich liebt. Aber ganz offensichtlich ist dir das nicht gelungen. Und weißt du was? Jetzt siehst du, dass es anderswo einfach so passiert. Dass Liebe da ist, urplötzlich entstanden im luftleeren Raum, ohne Haus und Pläne und Ziele, einfach so. Und das zerfrisst dich. Das willst du kaputtmachen. Hör auf damit!

Natürlich habe ich ihr all das nie gesagt. Ich habe alles heruntergeschluckt.

Und jetzt sitzt sie mir gegenüber, gefesselt an einen Heizkörper, und ich könnte es endlich sagen. Aber ich tue es nicht.

Flo schließt die Augen, sodass ich sie nicht mehr sehen muss, das ist eine Erleichterung.

Davon ermutigt rede ich weiter. »Mal ehrlich, was denkst du, was es bringt, wenn man mit Selbstmord droht? Man kann doch niemanden zu Gesprächen zwingen. Oder zu Trost. Oder zu einer Ehe.«

»Ich habe ihn zu gar nichts zwingen wollen«, sagt Flo.

»Ach nein? Wie würdest du das nennen?«

Flo schweigt zuerst. Sie schweigt lange. Dann sagt sie: »Ich war schon einmal kurz davor.«

»Vor was?«, frage ich, und dann verstehe ich, wie sie das meint. Und ich glaube ihr nicht. Und werde wütend. »Ach, die ganze Ich-bring-mich-um-Nummer hast du früher schon gebracht? Und dann hast du gedacht, weil er sich damals schon Sorgen um dich gemacht hat, kannst du diese Waffe auch nach der Trennung weiterbenutzen? Damit er dich hinter meinem Rücken besucht, obwohl er eigentlich gar nichts mehr mit dir zu tun haben will? Wie armselig ist das denn!«

»Du verstehst gar nichts«, sagt Flo, die Augen noch immer geschlossen.

»Ja«, sage ich. »Klar, dass du das so –«

»Entschuldige mal«, sagt Flo und öffnet die Augen, aber diese Entschuldigung klingt etwa so sehr nach Entschuldigung wie ein Kinnhaken. »Ja, ich war fix und fertig an dem Tag, und deswegen musste ich mit ihm sprechen. Nur mit ihm und mit niemandem sonst. Weil es mir total schlecht ging. Es war der Todestag von unserem Baby. Der Jahrestag der Fehlgeburt.«

Zuerst denke ich, sie redet irre.

Was soll das? Welcher Todestag? Welches Baby?

Und dann verstehe ich. Etwas, was sichtbar war und doch unsichtbar, etwas, was da war und doch nicht, was ich wusste und doch nicht.

Ja, ich weiß, dass es nicht geklappt hat mit dem Kinderkriegen bei den beiden. Dass Flo einmal schwanger war, es aber nichts geworden ist. So hat er das erzählt, als er in den ersten Wochen eine Art Chronologie seiner Ehe abgeliefert hat. Kennenlernen, Annäherung, erster Urlaub auf Malta, Heirat, Hauskauf, all das. Und da gehörte das Thema dazu. Sehr bedauerlich, schwere Zeit, was will man machen, geht ja vielen so, erst war der Test positiv, aber dann ... Im Nachhinein ist es natürlich besser so. So sah das für mich aus.

Ich wusste davon. Von der nicht geglückten Familienplanung. Ich glaube, genau so hat er das genannt. Er hat mir nichts vorenthalten. Die Worte waren da, und sie bezeichneten das Richtige.

Und doch wusste ich nicht, wovon er sprach.

Mir war irgendwie nicht klar, dass es um ein wirkliches Baby ging.

Und all der Schmerz war mir nicht klar. Bei Ben habe ich ihn nicht gesehen. Aber jetzt bei Flo sehe ich ihn. Und er ist so groß, dass ich ihn auch hören und sogar fühlen kann.

Ihren riesigen Schmerz.

Und ich verstehe plötzlich, warum Ben Angst um sie hatte. Weil auch er diesen riesigen Schmerz kennt. Den Schmerz, der gar nichts mit ihm zu tun hat. Sondern mit einem verlorenen Baby. Einem Baby, dessen Schaukel immer noch vor dem blauen Haus in einem Apfelbaum hängt.

Flo redet einfach weiter. »Ich habe aus dem Fenster zur Schaukel geschaut, die wir an dem Tag aufgehängt haben, an dem ich den Test gemacht habe. Wir haben sie nie abgehängt. Sie hing da immer noch, und wir haben immer an das Kleine gedacht, wenn wir an ihr vorbeigegangen sind. Und vielleicht hätte ja auch irgendwann ein anderes Kind darauf gesessen.« Sie verstummt, und ich merke, wie sie mit sich ringt.

Ich wage nicht, etwas zu sagen, zu raumgreifend und mächtig und respekteinflößend ist dieser Schmerz.

»Das erste Mal seit vier Jahren war Ben an diesem Tag nicht da. Und dann habe ich durchs Küchenfenster die Schaukel gesehen. Ja.«

Sie verstummt erneut, und auch ich bin stumm, ich warte, bis sie weiterredet. Und gleichzeitig wird mir etwas klar. Dieser Tag, das ist auch der Tag mit dem blauen Auge.

Der Tag, seit dem Ben und ich uns noch näher sind.

Der Tag, nach dem ich wusste, dass er nie mehr zu ihr gehen würde.

Das Gute an außer Kontrolle geratener Selbstverteidigung und einem blauen Auge ist, dass man danach redet. Weil ein blaues Auge etwas ist, was man nicht wegschweigen kann.

Das Gute ist, dass man dem Freund dann sagt, was damals passiert ist mit einem. Weswegen man so in Abwehrstellung ist und diesen Bogen braucht mit der Sehne, die immer, immer gespannt ist. Weshalb man immer Angst hatte und so viel Hilfe brauchte. Viel Wein und viele Tabletten und mehr Wein. Und da war trotzdem kein Schlaf. Und keine Berührung, nie, keine Berührung und keine Nähe zu niemandem, weil man die nicht ausgehalten hat. Nicht mal den Gedanken daran.

Und wenn dann das Schlimme passiert ist, und der Pfeil hat getroffen: Man redet nach so was.

Es war eine relativ brutale Vergewaltigung.

Das ist die sachliche Kurzfassung dessen, was mir passiert ist, als ich 19 war. Zwei angebrochene Rippen, zahlreiche Prellungen. Es war keine Gewaltorgie, ich wurde nicht stundenlang gequält, nur etwa eine halbe Stunde, ich habe nicht auf die Uhr geguckt. Der Kerl war kein Sadist, er wollte etwas, und das hat er sich genommen, allerdings brutaler als nötig, das war es, nicht mehr und nicht weniger.

Ich bausche das nicht auf.

Ich erzähle auch keine Details, das vergrößert nur seine Macht.

Aber seinen Namen kann ich verraten:

Claus. Claus Wagner.

Ich hatte mich auf einen Ferienjob in seiner Kneipe beworben. Er stellte mich ein. Nach meinem ersten Tag dort haben wir gequatscht, er hat gebaggert, ich habe ihn abgewiesen. Und dann das.

Zuerst dachte ich, ich bringe ihn um und fackle sein Haus ab. Oder ich ziehe weg und fange ein neues Leben an. Stattdessen habe ich ihn angezeigt.

Mit der Anzeige wurde es schlimmer. Nicht, weil mir niemand geglaubt hätte. Sondern wegen der ganzen Fragen, die sie gestellt haben. Und weil ich dadurch immer wieder daran denken musste. Was ich wie erklären muss, welche Einzelheiten wie waren, wo ich mich geirrt haben könnte. Was er denken würde, wenn die Polizei plötzlich bei ihm auf der Matte steht. Wann der Termin vor Gericht wäre, wie es dann weitergehen würde.

An all diese Dinge musste ich unablässig denken, es hat nicht aufgehört, es wurde immer schlimmer.

Darum hab ich die Anzeige zurückgezogen.

Nicht aus Schwäche. Oder aus Angst. Sondern, weil ich meine Ruhe haben wollte. Ich wollte diese Opferrolle nicht mehr, ich wollte einfach nur weitermachen mit meinem Leben.

Und dann war er tot.

Als er endlich tot war, ging es mir langsam besser.

Es ging mir vielleicht nie mehr richtig gut, aber es ging mir okay. Und dann kam ja Ben. Zum Glück kam Ben. Und dann war alles gut, endlich.

Selbst als es schwierig war, selbst als ich ihn aus Versehen verletzt habe, führte das nur dazu, dass wir geredet haben und es noch inniger zwischen uns wurde. Ich hatte solche Angst, ihm alles zu erzählen, ich hatte solche Angst, was er sagen würde.

Und alles, was er sagte, war: »Wir schaffen das.« Und: »Jetzt verstehe ich, warum du so bist, wie du bist.«

Und dann sagte er: »Sobald die Scheidung durch ist, heiraten wir.«

So ist Ben.

Der Tag, an dem wir geredet haben.

Der Tag, an dem er gesagt hat, dass wir heiraten.

Das ist derselbe Tag, von dem Flo gerade spricht.

Für sie aber ist es der Todestag ihres Babys.

Und für Ben?

Flo redet weiter. »Das ist etwas, was nur ihm und mir gehört. Und das bleibt auch. Wenigstens die gemeinsame Trauer. Die bleibt für immer. Die kann er nicht mit dir teilen. Die nicht.« Und dann fängt sie tatsächlich an zu weinen.

Sie weint richtig.

Ich sehe ihre Traurigkeit. Ich sehe, wie Tränen aus ihren ausgewaschenen Augen über ihre mageren, blutverschmierten Wangen rinnen, ich sehe eine hässliche Frau mit hässlichen Augen und einer hässlichen Stimme, und diese Frau tut mir plötzlich so unsagbar leid, dass ich mit ihr mitweinen will. Natürlich tue ich das nicht, aber ich rutsche mit dem Rücken in Zeitlupe die Wand hinab, Zentimeter für Zentimeter, bis ich neben ihr auf dem Küchenboden sitze, und da sitzen wir dann, Schulter an Schulter, sie weint und weint, und ich sehe ihr dabei zu, und dann begreife ich, dass Flos allumfassende und zerstörerische Traurigkeit gar nicht Ben und der Trennung gilt und auch nie galt, sondern einem Baby, von dem ich nichts wusste oder nichts wissen wollte.

Und dass meine Schuld nicht nur die ist, dass ich ihr den Mann ausgespannt habe. Sondern vor allem, dass ich sie des einzigen Menschen beraubt habe, mit dem sie das zusammen hätte durchstehen wollen. Und mit dem sie vielleicht ein anderes Baby hätte bekommen können.

Und so sitzen wir nebeneinander, sie mit Tränen in den Augen und ich ohne.

Ich habe Flo nicht losgebunden.

Dafür schäme ich mich beinahe.

Ich bin ins Badezimmer gegangen und habe aus dem weißen Unterschrank eine Rolle Klopapier geholt, mit der ich sie notdürftig vom Blut gesäubert habe, sie hat auch versucht, in das Papier, das ich ihr vors Gesicht hielt, zu schnäuzen, ich habe gesehen, wie weh ihr das tat, es tat mir selber weh.

Wir sitzen nebeneinander auf dem Küchenboden wie Läuferinnen nach einem Marathon, erschöpft, lädiert, sprachlos, zerknüllte Papierfahnen liegen überall um uns herum mit leuchtend roten Flecken wie gerade erblühte Mohnblumen. Nach einigem Hin und Her binde ich ihr die linke Hand los und die rechte wieder an die Heizung, fester noch als vorher, solange ich neben ihr sitze, wird das so gehen. Ich habe im Küchenschrank ein verschweißtes Pack mit sechs 1,5-Liter-Wasserflaschen gefunden und eine davon aus der Folie geschält, die reichen wir jetzt wortlos hin und her. Jedes Mal, wenn Flo sie in der Hand hatte, ist danach ein weiterer blutiger Abdruck darauf, auch am Flaschenhals ist Blut, und vermutlich schwimmen auch im Wasser Blut und Rotz von ihr, aber das ist egal, wir teilen das Wasser stumm, ohne auf solche Details achtzugeben, etwa so, wie Überlebende eines Schiffsunglücks es tun würden oder Verdurstende in der Wüste. Weil es um etwas Größeres geht. Ob es Überleben ist oder Frieden, weiß ich selbst nicht so genau.

Flos Nase hat aufgehört zu bluten. Von Zeit zu Zeit betastet sie mit der freien Hand ihr Gesicht, sehr vorsichtig, dabei bleibt ihr Ausdruck reglos, sie legt es offenbar nicht darauf an, mir mit Schmerzenslauten ein schlechtes Gewissen zu machen, und das rechne ich ihr hoch an.

»Glaubst du, sie ist gebrochen?«, frage ich.

»Glaub nicht«, sagt Flo.

»Du solltest sie kühlen«, sage ich und stehe auf, um in dem winzigen Gefrierfach des Kühlschranks nach Kühlpacks zu suchen, aber das ist natürlich zu optimistisch, darin befindet sich nichts außer einem nutzlosen leeren Eiswürfelbehälter. »Das verstehe ich nicht, warum legt man einen leeren Eiswürfelbehälter ins Eisfach?«, frage ich.

Sie zuckt mit den Schultern, ich stelle das leere Plastikgefäß ungefüllt zurück und schließe erst die Klappe vom Eisfach und dann die Kühlschranktür.

Flo sieht mich an. Sie sagt: »Und du meinst wirklich, dass ihm etwas passiert ist?«

Ich nicke. »Ich weiß es.«

»Ich weiß gar nicht, was ich glauben soll.«

»Versuch mir zu glauben«, sage ich. »Bitte. Versuch es einfach.«

Ich weiß, sie denkt an die Flasche, die wir geteilt haben. Daran, dass ich gerade ihren Rotz getrunken habe.

Ich sage: »Ich wusste das nicht mit dem Baby. Mit eurem Baby. Es tut mir leid.«

Sie nickt und schließt die Augen.

»Es war alles gut zwischen uns«, sage ich. »Alles. Und von seinen Sachen fehlt nichts.« Ich zögere, das zu sagen, ich möchte gar nicht in die Richtung denken, das kommt mir vor wie ein Eingeständnis von Zweifeln, aber wenn ich will, dass Flo mit mir redet, muss ich mich auf ihre Argumentation einlassen. »Ich habe das überprüft. Gar nichts. Weder Klamotten noch Papiere.«

»Hm«, macht Flo. Ihre Augen bleiben geschlossen.

»Er hatte seinen Anzug an. Einen grauen Anzug. Er kam von der Arbeit. Du kannst mir das glauben.«

Flo sagt: »Glaube ich dir? Ich glaube dir gar nichts. Aber wenn er von dir wegwollte, wäre er hier. Wo sonst? Er wusste, dass die Wohnung extra für ihn bereitsteht. Er wäre hier hingekommen. Das war quasi abgemacht.«

Ich frage mich, wo Ben diesen Schlüssel aufbewahrt. Hat er ihn tatsächlich immer bei sich? Das hätte ich doch gemerkt. Oder ist er einfach an seinem Schlüsselbund? Dann wäre er mir natürlich gar nicht aufgefallen, unter all den anderen Schlüsseln. Ich frage: »Abgemacht? Dass er hierhin kommt?«

»Naja. Er hat den Schlüssel genommen. Wenn er es nicht gewollt hätte, hätte er das rundheraus gesagt. Du kennst doch Ben.«

»Ja«, sage ich leise. »Ja, ich kenne Ben.«

Flo hat recht. Genau so ist er.

Ich versuche mich in Flo hineinzudenken, bemühe mich, meine Gedanken in ihre Perspektive zu zwingen, dann fällt mir ein, was mich stört. »Aber vielleicht ist er wegen etwas anderem abgetaucht. Nicht meinetwegen. Also, das denke ich ja sowieso, aber auch du wirst doch wohl einsehen müssen, dass das eine mögliche Erklärung wäre, warum er nicht hier in der Wohnung ist.«

Flo zögert. Dann sagt sie: »Wenn er woanders hingegangen wäre, also, freiwillig, meine ich, dann hätte er mir auf alle Fälle Bescheid gegeben. Da bin ich ganz sicher. Jetzt mache ich mir wirklich Sorgen.«

Etwas braust in mir, rast, sprudelt. »Wie kannst du so sicher sein, dass er dir Bescheid gesagt hätte?«, höre ich mich sagen.

Sie ignoriert mich. »Kein Mensch verschwindet einfach so. Was kann da passiert sein?«

Es ist sehr merkwürdig, dass man bestimmte Dinge immer neu drehen und wenden und ausbreiten und einrollen muss. Sehr, sehr merkwürdig ist das.

Dass Verliebte das tun, ist ja klar. Ben und ich sind auch so. Jeden Aspekt unseres Kennenlernens, seiner Trennung, unserer Zukunft haben wir aus allen Perspektiven beleuchtet, um am nächsten Tag ein beinahe identisches Gespräch zu beginnen. Es ist wie eine Zwiebel. Eine Haut ab und dann noch eine und dann noch eine, die Augen tränen, und man schält und weint und schält und weint, und dann schält man weiter, weil man zum Innersten kommen will.

Zur Wahrheit.

Aber man kommt natürlich nie zum Innersten.

Eine Geschichte ist ja keine Zwiebel.

Dabei wäre es viel einfacher, wenn es so wäre.

Flo sagt: »Ich will nicht, dass ihm etwas passiert. Auf keinen Fall. Aber davon mal ganz abgesehen ... Er darf nicht verschwinden. Nicht jetzt. Das kann er mir nicht antun.«

»Wie meinst du das?«

»Die Scheidung. Es sind noch dreizehn Tage bis zum Termin. Ich zähle die Tage. Lange schon. Ich will, dass das endlich rum ist. Damit ich neu anfangen kann. Es ist höchste Zeit.«

Ich starre sie an. Ich habe immer geglaubt, es sei andersherum. Dass sie diese Scheidung verhindern will. Weil sie ihn behalten will.

»Was würdest du jetzt tun, wenn du allein wärst?«, frage ich. »Wenn du dir Sorgen machen würdest, weil du ihn nicht erreichst?«

Flo reißt umständlich ein neues Stück Klopapier von der

Rolle, die sie die ganze Zeit umklammert hält, faltet es zweimal und tupft vorsichtig an ihrer Nase herum. »Ich würde bei Markus anrufen. Und dann auf der Arbeit.«

»Dann mach das.«

»Markus hat mich schon angerufen. Nachdem du bei ihm warst und nach Ben gefragt hast.«

»Oh«, sage ich.

»Er hat natürlich dasselbe gedacht wie ich. Dass, naja, Ben wegwollte von dir. Deswegen hat er dir erzählt, er sei im Urlaub.«

»Ruf ihn noch mal an. Vielleicht weiß er ja doch was.«

Sie nickt.

»Mach«, dränge ich.

Sie sieht an mir vorbei und sagt: »Ich komme nicht an mein Handy.«

Ich werde rot. »Oh, natürlich.« Ich wühle in ihrer Handtasche, was mir peinlich ist. Meine Hand berührt Taschentücher, Lippenstifte, etwas aus Stoff, Zettel, am liebsten würde ich meine Hand wieder herausnehmen, aber ich taste nach dem Handy. Es kommt mir zu intim vor, ihre persönlichen Gegenstände zu berühren. Schließlich finde ich das Handy, reiche es Flo und lege die Handtasche hastig weg.

Flo wählt.

»Ja, hallo«, sagt sie und wirft den Kopf zurück. Ihre Stimme ist eine halbe Oktave nach oben gerutscht, man hört ihr nicht an, dass sie mit kaputter Nase an eine Heizung gefesselt ist. Ich vermute, sie gehört zu denen, die beim Telefonieren normalerweise im Zimmer herumrennen.

»Hör mal, ich war jetzt in der Wohnung. Ben ist nicht da. Ehrlich gesagt, ich bin mir ziemlich sicher, dass da tatsächlich was passiert ist.« Eine Pause, in der sie lauscht. »Ja, genau. Mit der habe ich noch mal geredet. Hast du in letzter Zeit etwas von ihm gehört?« Sie lauscht der Antwort. »Ja, genau so ist es aber. – Doch, es ist wirklich so. Ich hab lange mit ihr gesprochen. Bei mir geht er auch nicht ran. – War denn irgendwas?« Dann kommt eine lange Pause. Eine, in der Flo nur zustimmend »mmh« oder »verstehe« sagt. Dann sagt sie: »Versuch es doch weiter. Und wenn du noch irgendeine Idee hast, ruf mich an.« Dann steckt sie das Handy weg und sieht mich an.

»Nichts«, sagt sie. »Er hat seit mindestens einem Monat nichts von Ben gehört, was ihn aber nicht gewundert hat. Als du bei ihm im Laden warst, hat er später noch ein paarmal versucht, Ben zu erreichen, aber er fand auch nicht verdächtig, dass er nicht rangegangen ist. Ben ist ja schon länger für niemanden mehr erreichbar gewesen.« Sie sieht wieder etwas an mir vorbei, als sie das sagt.

»Und sonst?«, frage ich.

»Nichts sonst. Das war alles.«

»Das ist zu wenig. Er muss doch etwas wissen. Irgendetwas, was ihm aufgefallen ist. Etwas, wo wir ansetzen können.«

»Er hat anscheinend keine Ahnung.«

»Dann muss er eben mehr nachdenken!«

»Also, Nile, du selbst weißt doch auch nicht mehr. Mal ehrlich, Markus hat genauso wie ich kaum etwas von Ben mitbekommen. Und selbst du, die mit ihm zusammengewohnt hat ... mit ihm zusammenwohnst ... hast keine Idee.«

»Früher«, sage ich. »Etwas von früher. Was kann denn da sein? Hatte er mal Ärger?«

Flo überlegt, schüttelt den Kopf. »Nur so normale Sachen. Er hat seinen vorherigen Job gekündigt, weil das Betriebsklima schlecht war. Das war aber echt keine große Geschichte.«

»Weiter«, sage ich.

»Nichts weiter. Ich weiß nichts. Es bringt doch nichts, wenn ich Lappalien auswalze. Er fand seinen Mitbewohner in der Studenten-WG blöd, weil der immer nachts was mit Zwiebeln gebraten hat.«

»Weiter. Frühere Freunde? Freundinnen?«

»Nichts weiter!«

»Ich frage ja nur, weil …«

»Ja, ich weiß. Aber das bringt nichts. Wir müssen zur Polizei gehen. Und nachdenken.«

»Ich denke die ganze Zeit nach«, sage ich etwas zu heftig, aber das ist nur, weil mein Herz noch immer so hämmert. »Ich wende alles hin und her, aber mir fällt nichts ein.«

»War irgendwas an dem Tag?«, fragt Flo. »Irgendwas? Hat er einen Anruf bekommen?«

Ich schüttle den Kopf.

»Sicher?«

»Nicht so, dass ich es mitbekommen habe.«

»Und so, dass du es nicht mitbekommen hast?«

»Dafür bräuchte ich einen Verbindungsnachweis, das habe ich schon versucht. Ich bin ja nicht die Vertragspartnerin, also kann ich ihn weder orten noch seine Verbindungen einsehen.«

»Wir brauchen die Polizei, das bringt doch so nichts«, sagt Flo. »Eine Anordnung von denen, fertig. Sollen wir die Sache mal durchsprechen? Nur theoretisch?«

Ich nicke.

»Anrufen bringt nichts. Man muss da schon persönlich aufkreuzen. Eine von uns. Aber das wird nicht reichen. Es ändert nichts daran, dass es keine handfesten Hinweise auf ein Verbrechen gibt.«

Wir sehen uns an, und ich merke, wie hilflos wir beide hinter unserer Entschlossenheit sind. Und dann fällt mir etwas ein. »Vielleicht kann man an der einen oder anderen Stelle etwas übertreiben, damit sie uns ernst nehmen.«

»Wie meinst du das?«

Ich überlege. »Naja, wie du selbst sagst, sie brauchen Hinweise auf ein Verbrechen. Sonst ermitteln sie nicht, sondern gehen davon aus, dass Ben einfach nur ein wenig herumspaziert.«

Flo begreift sofort. »Man kann behaupten, dass man mit ihm verabredet war, heute. Um etwas Wichtiges zu besprechen. Die Scheidung.«

Ich nicke. »Oder die bevorstehende Hochzeit. So was, was er garantiert nicht vergessen hätte. Das wäre dann ein einigermaßen handfester Hinweis.«

»Nur mal theoretisch«, sagt Flo. »Wenn wir uns einig sind, dass wir zur Polizei wollen, dann sollten wir genau das tun. Jetzt. Ich sollte gehen. Weil ich seine Frau bin. Und weil sie dich anscheinend nicht ernst nehmen.«

Ich weiß genau, worauf das hinausläuft. »Wenn ich dich losbinde, kannst du einfach so abhauen.«

»Stimmt«, sagt Flo.

»Und selbst wenn ich dich begleite, kannst du zur Polizei gehen und sagen, dass Ben verschwunden ist und dass ich dich gegen deinen Willen hier festgehalten habe.«

»Stimmt auch.«

»Wirst du das machen?«

»Nein.«

Bin ich blöd, wenn ich ihr glaube? Sie vertraut mir nicht. Warum sollte ich es tun?

Und trotzdem weiß ich, dass ich es tun werde. Weil ich nicht weiß, was ich sonst tun kann. Weil ich Angst habe, selbst zur Polizei zu gehen. Wo ich schon einmal war, vor vielen Jahren. Wo man sich vielleicht an mich erinnern wird. Wo man mich vielleicht nicht ernst nehmen wird.

»Gut, dann machen wir es so«, sage ich.

Das Geschirrtuch sitzt so fest an ihrem schmalen Handgelenk, dass ich Mühe habe, es zu lösen. Sie sagt kein Wort, während ich mich abmühe, und als ich ihr rotes, geschundenes Handgelenk sehe, trifft mich eine Woge schlechten Gewissens. Flo steht auf und schwankt im ersten Moment, dann fängt sie sich. Sie streckt die Arme in die Luft und lässt den Kopf kreisen. Dann dreht sie sich von mir weg und zieht ihre blutbefleckte Bluse aus, ich starre auf ihren nackten Rücken, so blass und schmal, ehe ich den Blick abwende. Ohne es zu kommentieren, nimmt sie eins von Bens Shirts aus dem Schrank und streift es über. Es ist ihr viel zu weit. Mir passen seine Shirts besser, obwohl ich kleiner bin.

Ich sage: »Ich hole dich dann am Präsidium ab. Am besten warte ich direkt davor.«

Flo steht vor mir in Bens Shirt, das tut weh. Sie schüttelt den Kopf. »Du kannst ruhig nach Hause gehen.«

Ich nicke zögernd.

»Ich komme danach zu dir.«

»Du kommst zu mir? In unsere Wohnung?«

Sekundenlang sehen wir uns an, dann nickt Flo. »Ja. Die Adresse kenne ich.«

»Okay«, sage ich.

»Was sagst du wegen deiner Nase?«, frage ich.

Flo lächelt dünn. »Am besten sage ich gar nichts. Oder ich sage, ich sei die Treppe runtergefallen.«

»Aber das macht die misstrauisch.«

»Eben. Das ist doch gut! Denk mal nach. Wenn eine offenbar verprügelte, aber seriös aussehende Frau da auftaucht und eine Vermisstenanzeige aufgibt, dann sind die doch viel aufmerksamer, als wenn da eine wie du ankommt. Unversehrt, meine ich.«

Was sie auch meint, ist: Ich sehe nicht so seriös aus wie sie. »Das stimmt.« Ja, das stimmt. Aber ich habe trotzdem ein ungutes Gefühl.

»Selbst wenn sie, na, eine Beziehungstat vermuten. Wenn sie denken, dass Ben das gewesen ist, dann ist das auch okay. Vermutlich suchen sie eher nach einem Täter als nach einem Vermissten.«

»Vermutlich.«

Flo nickt. »Deswegen muss ja auch ich gehen, nicht du. Ich bin viel überzeugender.«

»Ja«, sage ich leise. Sie ist die Ehefrau. Offiziell wohnt er sogar bei ihr. Ihre Nase ist gebrochen. Sie ist überzeugender, das stimmt.

Ich dagegen wirke einfach nur hysterisch.

■ Ich bin mir in der entsetzlich leeren Wohnung selbst fremd.

Vorher war ich unschlüssig, wohin ich gehen sollte, aber dann bin ich wie ferngesteuert nach Hause, und erst als ich mit angehaltenem Atem die Wohnungstür aufschloss, begriff ich, weswegen: weil irgendwo in mir noch die winzige Hoffnung schlummerte, dass Ben inzwischen zurückgekehrt ist. Dass er mit der Zeitung am Küchentisch sitzt und mir überrascht über den Rand hinweg zublinzelt.

Aber sobald ich die Tür öffnete, wusste ich, dass diese Hoffnung vergebens war. Die Wohnung verströmte bereits eine eigenartige Aura des Verlassenseins.

Und das war der Moment, in dem ich endgültig begriff, dass sich das alles nicht mehr einfach so auflösen wird. Diese mikroskopisch kleine Möglichkeit hatte für mich vorher immer noch bestanden.

Ich nehme mein Handy zur Hand und wähle. Und diesmal passiert nichts in mir, da ist keine Aufregung, keine Angst, keine enttäuschte Hoffnung.

Ich weiß jetzt, dass ich ihn nicht erreichen werde. Nicht so.

Nur, wenn ich ihn finde.

Alles, worauf ich jetzt hoffen kann, ist eine Nachricht von außen. Dass derjenige, der ihn in seiner Gewalt hat, sich meldet und sagt, was er will.

Und darum sitze ich jetzt wie gelähmt am Küchentisch, statt etwas zu tun, was mir irgendwie weiterhelfen könnte. Ich habe Bens Laptop nach Informationen durchforstet, ohne Erfolg. Dann habe ich seine Aktenordner betrachtet, sinnlos, sie anzusehen, ich kenne sie, ich weiß ohnehin alles von Ben, was es zu wissen gibt. Nichts in dieser Wohnung wird mir etwas Neues verraten. Also bin ich zurück in die Küche gegangen, und hier sitze ich jetzt und tue gar nichts.

Ich habe Flo einfach gehen lassen. Was, wenn sie mich getäuscht hat?

Bevor sie ging, hat sie meine Hand genommen und fest gedrückt. »Wir finden ihn«, hat sie gesagt. Und dann ist sie gegangen.

Ich weiß jetzt schon, dass das Warten mich verrückt machen wird. Auf eine furchtbare Weise hat das Warten sich verdoppelt, wie ein Monster, dem man den Kopf abschlägt und dem zwei Köpfe nachwachsen, die jetzt beide nach mir schnappen.

Zum einen ist da das Warten auf Nachricht von Ben, auf einen Erpresserbrief, auf einen Drohanruf, darauf, dass die Polizei kommt und etwas sagt wie: »Wir haben eine Leiche gefunden.«

Und dann ist da das Warten auf Flo. Nicht nur das Warten darauf, dass sie zurückkommt. Sondern das Warten auf die Erlösung. Denn erst, wenn sie kommt, weiß ich, dass sie mich nicht verraten hat. Dass sie nicht zur Polizei gesagt hat: »Die Neue meines Noch-Ehemannes ist in meine Wohnung eingebrochen und hat mich zusammengeschlagen, gefesselt und bedroht. Und vermutlich hat sie auch ihm etwas angetan, denn er ist verschwunden.« In meiner Panik sehe ich sie, wie sie in Unterhose vor einem Rechtsmediziner steht und ihre Blessuren fotografieren lässt.

Nein, es ist nur ihre Nase. Ihre Rippen sind unversehrt.

Trotzdem.

Mein Kopf ist ganz und gar leer.

Dann höre ich endlich die Klingel, und mir springen Tränen der Erleichterung in die Augen.

Das ist sie! Sie lässt mich nicht allein.

Ich gehe mit unsicheren Schritten in den Flur und drücke den Summer.

Schritte im Treppenhaus.

Sie ist es wirklich.

Flo lässt ihre Schuhe an. Sie drängt sich an mir vorbei in die Küche, wo mein Glas noch neben dem Laptop steht.

»Warum sitzt du hier im Dunkeln?«, fragt sie, und da erst merke ich, dass es dunkel geworden ist. Sie knipst erst das Küchenlicht an, hebt dann den Arm mit einer dünnen weißen Plastiktüte auf den Tisch, es riecht fettig.

»Ich habe Essen mitgebracht. Pommes und Wurst und Salat. Isst du Fleisch? Egal. Wir müssen was essen.«

Ich nicke. Folgsam setze ich mich an meinen eigenen Küchentisch, während Flo den Inhalt der Tüte auspackt, vor jede von uns eine hauchdünne weiße Papierserviette legt und je eine Pappschale mit Pommes, Currywurst und öltriefendem Möhrensalat. Dann setzt sie sich mir gegenüber, dorthin, wo Ben sonst sitzt. »Sie haben alles aufgenommen«, sagt sie. »Haben eine Menge Fragen gestellt, nach Freunden, Verwandten, Problemen, so Kram. Finanzlage. Scheidung. Ohne Scheiß, ich glaube, meine Nase war sehr nützlich. Wenn du mit so einer Nase bei der Polizei aufkreuzt, dann nehmen sie dich wenigstens ernst. Wir haben also alles richtig gemacht.«

Das ist vermutlich der Humor, von dem Ben immer gesprochen hat. Flo hat Humor. Sie macht gerade einen Witz darüber, dass ich ihr eine reingehauen habe, das ist schon echt gut. Entschlossen fange ich an zu essen. »Es war also gut, dass ich das gemacht habe, willst du das sagen?«, frage ich mit vollem Mund.

»Naja«, sagt Flo und betrachtet nachdenklich die Pommes in ihrer Hand. »Um ernst genommen zu werden schon. Oh Gott, schmeckt das ekelhaft, ich esse so was sonst gar nicht, aber ich hatte es eilig, und da dachte ich ...«

»Alles gut«, sage ich. »Willst du Wein?«

Sie nickt. Ich hole den angebrochenen Weißwein aus dem Kühlschrank, stelle vorsichtshalber gleich eine zweite Flasche kalt. Ehe ich die Tür wieder schließe, ein Zögern: ob Ben mit ihr den gleichen Wein getrunken hat wie mit mir? Ob Flo gleich zufrieden nickt, wenn sie den ersten Schluck nimmt? Ben hat immer Wein gekauft, Wein ist ihm wichtig. Wechselt man den Wein, wenn man die Frau wechselt?

Wahrscheinlich nicht. Also hat er mir den Wein angewöhnt, den er vorher mit Flo getrunken hat, sodass wir beide, sie und ich, jetzt den gleichen mögen.

Praktisch, oder?

Es ist idiotisch, was ich denke.

Weg damit!

Sofort weg damit!

»Prost«, sage ich, und meine Gedanken lösen sich auf.

»Sie haben sich genau aufgeschrieben, mit wem er Kontakt hat«, sagt Flo. »Ich habe gesagt, dass wir immer telefoniert haben und er bisher auch immer rangegangen ist. Und dass du mich dann kontaktiert hast und ich dir darin zustimme, dass das gar nicht sein kann, dass er nicht ans Handy geht. Und dass er nicht im Büro erschienen ist. Dann hab ich ihnen von diesem Termin erzählt, den wir heute um zehn gehabt haben sollen. Wegen der Scheidung. Ich habe gesagt, dass er den niemals abgesagt hätte, um die einvernehmliche Trennung nicht zu gefährden. Ich habe gesagt, dass er derjenige ist, der es damit eilig hat, weil er im Gegensatz zu mir in einer neuen Beziehung ist und bald wieder heiraten will.«

Es tut gut, das aus ihrem Mund zu hören.

»Der Beamte meinte, das klinge in der Tat ungewöhnlich. Ich schätze, die werden sich bei dir melden und noch genauer nachfragen. Und wir sollen uns natürlich melden, wenn wir was hören, und so.«

»Sie sollen ihn orten«, sage ich. »Es macht mich wahnsinnig, diese Vorstellung, dass er sein Handy dabeihat und man so leicht herausfinden könnte, wo er sich aufhält.«

»Der Typ sagt, das können sie nicht einfach so. Sie haben mir den Tipp gegeben, mal seine Kontobewegungen zu überprüfen. Dabei, naja, ich hab ja seine Kontodaten gar nicht. Er hat ja ein neues Konto seit der Trennung.«

Diese Nachricht macht mich schlagartig wach. Daran habe ich nicht gedacht. »Warum ist mir das nicht selbst eingefallen?«

»Siehst du? Da hatten die wenigstens einen guten Tipp.«

Ich klappe meinen Laptop zu, gehe ins Wohnzimmer,

setze mich mit angezogenen Beinen auf das Sofa und klappe ihn wieder auf.

Dann gebe ich die Webadresse von Bens Bank ein und warte, bis sich die Seite aufbaut. Ich gehe ins Arbeitszimmer. Das Blatt, auf dem Ben seine Kennwörter notiert hat, steckt wie immer in einer Plastikhülle zwischen den Ordnern, ich sehe die durchsichtige Ecke hervorlugen und ziehe die Hülle heraus. Die Zugangsdaten habe ich sofort beisammen, ich tippe sie ein. Das System akzeptiert alles ohne Widerspruch.

Ich klicke auf »Kontoübersicht«, und dann liegt alles offen vor mir.

Ich starre auf die Umsätze seines Kontos, es dauert einen Moment, bis mein Kopf die Zahlen richtig zuordnen kann.

Sein Gehalt. Die Abbuchungen. Die Daueraufträge.

Und dann weiß ich mehr.

Nämlich, dass es nichts zu wissen gibt. Keine Kontobewegung, abgesehen vom Lastschrifteinzug seines Handyanbieters heute.

Die ganzen letzten drei Monate sind absolut unauffällig, da ist keine Abbuchung, kein Eingang, nichts, was ich nicht verstehe, absolut gar nichts.

Eigentlich ist das nicht verwunderlich. Nur, wenn ich gedacht hätte, dass Ben eine Flucht vorbereitet hat, hätte ich erwartet, dass er unbemerkt Geld beiseitegeschafft hat.

»Und?«, fragt Flo, sie steht in der Tür, das Weinglas in der Hand.

Ich scrolle hilflos rauf und runter. »Nichts. Er hat seine Karte seit Tagen nicht benutzt. Und er hat auch vorher keine ungewöhnlichen Beträge abgehoben oder überwiesen.«

Flo setzt sich neben mich und schaut ebenfalls. »Wie war das mit dem Verbindungsnachweis?«

»Das hatte ich ja gestern Nacht schon versucht, die rücken nichts raus, weil es nicht mein Vertrag ist.«

Sie zieht entschlossen die geschwollene Nase hoch. »Wir sollten es noch einmal versuchen.«

»Okay.«

Diesmal nimmt Flo das Ganze in die Hand. Sie lässt sich von mir die Rechnungen und den Vertrag heraussuchen, wählt und nimmt die Mitarbeiterin am Telefon in die Mangel, bis sie alles hat, was sie haben will. Tatsächlich bekommt sie umgehend per Mail alle Verbindungen der letzten beiden Monate zugeschickt. Sie leitet sie mir weiter, und ich drucke die lange Liste zweimal aus, einmal für mich, einmal für sie.

Ich starre auf das oberste der vielen Blätter.

Auch Flo studiert die Liste. Eine steile Falte hat sich auf ihrer Stirn gebildet, sie sieht aus, als hätte sie wer weiß was Perverses entdeckt.

Mit einem Kuli umkringle ich jede Verbindung, die sich mir nicht unmittelbar erschließt. Die meisten Gespräche sind die mit mir.

Flos Nummer taucht nur zweimal auf, und das ist eine große Erleichterung. Er hat ihre Anrufe entgegengenommen, aber selbst hat er ihre Nummer nicht gewählt, das habe ich jetzt schwarz auf weiß.

Woher ich das weiß?

Natürlich kenne ich Flos Nummer auswendig. Ich habe sie mir eingeprägt, damals schon, und ich werde sie nie mehr vergessen.

Außerdem sind da noch Anrufe beim Pizza-Service und beim Inder, bei denen wir immer bestellt haben, das lässt sich anhand der Regelmäßigkeit und der Uhrzeit so eindeutig festlegen, dass ich es nicht kontrollieren muss.

Ich finde zwei Nummern hier aus der Stadt, die ich nicht kenne.

Mit der einen fand letzte Woche ein kurzes Gespräch statt, zwei Minuten etwa. Wann war das? Wo bin ich da gewesen? Ich muss am Schreibtisch gesessen und gearbeitet haben. Jedenfalls habe ich nichts davon mitbekommen. Stimmt, da war Ben mitten am Tag gekommen, damit wir zusammen Mittag essen konnten.

Die zweite Nummer hat Ben mehrfach gewählt. Die Verbindung dauerte nur wenige Sekunden, etwa so lange, wie man braucht, um einen Anrufbeantworter abzuhören und draufzusprechen. Und dann ein längeres Gespräch, siebzehn Minuten. Das war vor etwa drei Wochen. Mitten am Tag. War ich da zu Hause? Ich kann mich nicht erinnern.

»Ach herrje«, sagt Flo. Sie blättert durch die Ausdrucke mit einem Gesicht, als würde dort der Weltuntergang angekündigt.

»Was ist los?«, frage ich.

»Äh«, sagt Flo, »mal ehrlich, siehst du das nicht?«

Ich gucke auf die Blätter.

Flo sagt: »Ihr habt praktisch rund um die Uhr miteinander telefoniert. Rund um die Uhr!«

»Wie man es nimmt«, sage ich. Natürlich haben wir viel telefoniert. Wir sind sehr eng miteinander. Aber die meiste Zeit waren wir zusammen, da haben wir selbstverständlich nicht telefoniert.

»Ich dachte, während der Arbeitszeit muss man arbeiten«, sagt Flo.

Das ist ein blöder Moment. Natürlich ist es für eine Ex schwierig zu verstehen, dass der Expartner in der neuen

Beziehung ganz anders ist. Enger. Liebevoller. Aufmerksamer. Dass er kaum einen Augenblick aushalten kann ohne …

»Naja, lassen wir das«, sagt Flo knapp. »Mit anderen Menschen außer dir hatte er ja offenbar keinen Kontakt.«

»Nicht sehr viel. Das liegt aber wohl eher an den anderen Menschen. Die haben sich aus irgendwelchen Gründen nach eurer Trennung zurückgezogen.« Es kommt giftiger heraus, als es gemeint ist, ich vermute, dass Flo gar nicht aktiv gegen mich gewettert hat, zumindest war Ben sich sicher, dass sie das nicht tun würde.

»Okay, okay«, sagt Flo, rauft sich den wuscheligen Haarknoten und schließt die Augen. »Ich sag dir jetzt mal, was ich denke, ja? Und du kriegst das bitte nicht in den falschen Hals.«

Ich nicke.

»Wenn das hier die Verbindungen zu seinem Handy sind, dann hat er noch ein zweites.«

»Bitte was?«

»Nie im Leben ist das alles.«

Und da klafft er, der Abgrund des Misstrauens, die Wunde einer Frau, die betrogen und verlassen wurde. Sie tut mir leid. Ich muss mich räuspern. »Er hat kein zweites Handy, Flo. Natürlich telefoniert er auf der Arbeit, beruflich. Aber an die Verbindungen kommen wir nicht ran.«

»Ich bin sicher, er hat noch eins.«

Ich überlege, ob ich sie überzeugen soll. Ob ich sagen soll, dass ich es wüsste, wenn er etwas vor mir verbergen würde. Weil ich spüre, dass es nicht so ist. Weil wir so nah sind, dass gar nichts ungesehen bleiben kann.

Ich sage leise: »Flo, nur weil er dich betrogen hat, bedeutet das nicht, dass er mich auch betrügt.«

Sie starrt mich an, aber sie sagt nichts.

»Tut mir leid.«

»Schon okay.«

Ich sage: »Am besten konzentrieren wir uns jetzt erst mal auf das, was wir haben. Ich sehe genau zwei Nummern, die ich nicht zuordnen kann.«

Flo umklammert ihr Weinglas und wirft mir einen Blick zu, den ich nicht deuten kann, dann geht sie in die Küche, um es neu zu füllen.

Entschlossen google ich die Nummern.

Vermutlich sind es Geschäfte. Oder Arztpraxen. Und wenn es so ist, dann wird das Internet die Nummern kennen und die dazugehörigen Namen ausspucken.

So müsste es sein.

Aber das Internet spuckt nichts aus.

Das Internet kennt die Nummern nicht.

Ich vertraue Ben.

Ich vertraue der Welt nicht, dazu habe ich keinen Grund. Mir sind schlimme Dinge passiert, daran mag es liegen, ich bin eher misstrauisch und zurückhaltend, sowohl gegenüber anderen Menschen als auch gegenüber der Welt allgemein, aber eins weiß ich sicher, hundertprozentig: Ich vertraue Ben.

Wenn er etwas vor mir verbirgt, dann hat er einen Grund dafür.

Ja, es stimmt, das ist jetzt ein Widerspruch dazu, wie ich mich manchmal verhalte. Ein Widerspruch dazu, dass ich nachts durch die Stadt gelaufen bin, um zu überprüfen, ob er bei Flo ist oder auf der Arbeit. Ein Widerspruch dazu, dass ich seine Nachrichten gecheckt habe. Das habe ich jeden Morgen getan, wenn er geduscht hat, bis zuletzt, bis er verschwand. Das Checken der Nachrichten hat mich beruhigt, weil ich daran gesehen habe, dass er einhielt, was wir abgemacht hatten.

Damals, bevor ich ihm alles erzählt habe, war das anders. Da war er noch beeinflusst von Flo. Es ist schwierig, sich aus einer Beziehung zu lösen, ich habe an ihm gesehen, wie unendlich schwierig das ist, selbst wenn man so etwas gefunden hat wie das, was wir haben. Selbst dann ist es schwierig. Es muss wie eine Art Bewusstseinstrübung sein, eine Herrschaft, die ein fremder Wille über einen ausübt, eine Schwäche, die dazu führt, dass der Expartner noch jederzeit das Ruder an sich reißen kann und einen zu Dingen zwingen kann, die man eigentlich nicht tun will.

Aber diese Phase ist längst überstanden.

Jetzt vertraue ich ihm *wirklich*.

Dieses Gespräch nach der Sache mit dem blauen Auge hat alles verändert, ich musste danach keine Angst mehr haben, dass irgendwelche Kleinigkeiten mit Flo mir Wunden reißen, die dann pochen und eitern und wuchern. Danach war es anders. Gut.

Es war ein heilendes, schützendes Ganzkörperpflaster, kühlend und wärmend und alles zugleich, als er sich das Schlimmste anhörte und dann fragte, ob ich ihn heiraten will. Als er den furchtbaren Moment, in dem ich zuließ, dass Claus Wagner doch nicht gestorben war, als ich ihn für einige Minuten wieder lebendig werden ließ und damit all den Schrecken und all die Macht, die dieser Mensch einmal über mich gehabt hatte, als Ben diesen entsetzlichen Moment verknüpfte mit dem Plan, zu heiraten.

Danach war alles gut.

Und darum ist es jetzt anders. Jetzt muss ich nicht mehr wachsam sein. Wir sagen einander jetzt immer alles. Das haben wir uns geschworen.

Wenn eine Hochzeit ansteht, dann hat diese Offenheit natürlich Grenzen. Es muss ja Überraschungen geben. Natürlich sind Überraschungen irgendwie auch Geheimnisse, aber eben aus einem anderen Grund, einem guten.

Und deswegen ist mir klar, dass diese Nummer da etwas mit einer Überraschung für mich zu tun hat, auch, wenn sie zu keinem Laden gehört.

Womit denn sonst?

Ich gehe zu Flo in die Küche. Sie sitzt am Tisch und hat die restlichen kalten Pommes auf dem fettigen Papier nach Größe geordnet. Vor ihr steht ein volles Weinglas.

»Kein Treffer im Internet.«

»Wir rufen die Nummern an«, sagt sie entschlossen.

»Gute Idee«, sage ich.

»Aber nicht jetzt«, sagt Flo. »Es ist elf Uhr.«

»Das ist mir egal«, sage ich.

»Ja«, sagt sie. »Aber vielleicht ist es den Leuten nicht egal, die du anrufst. Du willst schließlich etwas von denen. Meinst du nicht, wir haben mehr Aussicht auf Erfolg, wenn wir warten?«

Ich nicke.

»Ich schlafe heute hier auf dem Sofa«, sagt Flo. »Wenn das okay ist. Und morgen sehen wir dann weiter. Ja?«

Ich nicke wieder.

Flo hat die Regie übernommen.

Und das finde ich nicht einmal schlecht.

Also lege ich mich ins Bett. Jetzt tut mir der Anblick von Bens Kissen nicht mehr weh. Ich zögere, ehe ich es in den

Arm nehme. Es riecht nach ihm. Ich fülle meine Lungen mit der Luft, die seinen Geruch trägt, und ich merke, wie gut das tut.

Ben.

Und mit seinem Bild vor Augen schlafe ich tatsächlich ein.

Wir wachen früh auf am nächsten Morgen.

Keine von uns hat die leeren fettigen Schalen oder die Weinflaschen weggeräumt. Wir lassen alles einfach stehen. Ich leihe Flo ein schwarzes Shirt von mir, was sie kommentarlos überstreift. Es ist ihr zu kurz. Ich mache Kaffee, und wir sitzen einsilbig in der Küche, bis es acht Uhr ist.

»Jetzt kann ich anrufen«, sage ich. »Oder?«

Flo nickt.

Vor mir liegen die ausgedruckten Nummern.

Flo wird mir gegenübersitzen und mich beobachten, während ich Ben hinterherspioniere, während ich genau das tue, von dem sie denkt, dass ich es eh die ganze Zeit getan habe.

Ich unterdrücke meine Rufnummer und wähle.

»Erdinger«, sagt eine uralte Stimme, und dann verstehe ich, es ist unser Vermieter. »Hallo«, sage ich. »Hier ist Nile Wrede.«

»Ja, guten Tag«, sagt er.

»Sie hatten am vergangenen Dienstag« – mein Blick fliegt über den Kalender – »mit meinem Freund, also mit Herrn Godak, telefoniert. Ich wollte noch mal fragen, ob da alles in Ordnung ist.«

»Ja, natürlich.«

»Worum ging es denn?«

Ein merkwürdiges Geräusch, ein Klackern. Vermutlich sein Gebiss. Ich sehe ihn förmlich vor mir, die mahlenden Bewegungen, die sein Kiefer macht.

»Es ist Ihre Pflicht. Es ist Mieterpflicht. Ich kann doch nicht extra jemanden einstellen, der die Mülltonnen rausstellt.«

Die Mülltonnen. Natürlich, das Thema hatten wir schon mehrfach.

»Sie haben vollkommen recht, Herr Erdinger, ich wollte auch nur noch mal sagen, dass Sie sich wegen der Mülltonnen keine Gedanken machen müssen.«

Wieder das Klackern seines Gebisses. »Ja, dann ist ja gut. Dass Sie deswegen so früh anrufen. Muss das denn sein.«

»Entschuldigen Sie die Störung!«

Ich lege auf.

Und atme durch. Ein Anruf bei einer Person, die ich kenne, aus einem Anlass, den ich verstehe.

Jetzt die zweite Nummer.

Es tutet dreimal, ehe jemand abhebt.

»Hallo?«, höre ich.

Es ist eine Frauenstimme, und sie sagt nichts als dieses schlichte »Hallo?«, und das verstört mich. Ich möchte so etwas hören wie »Einen schönen guten Tag wünsche ich, was kann ich für Sie tun?«, »Sowieso ist mein Name von der Firma Sowieso«, all diese servilen Floskeln, so etwas möchte ich hören, nicht dieses private gehauchte »Hallo?«.

Ich bringe kein einziges Wort heraus. Und das liegt nicht nur daran, dass da eine Frau am anderen Ende ist und dass die Tatsache, dass dies offenbar kein Geschäft ist, sondern ein Privatanschluss, alle möglichen Filme in mir ablaufen lässt.

Es gibt noch einen anderen Grund: Ich habe diese Stimme schon einmal gehört.

Ich kenne diese Frau. Irgendwann habe ich schon einmal mit ihr gesprochen, aber ich weiß nicht, wann. Es war etwas Belangloses, Unverdächtiges.

Wann?

Wo?

»Liebling, bist du das?«, sagt die Frau.

Mir bleibt die Luft weg.

»Komm doch nach Hause, Liebling, ich mache mir solche Sorgen«, sagt sie.

Und dann sagt die Frau wieder etwas. Sie sagt: »Was wollen Sie von mir?« Der Klang ihrer Stimme hat sich verändert, sie klingt jetzt flehend, unter Druck, und ich begreife, dass mein Verstummen das völlig Falsche bei ihr ausgelöst haben muss. Sie denkt vermutlich, ich sei so ein anonymer Anrufer, der sie gleich belästigen wird. Ich öffne den Mund und möchte das klarstellen, da sagt sie: »Rufen Sie wegen meinem Mann an? Was haben Sie mit ihm gemacht?«

Das kann nicht sein. Das, was sie sagt, klingt wie ein Spiegel der Worte, die ich sagen würde, wenn mein verdammtes Telefon klingeln würde, ich begreife, dass das etwas zu bedeuten hat, begreife auch beinahe und nur verschwommen, was das zu bedeuten hat, ich umklammere den Hörer so fest, dass meine Hände ihn beinahe zerquetschen, und dann krächze ich: »Wer ist da? Hallo? Hallo?«

Schweigen. Dann sagt die Frau, und ihre Stimme klingt gepresst, angespannt: »Das werden Sie doch wissen, schließlich haben Sie mich angerufen.«

Ich versuche, ganz vernünftig und sachlich zu denken,

aber das funktioniert nicht. »Hören Sie«, sage ich, »es ist etwas kompliziert.«

Die Frau schweigt. Sie wartet.

Ich sage: »Ich habe Ihre Nummer gewählt, weil ich sie unter den Verbindungen meines Mannes gefunden habe. Ich suche meinen Mann, weil, ach, es ist etwas schwer zu erklären.«

»Ja?«, sagt die Frau.

»Er ist verschwunden.«

Sie schweigt.

»Darum möchte ich wissen, mit wem er telefoniert hat. Es ist wirklich ziemlich kompliziert.«

Noch mehr Schweigen am anderen Ende. Dann sagt die Frau: »Mein Mann ist auch verschwunden.«

Flo sitzt mir gegenüber und macht mir Handzeichen, die ich nicht deuten kann. Mag sein, dass sie wissen will, was los ist, vielleicht will sie mich auch nur daran erinnern, dass ich weiterreden muss, weil ich da jemanden am Telefon habe. Eine Frau, die mir vielleicht weiterhelfen kann, eine Frau, mit der Ben in Kontakt stand, eine Frau, deren Mann ebenfalls verschwunden ist, so wie Ben.

Aber ich bringe erst mal kein Wort heraus.

Endlich ist da ein Hinweis, der mir weiterhilft, aber ich verstehe ihn nicht, er passt nicht.

Der Mann dieser Frau ist verschwunden? Genauso wie Ben? Aber wer ist dieser Mann? Und was hat er überhaupt mit Ben zu tun?

»Entschuldigen Sie, ich habe Ihren Namen vorhin nicht richtig verstanden«, sage ich. Mein Herz klopft jetzt so laut, dass ich befürchte, man kann es durch das Telefon hören.

»Ich habe ihn auch nicht genannt.«

»Wie heißen Sie?«

»Das tut nichts zur Sache«, sagt sie. Ich spüre durchs Telefon, dass sie Angst hat.

»Okay«, sage ich und atme tief durch. Was soll ich tun? Wie kann ich sie überzeugen, dass sie mir alles sagen muss? Ihr geht es um ihren Mann, mir um meinen. Wir sollten kooperieren, oder? Unbedingt sollten wir das. »Mein Name ist Nile Wrede. Im Verbindungsnachweis meines Mannes steht, dass Sie in den vergangenen Monaten mehrmals mit ihm telefoniert haben. Also, genauer: Ich habe da ein Gespräch von 17 Minuten und dazu einige kurze Verbindungen.«

Sie schweigt. Dann sagt sie: »Wie, bitte, war Ihr Name?«

»Wrede. Mein Mann heißt Godak. Also, mein Verlobter. Ben Godak.« Mein Herzschlag ist ein Trommelwirbel, der in meinen Ohren dröhnt.

»Nie gehört.«

Erst ist da Erleichterung, dann Ungläubigkeit. Erleichterung, weil ich nicht will, dass Ben mit fremden Frauen telefoniert. »Vielleicht hat er mit Ihrem Mann gesprochen?«

Sie schweigt.

»Es wäre hilfreich, wenn Sie mir sagen könnten, wer Sie sind. Damit ich verstehe, was für ein Zusammenhang besteht ... Es muss ja einen geben. Das würde Ihnen auch helfen, das sehe ich doch richtig, oder?«

Keine Antwort.

Sie ist total misstrauisch, weil sie nicht einordnen kann, wer ich bin und was das soll. Ich kann sie verstehen. Ironischerweise flößt mir ihr Misstrauen Vertrauen ein. Es zeigt, dass sie sich in einer ähnlichen Lage befindet wie ich. Sie wartet verzweifelt auf Nachricht, und diese Verzweiflung kenne ich, es ist meine eigene. Aber sie will nichts herausrücken. Sie weiß nicht, womit sie ihrem Mann helfen kann und womit sie ihm möglicherweise schaden würde.

Diese Frau ist ich.

Sie ist mein Spiegelbild.

Das ist absolut verrückt. Es ist mehr als verrückt, nein, eigentlich ist es das nicht, höchstwahrscheinlich wird es logisch erscheinen, wenn, ja, wenn man endlich das passende Puzzlestück gefunden hat, das, was alles zusammenfügt, sie und mich. Aber dieses Puzzlestück ist weit und breit nicht in Sicht, noch nicht.

»Haben Sie eine Ahnung, was mit Ihrem Mann passiert sein könnte?«, frage ich.

»Ich sage Ihnen gar nichts. Sie rufen hier einfach so an, Sie könnten jeder sein.« Sie flüstert beinahe.

»Haben Sie schon die Polizei gerufen?«

»Nein.«

»Und warum nicht?«

»Er sagte ja, es ist alles in Ordnung.«

»Er hat sich gemeldet, nachdem er verschwunden ist?«

Schweigen.

»Und danach nicht mehr?«

Immer noch Schweigen.

»Haben Sie eine Idee, wo Ihr Mann steckt? Was glauben Sie, was passiert sein könnte?«

Ich höre durchs Telefon, wie die Frau ihren Mund zukneift. Sie will mir nichts sagen. Aber warum? »Hören Sie, wir sollten uns treffen. Dringend. Irgendwo in der Stadt. Vielleicht können wir einander helfen, ganz bestimmt können wir das sogar!«

»Ich weiß nicht.« Sie klingt jetzt verzweifelt.

»Sicher.«

»Meinen Sie?«

»Wir sitzen im selben Boot«, sage ich. »Bitte, vertrauen Sie mir.«

Sie schweigt.

»Ich habe noch eine letzte Frage«, sage ich. »Seit wann ist Ihr Mann denn eigentlich verschwunden?«

»Seit vorgestern Nachmittag. Beim Einkaufen.«

»So um drei?«, frage ich.

»Ja«, sagt sie. »Woher wissen Sie das?«

▎ Sie sieht es ein.

Zum Glück sieht sie es ein, so misstrauisch sie auch ist, sie kann den eindeutigen Zusammenhang, der da zwischen uns besteht, nicht leugnen. Die Sache mit der Uhrzeit hat sie überzeugt. Und deswegen hat sie es plötzlich furchtbar eilig und will mich treffen, sofort. Damit wir alles Weitere besprechen können.

Als ich auflege, muss ich mich beherrschen, um nicht loszujubeln. Das ist es. Endlich bin ich auf etwas gestoßen, jetzt gibt es eine Spur. Und ich werde diese Spur verfolgen. Jetzt gleich. Ich werde alles rauskriegen, was mir weiterhilft.

»Was ist los?«, fragt Flo. »Sag schon!«

»Diese Frau«, sage ich. »Sie kennt Ben nicht. Aber ihr Mann ist ebenfalls verschwunden.«

Flos Augen weiten sich.

»Offenbar hatte Ben irgendwie mit diesem Typen zu tun.«

»Was ist das für ein Typ?«

»Das erfahre ich hoffentlich alles nachher. Wir treffen uns in einem Café.« Ich sehe auf die Küchenuhr. Ich muss los.

»Und sie behauptet, dass sie Ben nicht kennt? Obwohl sie telefoniert haben?«

»Flo«, sage ich ungeduldig. »Es ist ein Festnetzanschluss. Ben hat offenbar mit ihrem Mann gesprochen.«

»Kann ja sein. Kann aber auch nicht sein. Es wäre doch dumm, davon auszugehen, dass einem jeder die Wahrheit sagt, oder?«

»Die Frau hatte Angst. Um ihren Mann.«

»Vielleicht war sie auch aufgeregt.«

»Natürlich ist sie aufgeregt, wenn ihr Mann weg ist! Er ist verschwunden, einfach so! Beim Einkaufen!«

»Vielleicht sagt sie das nur.«

»Warum sollte sie?«

»Weißt du noch, wie das war, als ich bei dir angerufen habe? Das war kurz nachdem ich erfahren habe, dass ihr was am Laufen habt. Da habe ich einfach bei dir angerufen.«

Ich sehe ihr an, wie peinlich ihr das ist.

»Weil ich deine Stimme hören wollte.«

»Was hat das denn damit zu tun?«, frage ich verständnislos. »Das ist doch etwas ganz anderes!«

»Wir wissen noch gar nicht, was es ist.«

Ich starre sie an. Ich muss daran denken, dass die Frau »Liebling« ins Telefon gesagt hat, es klang sehnsüchtig, sie wartet anscheinend schon lange auf Nachricht, genau wie ich.

Für mich ist die Sache klar. Ich bin mir sicher, dass Ben entführt wurde. Mag sein, dass berufsmäßige Zweifler denken, da habe sich ein zwischen zwei Frauen zerriebener Mann mitten am Tag davongemacht, um mal ein wenig durchzuschnaufen. Jetzt, wo es einen weiteren bis aufs Haar identischen Fall gibt, steht ja wohl fest, dass Ben etwas zugestoßen ist. Denn niemand würde wohl im Ernst behaupten wollen, dass zwei Männer im selben Moment auf dieselbe Idee kommen könnten, oder?

Ich sehe noch einmal auf die Uhr. »Ich treffe sie in zwanzig Minuten in einem Café im Stadtgarten.«

»Ich komme mit«, sagt Flo.

»Nein, bleib hier! Für den Fall, dass Ben sich meldet oder hier auftaucht, ist es besser, wenn du hier die Stellung hältst.«

»Du weißt doch, dass er nicht auftauchen wird.«

»Ich gehe alleine.«

»Nile«, sagt sie, »bist du sicher?«

Ich nicke.

Ja, ich bin sicher, dass ich sie nicht dabeihaben will. Ich will das alleine klären. Ich habe eine Spur.

Endlich.

▄ Ich habe meine Turnschuhe angezogen und bin losgelaufen.

Ich weiß, dass ich auf der richtigen Spur bin, irgendetwas verbindet uns, diese Frau und mich und ihren Mann und Ben. Wenn ich herausfinde, was Ben mit diesem Typen zu tun hat, dann finde ich vielleicht auch heraus, wo er sich aufhält. Oder warum er verschwunden ist. Zumindest das.

Vielleicht hilft sie mir. Vielleicht helfe ja ich auch ihr. Vielleicht helfen wir einander. Ich werde es sehen.

Gleich schon.

Gleich werde ich alles erfahren.

Endlich.

Als ich ankomme, bin ich außer Atem.

Mit einem Blick sehe ich, dass die, die ich suche, noch nicht da ist. An einem Tisch sitzt ein eng umschlungenes Pärchen vor Kaffee und Croissants, an einem anderen ein älterer Mann mit Zeitung.

Ich setze mich unter einen Sonnenschirm und warte. Ich zweifle nicht daran, dass sie kommen wird. Sie braucht meine

Hilfe ebenso sehr wie ich ihre. Im Grunde kann sie froh sein, dass ich sie angerufen habe, offenbar ist sie selbst nicht auf die Idee gekommen, die Telefonverbindungen zu überprüfen und die unbekannten Nummern anzurufen.

Und dann kommt eine Frau auf die Terrasse zu, mit unsicherem Schritt. Eine braun gebrannte Frau mit blondem Pferdeschwanz, die ein gestreiftes Top trägt und eine weiße Hose und weiße Sneaker. Und eine riesige Sonnenbrille. Und ich weiß sofort: Das ist sie.

Sie kommt näher, ihr Blick huscht durch die Gäste so wie vorhin meiner. Als sie mich sieht, hebt sie zögernd die Hand zum Gruß.

Und da erkenne ich sie.

Zuerst bin ich erschrocken, denn damit habe ich nicht gerechnet. Es dauert einige Sekunden, bis mein Hirn die Fakten abrufen und richtig zusammensetzen kann, aber hier sind sie, in der richtigen Reihenfolge:

Ich habe diese Frau schon einmal gesehen. Sie hat den Vorhang meiner Umkleidekabine aufgerissen. Sie trug das gleiche Kleid wie ich. Wir haben beide gelacht, ob aus Verlegenheit oder wegen der Kleider, das weiß ich nicht.

Sie steht jetzt unsicher an meinem Tisch, hält sich an der Stuhllehne fest. »Setzen Sie sich doch«, sage ich. Sie sieht sich noch einmal um und zögert, ehe sie Platz nimmt.

Für einen Moment mustern wir uns. Ja, sie ist es, ohne Zweifel, aber ich merke, dass sie mich nicht erkennt.

»Wir kennen uns«, sage ich. »Sie waren doch auch im *Chloes*.«

Ich verstehe nicht, warum ich nicht gleich darauf gekommen bin. Während wir unsere Kleider anprobiert haben, hat jemand zwei Männer entführt. Aber warum zum Teufel sollte das jemand tun?

Wenn ich ein bisschen mehr nachgedacht hätte, wäre mir diese Erklärung längst in den Sinn gekommen: dass beide Männer deswegen zur gleichen Zeit verschwunden sind, weil sie im selben Laden waren. Und dass es deswegen möglicherweise gar nicht um Ben geht. Sondern um den Laden. Vielleicht stimmt etwas nicht mit diesem Laden. Oder mit der Verkäuferin.

Ihre Augen weiten sich vor Überraschung, dann sagt sie: »Ach Sie sind das. Ja, das stimmt, da waren wir. Und da war es auch, als ...« Sie verstummt.

»Moment«, sage ich langsam. »Also, auch Ihr Mann ist aus dem *Chloes* verschwunden?«

Sie nickt.

»Als Sie aus der Umkleidekabine kamen, war er weg?«

Sie nickt wieder. Dann sagt sie: »Aber das ergibt doch alles überhaupt keinen Sinn!« Sie ist sehr nervös, schreckhaft beinahe. Das passt so gar nicht zu ihrer sportlichen, gepflegten Erscheinung. Aus der Nähe sehe ich, dass sie etwa so alt ist wie ich, sie wirkt gut trainiert, nicht kräftig, sondern zäh, so, als ob sie lauter schnelle Sportarten macht, Tennis, Squash. Dazu passen auch die Tapes, die mir damals im Laden schon aufgefallen sind, pinkfarbene Streifen auf brauner Haut, die unter ihrer Hose hervorschauen. Diese Frau ist wirklich sehr gebräunt, denke ich, und hätte ihre Nase nicht diesen markanten kleinen Höcker, dann sähe sie aus wie eine, die Werbung macht für Fruchtjoghurt oder weiße Schokolade.

»Ich bin Nile«, sage ich.

Sie bleibt stumm. Anscheinend ist sie vollkommen verwirrt.

»Nile Wrede«, präzisiere ich.

»Nele?«, fragt sie.

»Nile«, wiederhole ich.

Sie nickt, sonst kommt keine Reaktion. Sie will ihren Namen offenbar immer noch nicht verraten. Sie ist total misstrauisch, aber warum?

Denkt sie im Ernst, ich hätte etwas mit dem Verschwinden ihres Mannes zu tun?

Ich ziehe den Stuhl neben mir etwas zurück, eine einladende Geste, die sie zögernd annimmt. Selbst als sie sitzt, scheint es, als überlegte sie, wieder aufzustehen und davonzulaufen.

»Bitte«, sage ich. »Sagen Sie mir, was Sie wissen. Irgendetwas muss da doch passiert sein.«

Die namenlose Frau legt ihre gebräunten Hände aneinander, als wollte sie beten. Diese Hände sind sehr sorgsam manikürt, die Nägel glänzen in Pastell, an ihrem Ringfinger glitzert es.

Ich sage: »Ich glaube, sie wurden entführt.«

Jetzt sieht sie mich an. Ihre Augen sind von einem leuchtenden Blau. »Aber warum sollte das jemand tun?«

Ich zucke mit den Schultern. »Hören Sie, ich merke, dass Sie nicht so richtig mit mir reden wollen. Das verstehe ich. Aber so kommen wir nicht weiter. Wir sitzen jetzt nun mal beide hier. Meinen Sie nicht, Sie sollten ...«

Urplötzlich erscheint jemand neben uns, die Frau fährt erschrocken zusammen. Es ist der Kellner. Die Frau bestellt einen Espresso, ich eine Cola.

Sie wartet, bis der Kellner wieder weg ist. Und dann scheint sie sich einen Ruck zu geben, jedenfalls fängt sie plötzlich an zu reden. »Ich bin gar nicht sicher, wie lange er im Laden war. Und ob er überhaupt drinnen war. Ich bin hineingegangen, weil ich ein Kleid anprobieren wollte, und er hatte noch einen Anruf zu erledigen. Ich dachte, er kommt nach. Ist er auch, ich habe ja seine Stimme gehört, als ich in der Umkleide stand, zumindest glaube ich das. Und dann bin ich aus der Umkleide raus und habe ihn nicht gesehen, und darum dachte ich, er wäre schon wieder draußen. Also habe ich das Kleid gekauft und bin raus aus dem Laden. Aber da war er nicht.«

Ich lausche wie im Fieber, mein Herz schlägt.

»Was hatte er an?«, frage ich.

»Einen grauen Anzug«, sagt sie. »Ich bin dann nach Hause gegangen.«

»Haben Sie ihn nicht sofort angerufen? Haben Sie sich keine Sorgen gemacht?« Ich weiß ja, dass ich ängstlicher bin als viele andere Menschen, aber die Reaktion dieser Frau kommt mir doch etwas merkwürdig vor.

Sie zieht die Augenbrauen hoch. »Warum sollte ich? Es war ein Stadtbummel. Ich dachte, er hätte vielleicht jemanden getroffen.«

»Ach so«, sage ich, dabei verstehe ich sie nicht.

Sie sagt: »Ich habe ihm dann eine Nachricht geschrieben. Er hat sofort geantwortet, dass er noch etwas zu erledigen hat und dass ich schon vorgehen soll. Und dass ich mir keine Sorgen machen soll.«

Ich überlege kurz, wie das für mich klingt. »Und das war es? Was Sie vorhin am Telefon meinten?«

»Wie bitte?«

»Sie sagten, dass er sich gemeldet hat. Dass alles in Ordnung sei.«

»Ja.«

»Das meinten Sie damit? Diese Nachricht?«

»Ja.«

Ich überlege. Das klingt nicht nach einer wirklichen Entwarnung. Eine Textnachricht, kurz nach dem Verschwinden? Ohne Infos, ohne Ortsangabe, ohne Erklärung? Es kann ebenso gut sein, dass der Entführer ihrem Mann befohlen hat, sie zu beruhigen. Oder die Nachricht selbst geschrieben hat. Aber warum hat er dann das Gleiche nicht mit Ben getan? Sollte ich mir Sorgen machen, diese Frau aber nicht? Das ist Blödsinn. Alles Quatsch.

Die Frau betrachtet angestrengt ihren Oberarm. »Ich habe mir jetzt auch die Anrufliste unseres Telefons angeschaut.«

Plötzlich steht der Kellner wieder neben uns. Die Frau zuckt erneut zusammen. Er ignoriert es, vielleicht nimmt er es auch gar nicht wahr. »Die Damen«, sagt er übertrieben schwungvoll und stellt mit großer Geste die Getränke vor uns auf den Tisch. Ich greife sofort nach meinem Glas und trinke.

Die Frau schüttet sehr viel Zucker in ihren Espresso. Dann sagt sie: »Wissen Sie, mich überrascht, dass Ihr Freund überhaupt ins Festnetz angerufen hat. Das macht doch kaum noch jemand.«

»Das stimmt.«

»Warum hat er es dann getan?«

Ich überlege. »Vielleicht hatte er die Handynummer Ihres Mannes nicht.«

»Das kann sein. Aber dann kannten sie einander vermutlich doch nicht, oder? Meistens gibt man doch die Handynummer raus. Mein Mann hat sogar auf der Visitenkarte seine Handynummer stehen.«

»Stehen Sie im Telefonbuch?«

Die Frau stutzt, dann nickt sie. »Nicht mehr. Aber bis vor Kurzem standen wir noch drin.«

»Vielleicht ist das die Erklärung. Die Leute benutzen fast nur noch ihre Handys, klar, aber im Telefonbuch steht man oft trotzdem noch. Wenn jemand, der einen nicht kennt, die Nummer sucht ...«

»Das könnte sein. Wenn er ein älteres Telefonbuch hatte.« Sie wirkt jetzt wacher, aber vielleicht macht das auch der Espresso, den sie nebenbei mit einem Schluck hintergeschüttet hat.

Ich sage: »Vielleicht wollte Ben auch gar nicht Ihren Mann sprechen, sondern Sie. Wenn er die Nummer aus dem Telefonbuch hat, könnte das genauso gut sein.«

Die Frau schüttelt ungläubig den Kopf. »Warum sollte er mich sprechen wollen?«

»Ich weiß es doch auch nicht!« Ich ziehe mein Handy aus der Tasche. »So sieht er aus. Haben Sie ihn schon einmal gesehen?«

Sie nimmt sich Zeit, das Bild zu betrachten. Ihre Miene bleibt unbeweglich. Dann sagt sie leise: »Tut mir leid, nie gesehen.«

Ich forsche in ihrem Gesicht nach einem Anzeichen des Erkennens und finde es nicht. Oder verstellt sie sich nur? Ich suche ein paar andere Bilder und halte ihr das Handy erneut hin.

»Bitte, gucken Sie sich die Bilder noch einmal in Ruhe durch.«

Sie seufzt. Dann kneift sie die Augen zusammen, vielleicht ist sie kurzsichtig. Sie wischt von Foto zu Foto. Ich sehe, dass sie aufmerksam ist, aber ich sehe ihrem Gesicht nichts an, kein Erkennen, kein Verdrängen. Entweder sie sagt die Wahrheit, oder sie ist ein Profi. Ein Profi im Lügen.

»Es tut mir wirklich leid«, sagt sie und schüttelt den Kopf. »Ich habe keine Ahnung, ich habe diesen Mann noch nie im Leben gesehen. Ich wünschte, ich könnte Ihnen etwas anderes sagen. Dann wüssten wir vielleicht, worum es hier überhaupt geht. Ich verstehe das alles nicht, ich verstehe es einfach nicht!« Und dann holt sie so tief und zitternd Luft, als würde sie gleich losheulen.

»Maren ist mein Name«, sagt sie dann. »Maren Jentsch.« Sie zieht eine Visitenkarte hervor und reicht sie mir. Das ist ein Vertrauensbeweis.

Ich nicke. »Freut mich«, sage ich, was irgendwie unpassend ist. Ich überlege, aber der Name sagt mir nichts. Auch Ben hat nie eine Frau oder einen Herrn Jentsch erwähnt, da bin ich ziemlich sicher. Ich merke mir so etwas. Ich bin eine aufmerksame Zuhörerin. Ich vergesse nichts.

Sie sagt: »Aber was tun wir denn jetzt?«

»Es gibt nur eins, was wir tun können«, sage ich. »Geh sofort zur Polizei. Die werden etwas tun. Wenn zwei Männer am helllichten Tag verschwinden, zwei, die sich nicht mal kennen, da kann keiner sagen, dass die einfach nur ein Bier zusammen trinken wollten oder so. Das eine Verschwinden macht das andere erst glaubwürdig und umgekehrt!«

Sie blinzelt. In ihren Augen steht bereits das Wasser, sie ist so eine Frau, die wegen nichts und allem weint, weil sie gar nicht auf die Idee kommt, dass sie damit jemandem zur Last fallen oder auf die Nerven gehen könnte. Ich wette, sie wurde immer und überall von jedem in den Arm genommen, wenn sie geweint hat.

»Polizei kommt für mich nicht infrage, das würde er nicht wollen«, sagt sie etwas steif.

»Aber warum?«, frage ich.

Sie zögert, dann schüttelt sie den Kopf. »So ein Aufsehen. Nein, das mag er nicht. Es gibt ganz bestimmt eine logische Erklärung. Wenn dann nichts ist, und er kommt nach Hause zurück und erfährt, dass ich ihn vermisst gemeldet habe ...«

Ich versuche zu verstehen, was sie meint. »Man verschwindet doch nicht einfach so.«

Ihr Blick weicht mir aus, und da ahne ich, dass das bei ihr anders ist. Dass sie sich bei ihrem Ehemann durchaus vorstellen kann, dass er mal abtaucht.

»Aber«, sage ich, »zwei Männer gleichzeitig? Damit sieht die Sache doch vollkommen anders aus!«

»Aber weswegen denn eine Entführung, das ist doch vollkommen absurd«, sagt sie. »Warum sollte man die beiden denn entführen?«

»Das weiß ich nicht«, sage ich.

Sie schließt die Augen, es schimmert feucht unter den Wimpern. »Geld«, sagt sie. »Es geht doch allen immer nur ums Geld. Dieses verdammte Geld!«

Nach meiner Erfahrung beschweren sich nur Leute, die genug Geld haben, darüber, dass es anderen nur ums Geld geht, also frage ich: »Habt ihr denn so viel Geld?« Das ist eine sehr persönliche Frage, registriere ich.

Sie zögert. »Nicht wirklich«, sagt sie, was in meinen Ohren »ja« bedeutet.

»So viel Geld, dass es darum gehen könnte?«

»Auf keinen Fall«, sagt sie. Und schweigt. Ich glaube ihr nicht.

»Sie werden sich melden«, sage ich. »Wenn sie Geld wol-

len, dann melden sie sich. Und dann tun sie ihm nichts.«
Mein Herz macht an dieser Stelle einen ängstlichen Sprung, weil ich mich frage, wie Ben da hineinpasst. Von ihm kann man schließlich kein Geld erwarten. Oder doch? Er hat nicht mehr als die meisten höheren Angestellten oder Akademiker seines Alters, er hatte ein beinahe abbezahltes Haus, das jetzt an Flo geht. Nichts, was man ohne weiteres flüssigmachen könnte, ich schon gar nicht. Wenn überhaupt, dann müsste der Entführer sich an Flo wenden, aber mal ehrlich, wenn man Menschen entführt, damit ihre Ehepartner das Eigenheim verpfänden und in kleinen Scheinen irgendwo hinterlegen, dann könnte man wahllos beinahe jeden Menschen auf der Straße entführen. Alles Quatsch!

Nein, wenn Geld im Spiel ist, dann geht es bei dieser Sache nicht um Ben. Dann geht es um den Mann von dieser Maren.

»Ist denn irgendetwas vorgefallen in letzter Zeit? War dein Mann besorgt?«

Sie schüttelt den Kopf. »Er war wie immer. Beruflich ist viel los gerade, er ist ja selbstständig, und es steht eine neue Eröffnung an.«

»Was macht er denn?«

»Gastronomie. Wir eröffnen gerade einen Catering-Service.« Der Gedanke daran scheint ihre Laune zu heben, sie beugt sich beinahe vertraulich vor und fährt fort: »Mein Mann führt seit vielen Jahren einen Club und mehrere Lokale in der Innenstadt, und jetzt ist es Zeit, sich umzuorientieren, schon wegen der Arbeitszeiten. Wir bauen nicht nur auf das klassische Catering für Festivitäten, sondern beliefern auch Kindergärten und Altenheime.«

»Wie heißt er eigentlich?«, frage ich, aber in diesem Moment klingelt ihr Handy. Sie schreckt auf, wirft mir einen panischen Blick zu, krallt danach wie ein Raubvogel. »Ja?«, keucht sie, und dann versteinert sie.

Ich warte, angespannt, dann sehe ich, wie ihre Miene zerfällt und sie leise »Ach du bist es« sagt. Dann sagt sie: »Ich kann jetzt nicht. Ich kann jetzt wirklich nicht«, und legt einfach auf.

»Wer war das?«, frage ich.

»Nur eine Freundin.«

Ich überlege. »Als dein Mann sich gemeldet hat, war das von seinem eigenen Handy aus?«

Sie nickt.

»Und wie oft hast du es versucht? Ihn zu erreichen, meine ich?«

Sie sieht mich fragend an.

»Oft genug?«, bohre ich nach.

»Ja, natürlich.«

»Von verschiedenen Nummern aus?«

Jetzt sieht sie verwirrt aus. »Warum das?«

»Falls er dich nicht sprechen will. Oder darf. Oder, keine Ahnung, einfach zur Sicherheit.«

Sie zögert. »Kann ich natürlich machen.«

»Gib mir die Nummer«, sage ich. »Wir machen das jetzt. Wie heißt er denn eigentlich?« Das frage ich jetzt schon zum zweiten Mal.

Sie nimmt ihr Handy, tippt, hält es mir hin. »Hier ist seine Nummer.«

Ich sehe das Foto.

Maren sagt: »Er heißt Claus.«

Ich erkenne ihn sofort.

»Claus Wagner. Ich habe meinen Nachnamen nach der Hochzeit behalten.«

Claus.

Der verschwundene Mann ist Claus.

Sie hält mir das Handy immer noch vors Gesicht.

Das Display mit der Nummer und dem Bild und dem Namen, eine Kombination, die eine Verwechslung unmöglich macht.

Der Name, der mich trifft wie ein Schlag.

»Na so was! Du kennst ihn?«, fragt Maren. »Woher?«

Alles dreht sich, alles da draußen, ganz weit weg und viel zu nah gleichzeitig, und dann spüre ich, wie es losgeht, wie die Angst kommt.

Es ist der Name, der das auslöst.

Und das Bild.

Das Bild von ihm.

Von Claus.

»Nele?«

Meine Hände fangen an zu prickeln.

Ich kenne das, ich kenne es von damals.

Damals habe ich es in den Griff bekommen, alles habe ich in den Griff bekommen, irgendwann, auch meine schlimmsten Ängste, die Panikattacken, die regelmäßig kamen, bis ich Claus für tot erklärt habe. Es lag in meiner Macht, das zu tun, und ich habe es getan, und es ging mir viel besser danach. Ich konnte weiterleben, ganz normal weiterleben, auch wenn das für manche unverständlich klingen mag, selbst Ben hat es nicht verstanden.

Es ging mir gut, denn er war tot. Und jetzt lebt er wieder.
Er lebt, weil ein Telefon ihn wieder zum Leben erweckt hat.
Weil jemand ihn angerufen hat, ihn, einen Toten.
Ben war das.
Wie konnte er das tun?
Wie konnte er mir das antun?
Atme, Nile!
Atme!
»Ist etwas mit dir? Ist dir nicht gut?«, fragt Maren.

Er hat sein Versprechen gebrochen. Nein, er hat es nicht gebrochen, er hat es ganz perfide umschifft. Versprochen hat er mir nur, dass er kein Sterbenswort mehr zu der Sache sagen würde. Streng genommen hat er das eingehalten. Aber nicht so, wie ich es wollte. Er hat etwas anderes getan, etwas Entsetzliches, etwas, woran ich gar nicht gedacht habe.

Er hat ihn angerufen.
Er hat mit ihm gesprochen.
Und darum ist Claus auferstanden von den Toten.
Atme, Nile!
Atme!
Ganz ruhig musst du atmen, nur atmen.
Dann wird alles gut.
»Alles okay?«, fragt Maren, aber sie ist weit, weit weg von mir, viel zu weit weg.

Mir vorzustellen, dass diese beiden Männer miteinander gesprochen haben: der Mann, den ich liebe, mit dem ich alles teile, auch meine innersten Gedanken und meinen Körper, und der Mann, mit dem ich gar nichts teilen wollte, niemals, der mich einfach dazu gezwungen hat, der mich dazu verdammt hat, immer wieder an ihn denken zu müssen, für eine lange Zeit, ganz vorne stand er in meinen Gedanken, immer war er da.

Die beiden. Dass sie über mich gesprochen haben. Dass Ben die unfassbare, kostbare Intimität zwischen uns beiden damit befleckt hat, dass er mit diesem Mann gesprochen hat, mit dem er niemals hätte sprechen dürfen. Dass Ben ihm damit einen Einblick in uns, in mich gegeben hat. Dass er ihn damit erneut an mich herangelassen hat.

Ich stehe auf, die Tischkante schwankt mit mir, der ganze Tisch schwankt.

Maren darf nicht wissen, was mit mir los ist.

»Mir ist irgendwie schlecht«, höre ich mich sagen, ich weiß nicht, was sie antwortet, ich sage: »Nein, es geht schon«, und vielleicht: »Es ist alles zu viel gerade«, es platschen Worte aus meinem Mund, die ich selbst wie aus weiter Ferne höre, Worte, die versuchen, meine Fassade aufrechtzuerhalten, obwohl ich gerade zusammenbreche. Ich habe keine Ahnung, was ich noch sage. Ich bewege die Lippen, und Worte verlassen meinen Mund, auch sie sagt etwas, aber ich verstehe nichts, und dann versuche ich aufzustehen, ich pralle irgendwie an den Tisch und will mich festhalten. Ein Glas unter meinen Fingern, ein Klirren, als es zu Boden fällt.

Ich nicke ihr noch einmal zu.

Und torkle weg von ihr.

Atme, Nile!

Das sagt Ben immer.

Atme.

Du musst nichts tun, Nile.

Atme ein.

Und jetzt atme aus.

Atme vor allem aus. Hörst du, wie du ausatmest? Du schaffst das. Gut. Und jetzt atme wieder ein. Denk an was Schönes. Denk an mich. Hast du mich? Gut. Dann atme ein. Atme mich ein. Ich bin in dir drin, Nile. Alles ist gut.

Und jetzt atme aus.

Atme aus, so gut du kannst.

Atme mich aus. Keine Angst, Nile, lass mich raus. Ich bleibe ja bei dir. Ich bleibe ja hier. Du kannst ausatmen. Du kannst die Luft rauslassen. Ich bin immer da, und die Luft auch.

Und es klappt. Das Bild von Ben ist in mir, denk an was Schönes, hat er immer gesagt, denk an uns, an uns beide auf der Wiese. Denk daran und atme, dann vergeht die Angst.

Und ich atme, ich atme das Bild von Ben und mir ein, und da ist es in mir, strahlend und warm, und ich atme aus und spüre, wie sich alles löst.

Und ich schlage die Augen auf, und die Welt ist wieder da, fester und sicherer als zuvor.

Ich stehe an einer Straßenecke und zittere nur noch sehr wenig. Es ist geschafft. Ich habe es überstanden.

Und trotzdem, in meine Erleichterung mischt sich eine trübe, gefährliche Erkenntnis.

Claus lebt.

Claus, der eine Erklärung ist für das, was mit Ben geschehen ist.

Ben hat Claus kontaktiert, gegen mein ausdrückliches Verbot hat er das getan, und das hätte er nicht tun dürfen. Denn Claus ist niemand, den man einfach so anruft, um ihm etwas zu sagen, was er nicht hören will, aber das kapiert Ben natürlich nicht, weil Ben ein Mensch ist, der keine Angst vor der Welt hat, weil die Welt immer gut zu ihm war.

Ben hat sich in Gefahr gebracht.

Und darum ist er jetzt weg.

Claus hat ihn irgendwo.

Und ich muss ihn da rausholen.

Um Ben zu finden, muss ich Claus suchen.

Und wenn ich Claus suche, dann heißt das, dass er nicht mehr tot sein kann. Dann heißt das, dass Claus lebt.

Die Panik im Anflug, Vögel, die gegeneinanderstoßen, schwarze Vögel, die zerplatzen, eine rote Windschutzscheibe.

Alles ist rot.

Ich will atmen, und dann bekomme ich keine Luft, und

ich weiß, dass ich die Angst dieses Mal nicht aufhalten kann, es ist zu spät zum Atmen.

Sie ist längst da.

Sie hat mich im Griff.

Ich weiß nicht, wie ich in meine Wohnung gekommen bin.

Alles, einfach alles in mir ist Panik, es ist eng, ich bekomme keine Luft, meine Hände und Arme kribbeln, ich weiß, was das bedeutet.

Panik ist biologisch. Sie ist kein Gefühl oder Gedanke, nichts, was im Kopf bleibt, sondern etwas, was von dort aus losmarschiert: Erst ist da irgendein elektrischer Impuls im Hirn, aber dann marschiert die Panik los, zieht durch die Adern und Muskeln und bringt sie zum Durchdrehen, und sie gibt erst Ruhe, wenn sie den Körper voll und ganz unterworfen hat.

Panik ist das, was Gedanken mit dem Körper machen.

Die Angst wird ansteigen und ansteigen und immer mehr ansteigen, sie wird mir die Luft erst langsam abschnüren und sie mir dann ganz rauben, sie wird mir jede Kontrolle nehmen. Das ist die absolute Ohnmacht, aber sie ist schlimmer als Ohnmacht, denn bei einer Ohnmacht ist wenigstens das Bewusstsein gnädig ausgeknipst.

Ich habe Tabletten dafür.

Ich soll sie nicht nehmen, sagt Ben, wir schaffen das so, du hast mich, sagt Ben, nimm dieses Teufelszeug nicht mehr, das ist so gefährlich, das ist keine Lösung, sagt Ben, Benzodiazepine sind furchtbar, warum hat man sie dir überhaupt verschrieben, nie mehr darfst du sie nehmen, auch nicht im Notfall, weißt du nicht, wie abhängig sie machen? Du hast mich, vertrau mir, ich bin da, ich passe auf dich auf, aber nimm nie mehr dieses Zeug, gib es mir, bitte, ich werfe sie nicht weg, versprochen. Ich mache alles, damit du nie mehr solche Angst haben musst, alles, Nile.

Gib sie mir. Ja, so ist gut.

Keine Angst.

Du hast jetzt mich.

Ich habe ihm vertraut, ich habe sie ihm gegeben, die wundersamen Dinger, die sich wie Zuckerwatte in Sekundenschnelle im Mund auflösen und ihr Zaubermittel augenblicklich in meinen Körper schießen. Ben habe ich sie gegeben, Ben, der gesagt hat, man stirbt nicht an der Angst, das hat er mir versprochen.

Man muss nur atmen, hat Ben gesagt, dann geht es vorbei, komm, atme mit mir, ich passe auf, denk an etwas Schönes, hast du es? Stell es dir vor, ganz fest. Und jetzt atme es ein. Ganz tief.

Aber Ben, das ist nicht real, es ist nur ein Bild, was kann ein Bild tun gegen das, was ...

Atme es ein, Nile, das Schöne. Ganz tief. Jetzt geht es besser, merkst du?

Ja. Aber ...

Hab keine Angst, Nile, ich bin ja da. Ich bleibe bei dir, immer.

Das hat er auch versprochen, und jetzt ist die Panik da und er ist nicht da, er passt nicht auf mich auf, dieses Versprechen hat er wirklich gebrochen.

Ich versuche, in die Küche zu gehen mit Schritten, die über einen butterweichen, sich ständig bewegenden Untergrund eiern, aber ich sehe die Küche kaum, ich sehe nur einen kleinen runden Tunnel, an dessen Ende meine Küche ist, weit entfernt, um diesen Tunnel herum tanzen farbige Flecken vor flächigem Dunkel, meine Beine sind warmer, zäher Brei.

Als ich die Hand ausstrecke, fühle ich überraschend hart und kalt den Wasserhahn da, wo ich ihn vermutet hätte. Der Wasserhahn ist da, er hat sich nicht verändert, meine Hand ist es, die mir nicht gehorchen will. Sie tastet nach dem Wasserhahn, es wäre gut, wenn ich kleine Schlucke trinken würde, sicher wäre das gut, aber meine Hand ist zu warm und zu weich und sie prickelt, winzige, explodierende Brausepulverbröckchen in warmem Brei, ich kann nicht zufassen mit dieser Hand.

Und dann die Angst in der Brust. In meiner Brust macht sich alles zur Explosion bereit, es ist unerträglich, darauf zu warten, ich wünsche mir beinahe, dass es bald passiert, ich will mich nicht dagegen stemmen, denn danach ist es vorbei, aber das Perfide ist, dass nichts passiert, dass mich die Explosion damit foltert, dass sie mich viel zu lange auf sich warten lässt.

Eine Stimme ruft mich, sie ruft: »Nile?«

Ich weiß nicht, wo die letzten Tabletten sind.

Er muss sie irgendwo hingetan haben.

Er hat gesagt, dass er sie nicht wegwirft, er hat es mir versprochen.

Wo kann er sie hingetan haben?

Jemand tritt in die Küche, es ist Flo. »Um Gottes willen, Nile!«, ruft sie erschrocken. Ich muss an ihr vorbei. Tabletten suchen. Aber wo?

Arbeitszimmer?

Badezimmer?

Ich taumle aus der Küche hinaus, durch den Flur, dann durch die Badezimmertür, dabei halte ich mich an der Wand fest. Der Tunnel ist jetzt noch enger geworden, ich sehe kaum noch etwas. Meine Arme fegen unkontrolliert über die Waschmaschine, auf der Bens Kulturbeutel steht, da spüre ich schon, wie meine Beine einknicken, ich will im Fallen noch nach dem Beutel fassen, aber er rutscht mir aus der Hand und fällt hinunter, offenbar ist er offen, denn alles prasselt und stürzt auf mich. Der Druck in meiner Brust wächst und dehnt sich aus und raubt mir alle Luft, aber es explodiert noch immer nichts, es zerquetscht mich einfach nur.

Ich will sterben.

Ich will, dass es endlich vorbei ist.

Stattdessen ist da eine Gestalt über mir, überlebensgroß.

Flo.

Sie sagt: »Ich rufe einen Krankenwagen!«

»Tablette«, sage ich und versuche, nach Bens Kulturbeutel zu greifen, er liegt neben meinem Gesicht auf den kalten Fliesen.

»Du brauchst Tabletten? Oh, Himmel, Nile, was ...«

»In der Tasche«, sage ich, aber ich sage es nicht richtig, es kommt nur ein dumpfes Brummen aus meinem Mund.

»Die hier?«, fragt sie. »Die?«

Ich weiß nicht, was sie meint, ich starre sie an, ich starre, aber sehe sie nicht.

»Die Tabletten? In der Seitentasche? Welche denn? Die hier?«

Ich kann nichts sagen. Ich sehe auch nicht, was sie mir da zeigt.

»Scheiße!«, ruft Flo. »Was soll ich denn jetzt machen?«

Und dann höre ich überlaut das Knistern, als eine Tablette aus dem Blister gedrückt wird.

Und spüre, wie sie mir etwas in den Mund legt, wie etwas auf meiner Zunge aufweicht.

Und dann dauert es nicht mehr lange.

Der Druck weicht.

Flo muss mich aus dem Badezimmer auf den Wohnzimmerteppich gezogen haben. Ich kann mich nicht daran erinnern, aber hier liege ich jetzt. Ich höre jeden meiner Atemzüge, und ich bin erstaunt, wie ruhig die sind.

Ich kann wieder Luft holen. Und ich kann sehen. Der Tunnel ist weg. Ich sehe mich um. Alles ist wieder da.

Flo sieht verschreckt aus, sie fragt: »Was um Himmels willen ist mit dir passiert?«

Ich sage: »Das war eine Panikattacke.« Mein Mund fühlt sich wattig an.

Flo schweigt. Ihre Blicke tasten mich ab, besorgt, ängstlich.

Ich sage: »Es geht jetzt besser. Die Tablette wirkt total schnell.«

Das verdammte Zeug, so hat Ben es genannt.

Flo sagt: »Du sahst aus, als ob du stirbst.«

Ich sage: »Es fühlt sich auch an, als ob ich sterbe.«

Eine Panikattacke hört auf. Und für ihren Ausgang gibt es zwei Alternativen.

Erstens: Man nimmt eine Tablette. Dann hört sie auf.

Zweitens: Man nimmt keine Tablette. Dann hört sie auch auf.

Nach einer Panikattacke ohne Tablette bin ich wie ausgeweidet. Das ist nur zu ertragen, wenn ich im Bett liege und Ben sitzt daneben und hält meine Hand. Und mit der anderen Hand streichelt er meinen Unterarm, ganz vorsichtig, weil er weiß, wie empfindlich ich bin, wenn ich gerade von meinem eigenen Adrenalin durch den Fleischwolf gedreht wurde.

Und ich habe die Augen geschlossen, weil Sehen viel zu anstrengend ist und weil ich auch so ganz sicher weiß, dass Ben neben mir sitzt und mich ansieht. Und, dass er bleibt.

Aber jetzt ist Ben nicht da.

Niemand hält meine Hand.

Aber das ist nicht schlimm, weil ich die Tablette genommen habe.

Die Tablette, die unfassbar schnell wirkt, weil sie sofort

im Mund zergeht und ein wenig rosa Flaum und glitzernde Watte in meinen Kopf füllt, oder auch sehr viel davon, wenn ich eine zweite nehme.

Aber auch eine einzige reicht, damit das, was schlimm ist, wieder gut wird.

Und auch ohne dass Ben meine Hand hält, weiß ich dann, dass er bei mir ist.

Der Regen trommelte gegen die Fenster, als wir das erste Mal in der neuen Wohnung schliefen.

Wir hatten vier Studenten von der Arbeitsvermittlung als Umzugshelfer engagiert, weil es uns unangenehm war, Freunde um Hilfe zu bitten. Wer überhaupt noch ein Freund war und wer sich im Chaos der Trennung in Luft auflösen oder als Feind entpuppen würde, wussten wir zu dem Zeitpunkt noch nicht.

Es waren also Fremde, die die Kartons und Möbel die Stufen hinaufschleppten, die die Schränke montierten und die Lampen anschraubten. Und als sie fertig waren, ließen sie uns allein, und da lagen wir dann.

Das Bett war noch nicht da, nur die Matratze. Wir lagen also auf der Matratze und betrachteten die Kisten, die zu einer hohen Mauer aufgestapelt waren. Kisten, in denen all unser Kram steckte und deren Inhalt sich, wenn wir ausgepackt hatten, vermischen würde. Meine Bücher, die neben seinen Büchern stehen würden. Messer und Scheren und Suppenkellen, die nebeneinander in der Schublade liegen würden. Zwei Leben, die sich ineinander verschlingen würden.

»Ich liebe diese Wohnung jetzt schon«, sagte ich.

»Ich auch.«

»Ich glaube, sie liebt uns zurück. Hör mal.«

Wir horchten. Der Regen trommelte immer noch, ansonsten war es still. Ich atmete in seine warme Achsel, und er gab mir einen Kuss auf den Kopf.

»Das hast du gut gemacht mit dem Aushang, Ben. Ich lasse dich ab jetzt immer solche Dinge regeln.«

»Lieber nicht. Wir brauchen ja jetzt keine Wohnung mehr zu suchen. Wir bleiben einfach hier, okay?«

»Ja«, sagte ich und griff nach seiner Hand. »Wir bleiben einfach hier.«

So war das geplant. Dass wir hierbleiben.

Weil das unsere Wohnung ist.

Weil wir hier zu Hause sind.

Weil ich hier beschützt werde.

Von Ben.

Ich liege auf meinem Kissen in unserem Bett, und das Bett riecht so gut nach Ben, und alles ist gut.

Weil der Geruch mir sagt, dass er nicht weg ist.

Es ist erstaunlich, wie gut es einem geht, wenn man Benzos genommen hat. Eben noch war alles Krieg und Panik und nackte Todesangst, und jetzt sind da das Kissen und Bens Geruch und die Zuversicht und die Müdigkeit, die sich anfühlt wie etwas, wonach man sich lange gesehnt hat. Und die Gedanken kreisen nicht mehr, sie schwimmen plötzlich sehr einfach und klar ganz oben auf warmen Wellen, sie zeigen das, was wichtig ist, und das, was da ist, macht keine Angst: Ben und Claus.

Das mit Claus hat mir zuerst einen Schock versetzt, aber jetzt stört es mich gar nicht mehr. Im Grunde ist jetzt klar, was passiert ist, und darüber bin ich sehr froh.

Selbstverständlich sind diese beiden Männer nicht entführt worden.

Endlich habe ich eine logische Erklärung: Ben hat sich um Claus gekümmert, er hat das geklärt. Ich wollte nie, dass er so etwas tut, aber die Benzos malen in meinem Blut rosafarbene Schnörkel: Das hat Ben getan, weil er mich liebt, er liebt mich so sehr.

Gedankenende.

So simpel argumentiert mein Hirn, wenn es eine Tablette bekommen hat. Keine explodierenden, wirbelnden Angstspiralen, sondern eine simple Rechnung mit einem eindeutigen, zufriedenstellenden Ergebnis.

Benzos und Liebe ähneln sich im Effekt sehr. Mehr noch, sie fühlen sich genau gleich an. Alles ist warm und gut und schön, und das andere ist weit weg und egal.

Ich wusste schon, dass Ben mich liebt, aber es ist immer wieder schön, das noch einmal bewiesen zu sehen. Vor Claus muss ich keine Angst haben, weil Ben da ist, weil er mich liebt, so sehr liebt er mich, und darum ist das Kissen auch so weich und riecht so gut nach ihm.

Nach Ben.

Ich sauge tief die Luft ein.

Alles ist gut, wenn ich ihn riechen kann.

»Nile«, sagt Flo. Sie steht plötzlich neben mir, an meinem Bett. Ich muss ein wenig geschlafen haben. Oder viel?

»Wach auf, Nile!« Sie rüttelt sogar an meinem Arm.

»Ich schlafe doch gar nicht.«

»Wie geht es dir?«

»Mir geht es gut.« Ich versuche mich zusammenzureißen. Ich habe nur eine genommen, das bedeutet, ich bin nicht total breit oder so, einfach nur sehr entspannt. Wie lang habe ich geschlafen?

Flo sieht aus, als ob sie absolut nicht vorhätte, mir meine beruhigenden Gedanken zu lassen. »Was ist passiert, Nile? Wovor hattest du solche Angst? Was war mit dieser Frau?«

»Mit welcher Frau?«

»Mit der du dich getroffen hast. Was hat sie gesagt?«

Ich sage: »Sie ist die Frau von Claus.«

Ich muss beinahe lächeln. Ben hat sich um Claus gekümmert, denn er liebt mich.

»Wer ist Claus?«

Diese Frage zielt ins Zentrum, die Frage zielt mitten in mich hinein, und das macht mich wach. Und konzentriert. Auch, weil ich ihr darauf keine Antwort geben möchte.

»Was hat dieser Claus damit zu tun?«, fragt Flo. Sie beobachtet mich sehr genau.

Ich schließe die Augen und versuche, mich auf den Geruch zu konzentrieren. Bens Geruch.

»Es ist so stickig hier drin«, sagt Flo. »Ich mache dir mal ein bisschen frische Luft.«

Ich öffne die Augen. »Nein!«

»Es riecht ehrlich gesagt ein bisschen streng«, sagt Flo. Sie geht zum Schlafzimmerfenster und öffnet beide Flügel weit, sodass Luft hereinströmt und Bens Geruch hinaussaugt.

»Nicht«, protestiere ich. »Mach das Fenster wieder zu.«

»Aber frische Luft tut dir –«

»Mach das Fenster zu«, sage ich. »Ich will das so.«

Flo starrt mich an, dann gehorcht sie. Ich schließe die Augen und atme tief ein.

»Du kannst jetzt hier nicht wegdämmern«, sagt Flo. »Diese Frau. Sie weiß, wo Ben ist, oder? Warum weiß sie das? Was ist ihm zugestoßen?«

Ich schlage die Augen auf. Ich muss mich sammeln. Oh nein, ich will nicht über Claus reden, nie mehr. Aber Ben ist weg, auch, wenn ich ihn rieche, auch, wenn er mich liebt und ich spüre, dass ich ihn sicher und warm in mir trage, so ist er doch weg, und ich muss ihn suchen, muss ihn finden.

»Warte«, sage ich und richte mich im Bett auf.

Dann sage ich: »Entschuldige, diese Tabletten machen sehr müde.«

Flo beobachtet mich immer noch, als wäre ich eine Patientin. Moment – ich *bin* eine Patientin. Mich hat eine Panikattacke erwischt, und Flo hat es gesehen. Sie weiß jetzt, was mit mir los ist. Welche Phantome mich jagen. Und, welche Auswirkungen diese Phantome auf mich haben.

Muss sie noch mehr wissen? Halte ich das aus, wenn sie von Claus weiß? Welche Frau will, dass ausgerechnet ihre Vorgängerin weiß, was ihrem Körper passiert ist?

»Ich hole dir einen Kaffee«, sagt Flo. »Es wird jetzt nicht gepennt, okay, Nile?«

Ich höre sie in der Küche rumoren, und schon kommt sie zurück. »Trink«, sagt sie und drückt mir einen Becher in die Hand.

Ich gehorche. Der Kaffee ist lauwarm. Aber es ist so nett von Flo, dass sie sich kümmert. Ich sage: »Es tut mir leid, Flo. Das wollte ich nur mal aussprechen.«

»Was?«

»Dass wir uns verliebt haben. Das war nicht gegen dich gerichtet. Es ist einfach passiert. Es musste passieren. Weißt du, was verrückt ist?«

»Nein, das weiß ich nicht.«

»Ben ist der einzige Mensch auf der Welt, der meinen Namen sofort verstanden hat. Das ist mir noch nie passiert. Immer verstehen ihn alle falsch. Nur er nicht. Und da wusste ich schon, dass er auch alles andere versteht. Findest du das sehr kitschig?«

»Trink alles aus«, sagt Flo. Dann nimmt sie mir den leeren Becher aus der Hand und gibt mir ihren. »Trink das auch noch.«

Folgsam nehme ich auch den zweiten Becher, verziehe dann aber das Gesicht. »Ich kann nicht so viel auf einmal trinken.«

»Versuch es«, sagt sie, und folgsam nehme ich einen Schluck.

»Entschuldige«, flüstere ich. »Ich wollte dich nicht verletzen. Ich wollte nur erklären, wie … Ich wollte sagen, dass es mir leidtut.«

Sie sagt: »Erzähl mir lieber endlich, was passiert ist. Was hast du herausgefunden?« Sie setzt sich auf die Bettkante, und jetzt erst erkenne ich, wie sich ihr Gesicht verändert hat. Die geschwollene Nase ist nicht alles. Ihr Gesicht ist eingefallen, scharfe Falten neben ihren Nasenflügeln, die Augen müde und gerötet. Sie sieht fix und fertig aus. Macht sie sich wirklich solche Sorgen um Ben? Oder hat sie die kurze Nacht auf meinem Sofa und die Flasche Wein schlecht weggesteckt?

Ich reiße mich zusammen und sage: »Es ist ganz einfach. Der Mann von dieser Maren ist ja auch verschwunden. Genau gleichzeitig mit Ben. Und dieser Mann ist Claus. Ein Typ, der mich mal vergewaltigt hat.«

»Der dich mal was?« Flo starrt mich an.

Ich starre zurück.

Ben ist niemand, der Dinge auf sich beruhen lässt. Dass ich nicht über die Sache reden wollte, hat er natürlich verstanden. Aber trotzdem ist er nach einigen Tagen noch einmal darauf zurückgekommen. Vorher hatte er alles getan, um mich irgendwie zu beruhigen.

Ich glaubte damals, dass er verstanden hatte, wie man mit so etwas umgehen muss. Dass man dem Schrecken etwas Positives entgegensetzen muss. Unsere Hochzeit. Liebe. Liebe gegen den Schrecken. Dass man den Schrecken dann wieder loswird, so wie Schmutzwasser, das in den Abfluss fließt und dort einfach versickert.

Ben hat alles getan, um mir auf diese Weise zu helfen. Wir haben viel über unsere Hochzeit geredet. Wie wir das machen wollten. Nur wir beide, das war klar. Wir wollten feiern, aber allein. Vielleicht in Alltagsklamotten zum Standesamt und danach in den Zoo. Das war der Plan, aber irgendwie waren wir nicht ganz so begeistert, wie wir es gern gewesen wären. Einerseits wollten wir es schlicht und wie nebenbei, andererseits fehlte dadurch irgendwas, und wir überlegten lange, wie man das vereinbaren könnte.

Aber jetzt schweife ich ab.

Was ich sagen will: Ben hat das Thema nur scheinbar ruhen lassen. Aus meiner Sicht hatte die Hochzeit das Horrorthema in den Abfluss sickern lassen. Aber Bens Sicht war eine andere, er konnte das nicht auf sich beruhen lassen.

»Ich weiß, dass du nicht darüber reden willst«, sagte er. Es war Sonntagmorgen, und wir hatten wie immer im Bett gefrühstückt und Zeitung gelesen. Er saß auf der Bettkante und zog seine Socken an. »Aber ich muss wissen, was aus dem Typen geworden ist.« Er setzte eine Pause vor das Wort »Typen«, offenbar zögerte er, seinen Namen auszusprechen, und das verstand ich, das ging mir ja genauso.

Ich war damit beschäftigt, die rund ums Bett verteilten Seiten der Zeitung zu sammeln und zu falten. Ich bückte mich und sagte: »Er ist tot.«

»Was heißt das, er ist tot?«

»Tot.«

»Er ist gestorben?«

»Ja.«

»Oh Gott.« Ben stützte die Ellenbogen auf die Knie, beugte sich vor. »Das ist … Gott sei Dank. Ich weiß nicht, was … Das ist gut. Sehr gut ist das.«

»Ja.«

»Aber wie?«

»Er ist einfach tot. Belassen wir es dabei.«

Er blinzelte nervös, dann sah er zu Boden und dann wieder zu mir, ehe er sagte: »Das klingt jetzt komisch. Das klingt, als hättest du ihn umgebracht.«

»Hab ich natürlich nicht. Das ist er nicht wert.«

»Nein, natürlich nicht. Aber warum ist er tot? War er krank? Hatte er einen Unfall?«

»Für mich ist er tot.«
»Wie, für dich? Sonst nicht?«
»Für mich ist er tot, und nur das zählt.«
»Heißt das, er ist gar nicht wirklich tot?«
»Keine Ahnung. Das ist egal. Mir ist das egal.«
»Nile, jetzt hör mir mal zu. Guck mich an. Hör mir wirklich zu, bitte! Ich will das jetzt wissen. Was ist mit diesem Typen? Ist er tot?«
»Ja. Für mich.«
»Aber das ist nicht dasselbe.«
»Für mich schon. Ich komme klar. Seitdem komme ich klar.«
»Das heißt, du hast beschlossen, dass er für dich tot ist, und seitdem geht es dir besser?«
»Ja, genau.«
»Oh Nile.« Er rückte an mich heran und legte mir den Arm um den unteren Rücken, es fühlte sich komisch an, ich kann nicht einmal beschreiben, wie es sich anfühlte, alles war plötzlich versperrt und schief, die Bewegung, die normalerweise eine wortlose, warme, pulsierende Verbindung war, erwies sich nun als ein mühsames Aufeinanderzubewegen von nicht kompatiblen Körperteilen. Ben schien das auch zu spüren, er ließ wieder los, und so saßen wir nebeneinander auf der Bettkante mit einem halben Meter Abstand.

Ben fing als Erster wieder an zu reden. »Ich weiß nicht, ob das gesund ist. Ob man das einfach so machen kann, beschließen, dass jemand tot ist.«

»Doch, das kann man. Ich kann das. Es ist kein Problem, wirklich. Vorher hatte ich immer Angst. Sobald ich das Haus verlassen habe, rechnete ich damit, ihn zu sehen. Ständig hab ich mich umgeguckt und bin zusammengezuckt, wenn ihm jemand ähnlich sah. Und wenn ich ihm dann tatsächlich begegnet bin, ob auf der Straße oder im Supermarkt, habe ich einen richtigen Zusammenbruch gehabt. Ich hatte immer Angst vor ihm, dauernd, die ganze Zeit. Jetzt macht mir das gar nichts mehr aus.«

»Was soll das heißen, es macht dir nichts mehr aus?«

»Ihn zu sehen. Es ist mir egal, weil er schlicht und einfach nicht mehr existiert. Und so oft passiert das ja eh nicht.«

Ben erstarrte. »Moment. Das bedeutet, du siehst diesen Mann manchmal?« Er klang alarmiert.

»Keine Ahnung, er existiert ja nicht für mich.« Abrupt stand ich auf und nahm die sauber gestapelte Zeitung, um sie in die Küche zu bringen.

»Nile, warte!« Ben folgte mir. Er sah zu, wie ich die Zeitung in die Holzkiste legte, in der wir unser Altpapier aufbewahrten. »Nile. Verdammt, antworte mir! Siehst du ihn manchmal?«

»Ja, natürlich.«

»Warum natürlich?«

»Weil wir in derselben Stadt wohnen.«

»Der Typ wohnt hier?«

»Ja klar. Ich hab doch gesagt, dass ihm diese Kneipe gehört.«

»Aber wie kannst du das ertragen, seit so vielen Jahren? Warum bist du nicht einfach weggezogen?«

»Wohin hätte ich denn ziehen sollen? Außerdem will ich nirgendwo anders hin. Ich lebe hier. Das lasse ich mir von ihm nicht auch noch nehmen. Ich will mich nicht verstecken. Damit gebe ich ihm viel zu viel Macht.«

»Ja, aber es muss dir doch auch gut gehen!«

»Es geht mir ja gut.«

»Es geht dir nicht gut! Du hast diese Angstanfälle und brauchst diese Tabletten. Und ...«

»Es geht mir gut. Glaub mir, vorher war alles schlimmer. Viel schlimmer. Im Vergleich dazu geht es mir jetzt wunderbar, das jetzt, das ist eine Kleinigkeit.«

»Ja, aber ... Okay. Aber hast du nie daran gedacht, es einfach zu tun? Wegzuziehen? Damals?«

Es tat weh hinter meiner Stirn. Ich schloss die Augen. »Du hast keine Ahnung, wie es mir damals ging. Da hätte ich es eh nicht geschafft, mir einen anderen Job zu suchen.«

Ben wandte sich zur Spüle, als ob es da irgendetwas zu tun gäbe. Er sah mich nicht an. »Nile«, sagte er, seine Stimme klang bemüht ruhig. »Ist das vielleicht der Grund, warum du so ungern ausgehst? Und warum du immer willst, dass ich dich abhole? Und warum du so leicht Angst bekommst, wenn ich mal unterwegs mit anderen oder nicht erreichbar bin?«

Ich lachte. »Quatsch. Ich sage doch, er ist tot. Seit er tot ist, hab ich absolut kein Problem mehr mit der Sache. Absolut nicht.«

Ben sah mich an, als sähe er mich zum ersten Mal, oder vielleicht, als sähe er etwas ganz Neues an mir. Das erschreckte mich. Das wollte ich nicht. Er sagte: »Das ist doch Blödsinn. Ihr lebt in derselben Stadt! Du musst ständig damit rechnen, ihm irgendwo zu begegnen, diesem Kerl, der dir das ... Mein Gott, wenn ich mir das vorstelle, in was für einer Anspannung du ... Jetzt verstehe ich das erst. Wenn das nämlich der Grund dafür ist, dass du ... Ich verstehe ja, dass du die Anzeige zurückgezogen hast, aber du musst noch mal zur Polizei gehen. Du darfst ihn nicht davonkommen lassen.«

»Ben«, sagte ich scharf. »Das ist meine Sache. Er ist tot. Hast du das verstanden?«

»Er ist nicht tot.«

»Doch!«

»Er lebt, und zwar hier. Er kann dir nichts tun, aber er existiert.«

»Ich sagte doch, er ist tot!«

»Nile, du zitterst.« Er trat auf mich zu, wollte mich umarmen, ich schlug seine Hand weg.

»Ich zittere nicht!«

»Beruhig dich. Ich wollte nicht ... Ich will das nicht aufwühlen.«

»Das machst du aber! Dabei ist das meine Sache!«

»Natürlich ist das deine Sache.«

»Dann hör auf!«

Ben hob die Hände, als wollte er sich ergeben. »Ich sage kein Wort mehr. Versprochen.«

Ich atmete heftig. In meiner Kehle war ein Schluchzen, aber es gelang mir, es nach unten zu drücken, zurück dahin, woher es gekommen war. Ich würde es nicht herauslassen.

»Darf ich dich jetzt in den Arm nehmen?«

»Lass mich.«

»Ich würde dich gern in den Arm nehmen.«

»Nur wenn du kein Wort mehr dazu sagst. Kein einziges. Nie mehr. Es ist mein Ernst, ich habe es dir erzählt, aber jetzt will ich, dass du nie, nie, nie mehr darüber sprichst. Du musst das vergessen, so wie ich.«

»Okay.«

»Du musst es mir versprechen.«
»Aber Nile …«
»Du musst.«
»Okay. Versprochen.«

»Oh, Nile«, sagt Flo, es klingt erschrocken, hilflos.
Ich sage: »Es ist lange her. Es ist okay. Ich denke gar nicht mehr daran.«
Flo schweigt.
»Offenbar hatten die beiden, naja, Kontakt.«
»Das Telefonat? Oder die Telefonate?«
»Ja.«
»Von denen du weißt, weil du die Nummer in der Anrufliste gefunden hast.«
»Genau.«
»Ben wusste von der ... der Sache?«
»Ja.«

Das Gespräch hallt mir in den Ohren, die ganze Situation damals. Es hätte nicht stattgefunden, das Gespräch, wenn das mit Flo nicht gewesen wäre – wenn er nicht heimlich zu Flo gegangen wäre, hätten wir nicht gestritten, dann wäre ich nicht aus dem Zimmer gerannt, dann wäre er mir nicht gefolgt, dann hätte er mich nicht umarmt, dann hätte ich ihn nicht geschlagen, und dann hätte ich niemals erzählt, was ich erzählen musste, damit er versteht, was los ist mit mir. Es ging mit Flo los, eigentlich. Ohne Flo hätte Ben nichts von Claus gewusst, er hätte ihn nie kontaktiert und wäre nicht verschwunden.

Heißt das, Flo ist schuld?

»Was guckst du mich so an?«, fragt Flo.

»Ach, nichts.«

»Du hast es ihm also gesagt. Wann?« Sie sieht ungeduldig, aber beherrscht aus, etwa so, als wollte sie einem störrischen Kind Vokabeln eintrichtern und bemühte sich sehr, nicht die Beherrschung zu verlieren. Oder so, als wollte sie einer mit Benzos zugedröhnten Frau Informationen entlocken, die mit dem Verschwinden ihres Ehemannes zu tun haben. Nein, ihres Exmannes. Ihres Noch-Ehemannes.

»Ist schon was her. So etwa ein halbes Jahr.« Ich weiß den Termin genau. Und sie kennt ihn auch. Ich müsste nur sagen, dass es der Todestag ihres Babys war. Aber das sage ich nicht.

»Und was hat Ben daraufhin getan?«

Ich schließe die Augen. Es ist so anstrengend, daran zu denken. Ich möchte mich nicht anstrengen, jetzt, wo ich auf diesem schönen warmen Kissen liege, das so gut riecht nach Ben.

»Was wollte Ben tun?«, fragt Flo beharrlich.

»Ich habe ihm nur gesagt, dass ich nicht mehr darüber reden will. Dass Ben das Thema ruhen lassen soll.«

»Und hat er sich daran gehalten?«

»Ja.«

Flo runzelt die Stirn. »Das passt gar nicht zu ihm.«

Ich weiß nicht, wie ich ihr erklären soll, dass Ben gar keine andere Wahl hatte, als das Thema ruhen zu lassen. Wie ich das erklären soll, ohne mich vor ihr völlig zu entblößen. Dass Ben natürlich wusste, dass meine Attacken und all das im Zusammenhang stehen mit der Sache. Ich sage nur: »Hat er aber. Ich hab ihm das, na, praktisch verboten.«

»Okay«, sagt Flo, es klingt ungläubig. »Und was hat er gesagt, ehe du ihm verboten hast, darüber zu reden?«

Für einen Moment ist die Situation wieder da. Bens entsetztes Gesicht, die Umarmung, dann, was er sagte, in meine Haare hinein.

Und wie er es sagte.

Ich räuspere mich. »Er hat gesagt, dass er ihn umbringen wird.«

Flo stößt einen leisen Schrei aus.

Und plötzlich ist alles sonnenklar.

Hat er ein Messer genommen und ihn erstochen? Eine Klinge, die durch den dünnen Stoff eines weißen Hemdes gleitet und dann durch die Haut ins Fleisch dringt? Zwischen den Rippen findet sie ihren Weg, sie trifft den Herzbeutel und zerschneidet dort das Gewebe, fetzt ein Loch, bis Blut aus der Wunde sprudelt und das Hemd rötet.

Oder hat er ihn erwürgt? Bens starke Hände um einen Hals, er drückt zu, wie fest er drückt, das Gesicht seines Opfers schwillt beinahe an, bis kein noch so leiser Hauch mehr aus seinem Mund dringt, Bens Hände geben nicht nach, bis sie keine Gegenwehr mehr spüren, bis Claus schlapp zu Boden sinkt.

Nein, ich möchte nicht, dass Ben ihn berührt hat, das möchte ich nicht.

Eine Schusswaffe wäre gut.

Peng.

Und noch mal: Peng.

Und Peng-Peng.

Peng-Peng-Peng-Peng-Peng!
Das wäre gut.

»Nile«, sagt Flo.

»Du hast recht«, sage ich langsam und richte mich im Bett auf. »Ja, du hast recht.«

»Womit habe ich recht?«

»Er hat es getan. Er muss es getan haben. Er hat ihn umgebracht. Alles andere macht keinen Sinn. Du hast wirklich recht.«

»Das habe ich doch gar nicht gesagt!« Flo sieht verwirrt aus. Sie legt die Handflächen aneinander und starrt auf die Linie, die sie bilden, als sähe sie sie zum ersten Mal.

Ich frage: »Glaubst du denn nicht, dass er es getan hat?«

Sie schüttelt den Kopf. »Ich kann es mir nicht vorstellen. Aber ich kenne ihn nicht so gut, wie ich dachte. Er macht Sachen, die ich nicht für möglich gehalten hätte.« Sie zögert. »Ich hätte ja auch nie gedacht, dass er mich verlassen würde.«

Der Satz steht zwischen uns wie eine Mauer.

Ich möchte so gern etwas dazu sagen. Aber das bringt jetzt nichts. Es geht nicht um mich und nicht um sie.

Ich sage: »Ben hat es auch ganz bestimmt nicht geplant. Was auch immer er vorhatte, er wollte es anders machen. Nicht so, dass er danach verschwinden muss, nicht so, dass wir uns Sorgen machen müssen. Niemals hat er das geplant. Aber die Sache hat ihm keine Ruhe gelassen, er hat rausbekommen, wie er heißt, und dann hat er wahrscheinlich im Telefonbuch nach ihm gesucht – deswegen hatte er auch die Festnetznummer. Sie haben telefoniert – was weiß ich. So oder so, dann kam es zu diesem Zufallstreffen im Laden.

Wahrscheinlich hatte Ben ihn gegoogelt und ein Bild von ihm gefunden. Und darum hat er ihn erkannt und ist durchgedreht.«

Ich sehe es vor mir.

Es passt.

Es passt wie ein Schlüssel ins Schloss.

Die Frage bleibt, was mit Ben geschehen ist. Wo er steckt.

Und vor allem: Warum er sich nicht meldet.

Wenn Claus tot ist, dann wird früher oder später ermittelt werden. Und die Polizei wird mich befragen. Denn ich bin die Frau, die damals Anzeige gegen ihn erstattet und wieder zurückgezogen hat. Dann gerate ich ins Visier der Ermittlungen. Oder bin ich es längst? Was, wenn die Polizei mein Handy abhört? Dann ist es gut, dass Ben nicht anruft. Deshalb also. Weil er mich schützen will. So, wie er mich immer schützen will.

Der Schlüssel im Schloss. Die Antwort auf alle Fragen.

Oh, Ben!

Oder?

»Vielleicht ist er auch nicht durchgedreht, da im Laden, sondern wollte nur verhindern, dass ich Claus begegnen muss.« Ich schlucke.

Flo nickt. »Das klingt logisch. Aber was hat er denn dann mit ihm gemacht? Egal ob sie sich geprügelt oder nur unterhalten haben, das ist doch kein Grund, dass beide sich in Luft auflösen!«

»Ich weiß es doch auch nicht«, sage ich. »Wahrscheinlich hat er ihn ... umgebracht.«

Flo nickt wieder. Dann legt sie Daumen und Zeigefinger an die Nasenwurzel und schließt die Augen. »Scheiße«, flüstert sie. »Scheiße!«

Sie weiß, dass ich recht habe. Jetzt nicke ich auch.

Ich ziehe mir die Bettdecke bis zum Kinn. »Er braucht unbedingt ein Alibi.«

Ich sage einfach, dass wir die letzten Tage zusammen verbracht haben, ohne Pause. Dass ich ihn keine einzige Sekunde losgelassen habe. Dass ich keine Sekunde geschlafen habe, nicht einen Augenblick, dass ich ihn beobachtet habe, rund um die Uhr, wie er neben mir auf dem Kissen lag und so gut roch, auf dem Kissen, auf dem ich jetzt liege …

Flo sagt: »Ein Alibi, das mit dir zu tun hat, macht nach der Nummer mit der Polizei ja wohl keinen Sinn mehr.«

»Warum?«, frage ich.

Und begreife.

Das Ausmaß der Verstrickung wird mir verzögert bewusst. Das, was ich die letzten Tage getan habe. Das, was ich damit angerichtet habe. Ich habe zigmal bei der Polizei angerufen und erzählt, dass mein Freund verschwunden sei. Kein Mensch wird mir jetzt glauben, dass er die ganze Zeit bei mir war! Sie wissen genau, dass ich ihn tagelang nicht gesehen habe, dass er urplötzlich verschwunden ist.

Und sie wissen es von mir!

Flo schüttelt den Kopf, langsam, sie sieht fassungslos aus.

Ich versuche, mich zu konzentrieren. Versuche vorauszusehen, was geschehen wird. Was getan werden muss.

»Ich könnte so tun, als hätte ich Blödsinn geredet. Als hätte ich nur …«

»Ach ja?«, fragt Flo, sie guckt mich an, als sei ich durchgedreht.

Nein, natürlich nicht. »Vielleicht kann ihm jemand anders ein Alibi geben. Du.«

»Quatsch.«

»Aber ...« Ich versuche, tief durchzuatmen. Das mit dem Alibi ist Schwachsinn. Die Dinge sind zu eindeutig miteinander verknüpft, Dinge, die längst ausgesprochen und dokumentiert sind. Meine Anzeige damals, auch wenn ich sie zurückgezogen habe. Bens Verschwinden im Laden. Die Verbindung von mir zu Claus ist offensichtlich, die von Ben zu Claus ist da, sobald Maren der Polizei von meinem Anruf, von unserem Treffen, vom Verschwinden der Männer am selben Ort erzählt. Die Polizei wird Ben genau überprüfen. Ihn suchen. Jagen.

Sobald sie anfangen zu ermitteln. Maren. Wenn wir uns nicht bei der Polizei melden, wird alles ausgelöst werden von Maren.

Die aber nicht zur Polizei gehen will, aus irgendwelchen Gründen. Also geschieht erst etwas, wenn die Polizei zu ihr kommt. Und die Polizei geht erst dann zu Maren, wenn die Leiche von Claus gefunden worden ist. Vorher wird nichts geschehen, zumindest vorläufig nicht. Jetzt, wo ich weiß, dass es sich bei ihrem verschwundenen Mann um Claus handelt, verstehe ich auch, warum sie nicht zur Polizei gehen will: Claus beschäftigte damals haufenweise Schwarzarbeiter. Wahrscheinlich beschäftigt er sie noch immer. Was hat sie noch mal gesagt – einen Catering-Service eröffnen sie? Kindergärten, Altenheime. Irgend so etwas. Und deswegen wird Maren nicht wollen, dass die Polizei einen Suchscheinwerfer auf Claus' Leben richtet. Ich muss mich konzentrieren. Es ist sehr anstrengend.

Sehr, sehr anstrengend.

»Warte«, sage ich. »Warte, Flo.«

»Was?«

»Die Leiche.«

»Was?«

»Flo, mal ganz logisch.« In meinem Kopf sind die Fakten beisammen, ich zwänge sie mit Mühe aus meinem Hirn in meinen Mund und dann aus diesem heraus. »Im Moment tut die Polizei nichts, weil sie von keinem Verbrechen weiß. Sobald die Leiche gefunden ist, wird sich das ändern. Wenn sie aber keine Leiche finden, passiert gar nichts. Und dann hat Ben Zeit, alles zu regeln und zu verschwinden. Oder sich eine Alternative zu überlegen.«

»Was redest du? Was für eine Alternative?«

Ich überlege, meine Gedanken nehmen Fahrt auf und werden schneller, bald flitzen sie umher wie Ameisen, es ist erleichternd, das Adrenalin zu spüren, das jetzt anflutet, es hat den Kampf gegen die Benzos gewonnen. »Claus hat Schwarzarbeiter in der Küche – zumindest war das früher so. Nichts Wildes. Aber wenn die Polizei erst mal anfängt nachzubohren, dann werden sie sehr beschäftigt sein. Und die Leute dort halten schön die Klappe.«

»Nile, was …«

»Stell dir das vor! Die Polizei kommt da in die Küche, die Hälfte der Belegschaft haut ab, weil sie keine Steuerkarte haben oder keine Arbeitserlaubnis oder illegal in Deutschland sind. Dann denkt die Polizei, die haben was damit zu tun, und machen groß einen auf Fahndung und so. Das wirbelt eine Menge Staub auf, und das kann Ben nutzen.«

»Willst du noch etwas trinken, ein Wasser vielleicht?«, fragt Flo.

»Nein. Lass uns nachdenken.«

»Beruhig dich erst mal. Ich glaube, wir sollten –«

»Sobald sie die Leiche gefunden haben, wissen sie im Prinzip, was passiert ist«, sage ich. »Sie werden Maren fragen, weil sie seine Frau ist, und die erzählt dann vom Verschwinden in der Boutique und vermutlich auch von mir. Und dann kommen sie auf meinen Anruf wegen Bens Verschwinden und finden meine Anzeige von damals, und dann steht Ben ganz oben auf der Liste.«

»Nile«, sagt Flo.

»Sie dürfen die Leiche nicht finden«, sage ich. »Daran hängt es. Ohne Leiche keine Polizei. Oder?«

Flo schüttelt den Kopf. »Sobald seine Frau sich wirklich Sorgen macht, redet sie eh mit der Polizei.«

»Vielleicht auch nicht.«

»Oh doch.«

Wir sehen uns an. Und ich begreife, was das bedeutet. »Sie muss verschwinden. Es gibt keinen anderen Ausweg, Maren muss verschwinden. Denn wenn sie mit der Polizei spricht, dann gibt es für Ben keine andere Möglichkeit mehr als, keine Ahnung, Flucht. Und was soll dann aus uns werden? Wo sollen wir leben? Und wovon?« Ich sehe uns schon in einem kleinen Dorf an der Grenze zur Tschechei, ich sehe uns anonym in einer verpesteten Großstadt in Südamerika, auf einer einsamen Insel, überall dort sehe ich uns, aber ich sehe uns immer zu zweit, Ben und mich, uns beide, weil er alleine gar nicht denkbar ist, ebenso wenig wie ich.

»Stop, Nile, stop!«, ruft Flo.

»Wenn die Polizei ihn erst mal sucht, dann werden sie auch mich suchen. Ich muss Geld abheben und abhauen. Alles Geld auftreiben, das ich habe. Und ich brauche einen Wagen.«

»Stop!«, ruft Flo, und diesmal verstumme ich wirklich.

»Meinst du nicht, wir sollten erst mal abwarten? In Erfahrung bringen, was passiert ist?«

Ich schnaube. »Wie stellst du dir das vor? Wenn es so ist, wie es aussieht, dann müssen wir vor allem verhindern, dass jemand ihn findet.«

»Hör auf damit, Nile. Merkst du eigentlich, was du da alles redest?«

»Ich –«

»Wir helfen ihm doch nicht, wenn wir diese Räuberpistole mitmachen! Angenommen, er hat Claus wirklich umgebracht ... Dann dürfen wir uns doch nicht auch noch reinreißen lassen! Was nutzt es, wenn wir uns auch strafbar machen? Wir haben doch nichts damit zu tun!«

Ich richte mich auf. »Ich schon. Er hat es für mich getan.«

Stolz funkelt in mir, als ich das sage.

Flo schüttelt den Kopf, als hätte ich etwas sehr Dummes von mir gegeben. »Er muss sich stellen.«

Und da ist sie wieder zwischen uns, die Mauer. Sie ist da, weil er es für mich getan hat und nicht für sie. Sie ist da, weil er sie für mich verlassen hat.

Flo steht auf der einen Seite und ich auf der anderen.

Aber ich brauche ihre Hilfe.

Und vor allem darf sie nicht gegen Ben und mich sein, denn sie weiß alles.

Ich versuche, ruhig zu bleiben. »Sich freiwillig stellen? Das geht nicht. Denk doch mal daran ...« Ich weiß nicht, was ich überhaupt sagen will.

Flo schüttelt den Kopf. »Er braucht einen guten Anwalt.«

»Nein. Er darf nicht erwischt werden. Dann braucht er auch keinen Anwalt.«

»Nile, ein Anwalt kann ihn da bestimmt raushauen! Unzurechnungsfähig ... So was. Im Affekt. Keine Ahnung.«

Sie sieht aus, als würde sie selbst nicht ganz an das glauben, was sie da von sich gibt. Wenn Flo jetzt von einem Anwalt spricht, dann bedeutet das nichts anderes, als dass sie Ben ausliefern will, sie will es nur nicht aussprechen. Ich sage leise: »Das glaubst du doch wohl selbst nicht.«

»Nile, wir wissen doch noch nicht einmal, was überhaupt passiert ist!«

Ich presse die Lippen aufeinander. »Du lässt ihn im Stich.«

»Und du verrennst dich! Und damit machst du alles noch schlimmer!«

»Also bist du jetzt nicht mehr dabei?«

Es ist wie ein Duell. Wir starren einander an, als wollten wir sehen, wer von uns zuerst schießt. Ich aufrecht im Bett, Flo davor.

»Nein«, sagt Flo.

In diesem Moment klingelt es an der Tür.

»Halt«, sage ich, als Flo in den Flur gehen will.

Wir wechseln einen Blick, dann tritt sie ans Schlafzimmerfenster, zieht die Gardine vorsichtig beiseite und sieht hinunter.

»Streifenwagen«, sagt sie. »Scheiße.« Sie schließt die Augen.

»Sie haben die Leiche also gefunden.« Ich erhebe mich leicht schwankend und sehe mich um. Schlüssel ist in der Hosentasche. Handy auch. Portemonnaie? »Wir müssen raus. Weg hier.« Ich gehe in den Flur. Da liegt es auf dem Telefontisch. Ich stecke es ein.

Flo ist mir gefolgt. »Nile, vermutlich sind die hier, um dich zu befragen. Aber nicht wegen einer Leiche, sondern nur, weil ich die Vermisstenmeldung aufgegeben habe.«

Ich schlüpfe in meine Schuhe. »Und was, wenn sie die

Leiche doch gefunden haben? Wenn sie wissen, worum es geht? Dann mache ich alles für Ben nur schlimmer, wenn ich mit ihnen rede. Wir müssen weg. Sofort.«

»Wenn wir jetzt vor der Polizei abhauen«, sagt Flo heftig, »dann überschreiten wir eine Grenze. Kapierst du das überhaupt? Ich hab den Eindruck, du kapierst das gar nicht.«

Ich sehe sie an, ihre Nase, grotesk angeschwollen, die Nasenlöcher haben einen Rand aus verkrustetem Blut, und für einen Moment bin ich beinahe gerührt, dass ausgerechnet Flo nicht auf dem Schirm hat, dass ich diese Grenze längst hinter mir gelassen habe. Ich sage leise: »Ben hat auch einiges zurückgelassen«, und im selben Moment möchte ich den Satz zurücknehmen, weil er so missverständlich ist – ich meinte, dass auch er eine Grenze überschritten hat, und befürchte, dass Flo stattdessen hört, dass ihre Ehe und das Haus und sie selbst das ist, was zurückgelassen wurde, aber noch ehe wir ein weiteres Wort wechseln können, klingelt es erneut, und ich sage: »Ich gehe zu ihm. Zu Ben.«

»Moment.« Flo drückt den Knopf zur Gegensprechanlage, als sei es ihre Wohnung, als sei sie ich. »Kleinen Moment noch«, ruft sie mit viel zu hoher Stimme. Es knackt kurz.

Sie flüstert mir zu: »Du weißt doch gar nicht, wo er ist.«

»Aber ich werde ihn finden. Oder er findet mich.« Ich sehe ihre Zweifel, und das tut mir leid für sie, weil ich diese Zweifel nicht habe, weil ich sicher bin, dass wir einander finden werden, Ben und ich.

Sie fragt: »Schaffst du das überhaupt? Jetzt, nach der Tablette?«

»Ja. Schnell raus hier, schnell!«

»Okay«, sagt sie. Und ich weiß nicht, was sie damit meint.

Flo fasst mich unter, als wir ins Treppenhaus treten und möglichst leise die Treppe hinunterhasten, Flo rasch und sicher, ich neben ihr noch etwas wackelig. Als wir die Haustür vor uns sehen, zögere ich kurz, nur wenige Meter trennen uns von den Polizisten, was genau wollen sie von mir, was genau wissen sie?

»Schnell«, sagt Flo, meine Worte sind zu ihren geworden. »Schnell, Nile!« Neben der Treppe, die zum Keller führt, befindet sich die Tür zum Hof. Flo öffnet sie, und wir treten hinaus. Wir hasten vorbei an überquellenden Mülltonnen und verrosteten Fahrrädern. Die Mauer, die das Grundstück von der Parallelstraße trennt, ist von Efeu überwuchert, die Tür darin wird kaum benutzt. Der Schlüssel ist derselbe wie der zum Hof. »Ich schließe hinter dir ab«, sagt Flo. Und dann: »Ich wünschte, du würdest das nicht machen.«

Und da erst begreife ich, dass sie wirklich hierbleibt. Ich öffne den Mund, um etwas zu sagen, aber ich weiß gar nicht, was. Uns bleibt keine Zeit, also gebe ich Flo den Schlüssel, nicke ihr zu und stolpere los.

Claus ist tot.

Erst jetzt kommt diese Nachricht bei mir an.

Claus ist tot. Jetzt ist er wirklich tot, für alle, nicht nur für mich.

Ich gehe, und jeder Schritt ist anders, der Park ist anders, alles ist anders, ich bin anders. Es sind nicht die Benzos, nein, es ist die Nachricht, die unfassbare Nachricht, die mich gleichzeitig jubeln und staunen lässt.

Ich muss keine Angst mehr haben.

Ich wusste gar nicht, dass ich vorher solche Angst hatte.

Ich wusste es wirklich nicht.

Ich habe mich so an die Angst gewöhnt, dass sie zu mir gehörte wie mein Fuß oder meine Hand, so, dass ich sie nicht mehr gespürt habe, dass da kein Unterschied mehr war zwischen mir und der Angst. Die Angst vor Claus war immer da. Anders als ein Panikanfall, der einen von außen überfällt wie ein böser, tückischer, übermächtiger Feind, hatte sich die Angst dauerhaft in mir eingenistet, eine ständige Drohung, ein dumpfes Brummen, eine zähe schwarze Schwere zwischen Herz und Magen, ja, ziemlich genau da muss sie gesessen haben, denn dort ist es plötzlich leicht, so leicht, als hätte man mir 90 Kilo Angst entfernt.

Ich bin fast schwerelos.

Und ich kann denken, weil es auch in meinem Kopf so leicht geworden ist, plötzlich können sich die Gedanken darin bewegen, sie erreichen jeden Ort, auch die Orte, die vorher verboten waren oder versperrt, und darum denke ich jetzt an Claus, einfach nur, weil ich es jetzt kann.

Claus.

Ich weiß nicht mehr, wie er ausgesehen hat.

Er war nicht ganz nackt. Er hatte seine Hose runtergelassen, die Schnalle des Gürtels hat schwer und metallisch gegen irgendwas geschlagen, seine Hände auf meinem Körper waren kleiner, als ich es bei einem so großen Mann erwartet hätte, und ich weiß noch, wie überrascht ich war, dass sie so stark waren, diese kleinen Hände.

Ich war auch nicht nackt.

Ich hatte einen kurzen Rock an und eine weiße Bluse, Uniform aller Kellnerinnen, den Rock schob er mir einfach hoch, und ich habe keine Ahnung, wie er das mit der Unterhose gemacht hat, ich müsste das wissen, aber ich weiß es einfach nicht mehr. Als ich bei der Polizei saß, wurde mir erst bewusst, dass man solche Details sehr genau wissen muss, dass es ein unverzeihliches Vergehen ist, wenn man nicht erklären kann, ob die Unterhose ausgezogen oder beiseitegeschoben oder zerrissen wurde (nein, zerrissen war sie nicht, das hätte ich ja gesehen, ich begriff aber auf dem Präsidium, wie supergut eine zerrissene Unterhose gewesen wäre, und dass sich alle Frauen, die Vergewaltigungen anzeigen, bestimmt großartig fühlen, wenn sie zerrissene Unterhosen vorweisen können und nicht bloß Hämatome und angebrochene Rippen).

Und jetzt traue ich mich das erste Mal, mir Claus nackt vorzustellen.

Er ist tot. Ich sehe ihn jetzt deutlich vor mir, jetzt, wo er tot ist.

Ben hat ihn umgebracht, und deswegen liegt Claus bald vor mir und kann nichts dagegen tun, dass ich seinen Körper betrachte. Ich könnte ihn bemalen oder bespucken, ich könnte Getränke und Aschenbecher über ihm ausleeren, ich könnte in seine bleiche Haut schneiden oder über ihn drübertrampeln, ich könnte auf seine Brust steigen und darauf hüpfen und springen, ich würde vermutlich ausrutschen und hinfallen, ein, zwei Mal vielleicht, ich würde auf ihn fallen und ihn dabei berühren, das würde mir gar nichts mehr ausmachen, ich würde es wieder tun, ich würde auf seiner Brust hüpfen wie auf einem Trampolin, glücklich und unbeschwert, in die Luft fliegen, der Sonne entgegen, höher und höher flöge ich in den Himmel, ich würde hüpfen und hüpfen, immer wieder, so lange, bis ein erlösendes Knacken mir das Brechen seiner Rippen verrät.

Ben hat ihn erwischt.

Und ich sehne mich danach, auf der Leiche von Claus herumzuspringen, Ben würde danebensitzen und mir zusehen, vielleicht würde er eine Zigarette rauchen, dabei raucht er gar nicht, aber dazu würde es passen, er könnte auf Claus' Leiche aschen, während ich ihm die Rippen breche, eine nach der anderen, ein Xylophon aus Knochen.

Adam und Eva, die alte Rippengeschichte.

Frauen haben eine Rippe mehr auf jeder Seite, heißt es, das sind genau die beiden, die er mir gebrochen hat.

Haben Frauen eine Reserve, weil ihnen so oft welche gebrochen werden?

Ist es ein Vorteil, eine solche Reserve zu haben, oder ist es ein Nachteil, weil es bedeutet, dass einem zwei Rippen mehr gebrochen werden können? Zwei ganze Rippen, das mag nach wenig klingen, aber das findet nur jemand wenig, dem noch nie zwei Rippen gebrochen wurden.

Ben hat ihn erwischt.

Ich hoffe so, dass er ihn noch bei sich hat, ich hoffe es so sehr. Dass er ihn nicht entsorgt hat, in einem Fluss oder auf einem abgelegenen Parkplatz, auf einem Schrottplatz hinter alten Autoreifen oder im Wald.

Dann muss er mir sagen, wo die Stelle ist. Er kann mir eine Karte zeichnen und die Stelle mit einem x markieren.

Oh, Ben!

Dass du das für mich getan hast!

Ich wusste vorher nicht, was für ein Geschenk das sein würde. Dass es das einzige Geschenk ist, was ich wollte und brauchte, dass es der Wunderring ist, das Elixier, der Zauberspruch, der mich befreit von meiner Angst.

Es mag sein, dass du einen hohen Preis dafür zahlen musst, Ben, dass dein Leben auf den Kopf gestellt wird, dass sie dich Mörder nennen, dass wir nicht mehr weitermachen können wie zuvor, dass wir lügen oder uns verstecken müssen, aber glaube mir, Ben, das ist es wert.

Ich werde alles tun, damit du siehst, dass es das wert ist.

Oh, wie sehr ich diese Leiche sehen möchte! Ich möchte sie sehen und berühren und riechen. Ich möchte seine Arme hochheben und loslassen und sehen, wie sie schlaff herunterfallen.

Patsch.

Oh, Ben!

Ich muss mich zusammenreißen. Vernünftig sein. Ich

kann mich jetzt nicht in einem euphorischen Sprudelbad wälzen, ich muss vernünftig und planvoll vorgehen, mich um alles kümmern.

Für dich, Ben.

So, wie du dich um mich gekümmert hast.

Wir werden Geld brauchen.

Für dich und mich und unsere Zukunft und für alle Fälle.

Ich schaffe jetzt alles. Ich bin wie neu. Ich bin leicht, federleicht, jetzt, wo alle Angst von mir abgefallen ist, und ich habe einen Plan.

Ich biege um mehrere Ecken, bis ich den nächsten Geldautomaten finde, meine Finger tanzen auf der Tastatur, als ich die Geheimzahl eingebe. 600 Euro, mehr rückt der Automat nicht raus, das ist die Tageshöchstgrenze. Ich ziehe das Bündel Scheine heraus und stopfe es in die Hosentasche. Dann fällt mir ein, dass man mich orten kann, das ist nicht gut. Ich schalte mein Handy aus und nehme vorsichtshalber auch den Akku raus. Und jetzt?

Ich sehe mich um. Eine Bäckerei, ein Frisör, daneben ein Drogeriemarkt. Drogeriemarkt ist gut. Als ich hineingehe, merke ich, dass auch die anderen Menschen spüren, wie leicht ich bin. Es fühlt sich beinahe an, als wäre ein Scheinwerfer auf mich gerichtet, als hielten alle inne, um die Frau zu betrachten, die dort schwebt, so federleicht und doch so kraftvoll, so unglaublich glücklich, so warm und geliebt.

Eigentlich mag ich es absolut nicht, wenn Menschen mich anstarren, ich versuche, weniger zu strahlen. Ich gehe an einem Regal voller Shampoo vorbei, daneben Spülung, Flasche um Flasche. Dann kommen die Färbemittel.

Bisher habe ich mich nie mit Haarfarben beschäftigt, das

war für andere Frauen aus einer anderen Welt, Frauen wie Flo vielleicht, jetzt ist es mein Thema.

Ich suche eine Blondiercreme in einem aschigen Ton aus und eine matschbraune Färbung. Außerdem nehme ich eine Packung Müsliriegel und zwei Flaschen Wasser. Soll ich auch andere Dinge kaufen? Zahnbürsten?

Zu früh für so was, entscheide ich und stelle mich in die Schlange. Vor der Kasse steht ein Drehständer mit billigen Sonnenbrillen, ich wähle die größte aus, ohne sie anzuprobieren, und lege sie aufs Band. Sie hat einen knallblauen Rand, ich werde damit aussehen, als wollte ich zum Strand.

Egal. Hauptsache, sie verdeckt genug von meinem Gesicht.

Ich kaufe noch einen bunten Beutel, in dem ich meine Einkäufe verbergen kann, und zahle bar.

Draußen stelle ich mich in den Schatten und überlege.

Ich brauche ein Handy, das man nicht zurückverfolgen kann. Eines, das nicht überwacht wird, so wie meines möglicherweise längst überwacht wird. Ich habe keine Ahnung, wie weit die Polizei mit ihren Ermittlungen ist, aber ich bin auf alles vorbereitet.

Zum Glück ist die ganze Stadt voller Handyshops, bislang habe ich nicht begriffen, wofür die überhaupt nötig sind. Ich dachte immer, dass man Handys ohnehin im Internet bestellt. Aber jetzt sehe ich ein, dass Menschen, die auf der Flucht sind, solche, die etwas zu befürchten oder zu verbergen haben, wie ich und Ben, wie Ben und ich, dass wir genau solche Geschäfte brauchen, Geschäfte, in denen man mit einer großen Sonnenbrille im Gesicht ein Prepaid-Handy kaufen und bar bezahlen kann.

Der Typ hinter dem Tresen ist gefühlt nicht einmal geschlechtsreif. Er hat einen seltsam gegelten Bürstenschnitt, trägt ein zu enges Hemd und lächelt, als hätte er gerade einen wirklich guten Witz gehört.

»Ich habe mein Handy verloren und hätte gern so ein Prepaid-Handy«, sage ich.

Er nickt. »Da haben wir verschiedene Modelle ...«, sagt er und geht in eine Ecke des Raumes, weit weg von der Vitrine, in der die teuren High-End-Geräte liegen. »Wir haben zum Beispiel ...«

Ich schneide ihm das Wort ab. »Das billigste.«

Fragend sieht er mich an.

»Ist nur übergangsweise«, sage ich.

Und dann fällt mir ein, dass Ben vielleicht auch eins braucht. Damit er mit mir telefonieren kann, wenn wir demnächst irgendwo sind und uns für kurze Zeit trennen müssen, etwa, weil einer von uns einkaufen geht, oder so. Nach diesen furchtbaren Tagen ohne Kontakt werde ich nicht zulassen, dass wir uns noch einmal voneinander entfernen.

»Ich nehme zwei«, sage ich, während er einfach fröhlich weiterredet, langsam macht sein Lächeln mich aggressiv.

»Danke. Und keine Tüte.«

Der Typ reicht mir die Geräte über den Tresen. »Dann macht das 69 Euro und 90 Cent«, sagt er sehr gut gelaunt.

Das ist viel Geld. Ich habe nur die 600 Euro, und sobald wir weg sind, kann ich nichts mehr abheben, ohne unseren Aufenthaltsort zu verraten. Und mein Auto kann ich auch nicht einfach so holen gehen, ohne der Polizei in die Arme zu laufen. Ich werde ein Auto mieten, falls wir die Leiche von Claus noch wegschaffen müssen. Geht das überhaupt, wenn man bar bezahlt? Brauchen die nicht Karte und Ausweis als Sicherheit?

»Zahlen Sie mit Karte?«, fragt der Typ, als ich nicht reagiere.

»Ja«, sage ich, und damit ist alles entschieden, denn natürlich werde ich keinesfalls mit Karte zahlen, weil man den Kauf dann zu mir zurückverfolgen könnte.

Ich stecke die Handys in meinen bunten Jutebeutel und wühle darin, als ob ich etwas suchen würde, und als er kurz wegsieht, renne ich los. Mit gesenktem Kopf renne ich aus dem Laden, wie im Film, ich erwarte, dass der Typ und alle anderen Menschen hinter mir her sind, dass sie mich jagen und schreien: »Haltet den Dieb!«, aber das tun sie nicht, ich renne auch auf der Straße niemanden um, ich hetze einfach nur ein Stück über den Bürgersteig und biege dann links hinter einem Friseursalon ab, niemand kommt hinter mir her, vielleicht verfolgt der Typ mich, aber dann ist er sehr langsam.

Ich biege um eine Ecke und dann noch einmal, dann werde ich langsamer, weil es mir albern vorkommt zu rennen, nur weil ich zwei billige Handys gestohlen habe, Diebstahl ist nichts, gar nichts, wir leben in einer Welt, in der Menschen vergewaltigt werden oder ermordet, es ist wirklich albern, wegen Diebstahl zu rennen.

Vermutlich hat der Typ sich nicht einmal aus dem Laden bewegt an einem so heißen Tag. Nicht wegen zwei lumpiger Billighandys.

Wie läuft das mit diesen Prepaid-Handys? Sind die registriert? Können die zum Laden zurückverfolgt werden? Gibt es da Überwachungskameras? Ich habe nicht darauf geachtet. Vermutlich haben sie welche, immerhin gibt es dort einen Haufen teurer Geräte.

Auf Umwegen nähere ich mich wieder dem Park, suche mir eine Stelle unter einem Baum und strecke mich im Gras aus. Wie soll es weitergehen?

Ich entscheide mich, mein Handy einzuschalten. Wenn sie es orten, sehen sie, dass ich hier war, oder? Aber ist das schlimm? Im Grunde nicht. Außer ich habe vor, hier zu bleiben, aber das will ich ja gar nicht. Ich lege den Akku ein und schalte es an. Es dauert, bis ein Pling ertönt.

Ein Anruf in Abwesenheit.

Eine Nummer, die ich nicht kenne. Eine Nachricht auf der Mailbox.

Kann das Ben sein?

Ich starre die Nummer an. Kurz bin ich hin- und hergerissen, ob ich die Nachricht abhören soll, ob ich direkt zurückrufen oder ob ich die Nummer zuerst googeln soll. Dann rufe ich die Mailbox an.

»Kriminalpolizei, Schäfer, wir konnten Sie heute zu Hause leider nicht antreffen. Melden Sie sich doch, wenn Sie das abhören, wir würden gern einen Kollegen vorbeischicken.«

Ich starre auf mein Handy.

Offenbar haben sie mich angerufen, direkt nachdem sie bei Flo waren. Eigentlich ist das nicht verwunderlich.

Aber warum hat Flo sich nicht gemeldet? Kann es sein, dass sie meine Nummer nicht hat?

In diesem Moment klingelt das Gerät in meiner Hand, und ich zucke zusammen.

Dieselbe Nummer.

Die Polizei.

Ich drücke den Anruf weg, so hastig, als hätte ich mich verbrannt, und dann schalte ich das Handy schnell wieder aus, nehme den Akku heraus und stecke beides zurück in die Hosentasche.

Mein Herz pumpt wie irre, was idiotisch ist, es ist nur mein Handy, sie wissen nicht, wo ich bin, sie wissen höchstwahrscheinlich auch nicht, was Ben getan hat, sie wollen einfach nur mit mir reden. Aber warum?

Ich nehme eines der Prepaid-Handys aus dem bunten Drogerie-Beutel und betrachte es genauer.

Flos Nummer ist in meinem Kopf so sicher gespeichert, als hätte ich sie mir von innen in den Schläfenlappen tätowiert. Ich habe sie natürlich nicht offiziell, ich habe sie nur, weil ich damals jede Information über Bens Ehefrau gesammelt habe, die ich finden konnte, ja, auch auf Bens Handy habe ich diese Informationen gesucht, ich habe die Nummer notiert und hundertfach misstrauisch geflüstert und mir dadurch gemerkt, für alle Fälle.

Für welche Fälle?

Keine Ahnung.

Für Fälle wie diesen hier!

Kann ich Flo anrufen? Was, wenn die Polizei neben ihr steht, wenn sie bei ihr bleiben, vielleicht haben sie sie auch mit aufs Präsidium genommen? Sie kann auflegen. Und das Gute ist, dass sie meine Nummer nicht erkennt. Das mit dem Prepaid-Handy habe ich sehr gut gemacht, wirklich.

Ich rufe an.

»Ja?«, meldet sie sich knapp, ihrer Stimme ist nichts anzumerken, auch Hintergrundgeräusche sind nicht zu hören, kann sein, dass drei Polizisten hinter ihr stehen, kann sein, dass sie gerade im Streifenwagen sitzt, im Verhörraum gar.

»Mein Name ist Nina Mustermann«, sage ich, habe ich wirklich Mustermann gesagt? »Ich rufe wegen Ihrer

Schuhe an, Sie haben die zum Besohlen bei uns abgegeben. Ihre Schuhe, äh, sind fertig und können heute abgeholt werden.«

Für einen Moment herrscht erstauntes Schweigen am anderen Ende. Dann sagt Flo: »Nile. Du bist das.« Sie sagt: »Ich bin allein.«

»Was haben sie gesagt?«, frage ich.

»Sie haben eine Leiche gefunden.«

Mein Herz beginnt zu hämmern. Das ist schlecht. Das ist ganz, ganz schlecht.

Sie sind uns auf den Fersen.

»Claus«, sage ich.

»Nile, sie glauben, dass es Ben ist. Deswegen waren sie hier.«

»Es ist nicht Ben«, sage ich, das ist ein Reflex, kommt ganz automatisch.

Flo macht eine Pause, ihre Stimme klingt gepresst. »Ich vermute das auch, klar. Ich habe nachher einen Termin in der Rechtsmedizin. Ich soll ihn identifizieren.«

»Was?«, höre ich mich sagen. »Was?« Es klingt, als ob ich stottere.

»Sie denken gar nicht an diesen ... Kerl.« Ihre Stimme klingt gepresst. »Sie haben eben nur die eine Vermisstenmeldung, und der gehen sie nach. Sie wollten DNA von Ben, zur Überprüfung. Seine Zahnbürste. Und die Nummer von seinem Zahnarzt. Also, sie wollten das alles eigentlich von dir wissen, weil er bei dir wohnt, und dann haben sie nicht schlecht gestaunt, als sie mich in eurer Wohnung angetroffen haben.«

»Du hast ihnen seine Zahnbürste gegeben?«, frage ich, irgendwie macht mich das fassungslos, es fühlt sich an wie ein unerträglicher Eingriff in meine Privatsphäre, dass Flo in unserem Badezimmer in unseren privaten Sachen gewühlt und sie der Polizei gegeben hat. Oh ja, sie hat seine Zahnbürste erkannt, es ist eine elektrische, dieselbe, mit der er sich auch in ihrem Haus die Zähne geputzt hat, vor ihrem Spiegel, vermutlich haben sie dort oft zusammen gestanden, nebeneinander, weißen Zahnpastaschaum vor dem Mund, und einander im Spiegel angelächelt, so wie wir das jetzt machen. Diese unerträglich intimen Momente hat sie den Polizisten offenbart, indem sie in mein Badezimmer gegangen ist und zielsicher Bens Zahnbürste von der Ablage gegriffen hat. Hat sie den Polizisten auch etwas zu trinken angeboten? Die Hausherrin gespielt?

Flo sagt: »Was hätte ich denn tun sollen? Ich selbst habe Ben vermisst gemeldet, ich kann mich ja schlecht plötzlich so benehmen, als ob ich kein Interesse an der Ermittlung hätte.«

»Entschuldige, klar«, sage ich lahm. »Warum sind die eigentlich nicht zu dir gefahren, wenn du ihn vermisst gemeldet hast?«

»Weil er unter deiner Adresse gemeldet ist. Ehrlich gesagt, die wussten unsere Verhältnisse auch nicht so richtig einzuordnen, vor allem, als ich ihnen die Tür aufgemacht habe. Das war ja erst mal erklärungsbedürftig. Ich habe ihnen gesagt, dass wir ihn zusammen suchen und deswegen gerade«, sie macht eine Pause, »Kontakt haben. Um ihn zu finden.«

»Das ist nicht gut«, sage ich. Ich will gar nicht, dass die Polizei irgendetwas weiß, denn das schränkt die Möglichkeiten, Ben zu helfen, empfindlich ein. Wobei es jetzt natürlich eh zu spät ist, aber das will noch nicht so ganz bei mir ankommen, in meinem Kopf schreit alles nach einem Alibi für Ben, danach, dass wir ab sofort abstreiten müssen, dass wir ihn suchen, dass er verschwunden ist.

»Alles andere wäre ausgesprochen unglaubwürdig«, sagt Flo, ihre Stimme klingt sehr fest. »Jedenfalls, weil diese ganze Sache mit DNA und Zahnarzt ziemlich lange dauert, soll ich nachher in die Rechtsmedizin kommen und die Leiche angucken.«

»Versteh ich nicht.« Ist das logisch, was sie mir da erzählt?

Flo seufzt. »Für die eindeutige Identifizierung reicht es nicht, wenn ein Angehöriger draufschaut, dafür brauchen sie den DNA-Test, aber aus Ermittlungsgründen ist es wichtig, dass sie nicht kostbare Zeit für überflüssige Arbeit verlieren. Und, naja, wenn es nicht Ben ist, müssen sie ja nach jemand anderem suchen.«

»Wenn?«

»Was?«

»Du hast gesagt, *wenn es nicht Ben ist*. Das klingt, als ob du nicht sicher wärst.«

Flo seufzt. »Natürlich hoffe ich, dass es nicht Ben ist.«

»Er ist es nicht, Flo. Keine Sorge.« In mir strahlt und wärmt die Sicherheit wie eine Sonne, ich muss mich ganz kurz konzentrieren auf diese Sicherheit, dann wird alles in mir wieder weit und gut, so, als würde ich mit geschlossenen Augen am Strand liegen und Wärme spüren, überall. »Haben sie dir kein Foto gezeigt?«

»Die Leiche hat im Wasser gelegen«, sagt Flo.

»Oh. Okay.« Ich muss erst überlegen, was das heißt, dann sage ich: »Sie sind etwa gleich groß.«

Daran möchte ich eigentlich nicht denken, es fühlt sich wie ein Tabu an, Bens Körper mit dem von Claus zu vergleichen.

Flo schweigt, dann sagt sie: »Komm doch mit.«

»Natürlich komme ich nicht mit«, sage ich scharf.

»Nile, es wäre bestimmt besser, wenn ...«

Ich merke, wie ich wütend werde. »Flo, da liegt eine Leiche. Und wir wissen wahrscheinlich, wer das ist. Und was passiert ist. Und dass die von der Polizei das in Windeseile herauskriegen werden, sobald sie einmal seine Frau fragen oder seinen Namen ins System eingeben und auf meine Anzeige von damals stoßen. Du glaubst nicht im Ernst, dass ich mich auf einen Kaffee ins Präsidium setze und denen helfe, Ben zu finden.«

Die Worte Kaffee und Präsidium wecken ungute Erinnerungen, plötzlich ist die Verknüpfung da, die Szenen von damals, der Kaffee, der nicht schmeckte und von dem ich dennoch einen Becher nach dem anderen trank. Es ist absurd zu glauben, dass ich denen helfen würde, Ben zu finden, nachdem sie mir damals nicht geholfen haben. Nicht so, wie man es hätte tun müssen. Das hat erst Ben getan.

Und Flo ist jetzt nicht mehr auf meiner Seite. Weil sie einem Ben, der jemanden ermordet hat, nicht helfen will. Wenn ich je einen Beweis dafür sehen wollte, dass das mit den beiden keine echte Liebe war, dann habe ich ihn jetzt.

Das müsste mich doch eigentlich freuen, oder?

Flo sagt: »Okay. Es hat vermutlich keinen Sinn, auf dich einzureden, oder?«

»Nein, hat es nicht.«

»Dann fahre ich jetzt allein in die Rechtsmedizin. Ich rufe dich an, wenn ich die Leiche gesehen habe, okay?«

Es beruhigt mich, dass sie von ihr spricht statt von ihm, von der Leiche und nicht von Ben, nicht, weil ich selbst die Bestätigung brauche, sondern eher, weil ich nicht will, dass sie sich überflüssig Sorgen macht. »Ja. Auf dieser Nummer, okay?«

»Okay.«

»Und, Flo? Sag ihnen auf keinen Fall, wer es ist. Sag ihnen nichts.«

Sie seufzt am anderen Ende. »Okay.«

Mir fällt mein Auto ein. Der Autoschlüssel. Selbst wenn die Leiche nicht mehr entsorgt werden muss, weil sie längst in der Rechtsmedizin liegt – das Auto ist für eine Flucht von Vorteil. Besser als ein Mietwagen, der ein zusätzliches Risiko darstellen würde, falls man einen Ausweis hinterlegen muss, und noch dazu ein Kostenfaktor. »Flo, ich brauche meinen Wagen«, sage ich. »Der Autoschlüssel liegt auf dem Tisch im Flur in der grünen Schale. Kannst du ihn mir bringen? Ich sitze im Park.«

Ich merke das Zögern am anderen Ende, es gefällt mir nicht. »Flo, ich würde das Auto ja selbst holen, aber es wäre zu riskant, wenn ich mich da blicken lasse. Und du hast auch meinen Haustürschlüssel noch.« Warum war ich nur so blöd und habe ihr den gegeben? In dem Moment erschien es mir schlau, dass sie hinter mir abschließt, weil ich dachte, dass die Polizei mir umgehend folgen und wir hakenschlagend eine Verfolgungsjagd durch die Höfe und Gärten der Nachbarschaft unternehmen würden, aber im Nachhinein betrachtet war das einfach nur eine bescheuerte Idee mit dem Resultat, dass ich nun nicht einmal in meine eigene Wohnung komme, um dort meinen Autoschlüssel zu holen. Wobei das vermutlich eh zu riskant wäre.

»Wofür brauchst du denn das Auto?« Es ist Argwohn in ihrer Stimme.

»Du willst mir jetzt nicht im Ernst mein Auto vorenthalten, oder?«

»Natürlich nicht.«

»Dann bring es mir! Oder wenigstens den Schlüssel.«

»Nile, wir müssen jetzt ganz vernünftig denken. Ehrlich, ich hab da kein gutes Gefühl. Ich muss das ja auch verantworten können.«

Ich werde sauer und versuche, tief durchzuatmen. »Ich denke vernünftig. Es gibt eine Leiche, das bedeutet, die Polizei legt jetzt richtig los. Ich muss für Ben und mich alle Wege offen halten. Und darum brauche ich das Auto.«

»Komm her. Dann reden wir in Ruhe!«

»Verdammt, es ist mein Auto, Flo! Der Schlüssel liegt in meiner Wohnung, und da bist du schließlich gerade.«

»Ich weiß, wie aufgeregt du bist, aber wir müssen sehr genau überlegen, womit wir Ben jetzt wirklich helfen und womit nicht.«

»Ich bin kein bisschen aufgeregt. Ich bin ganz ruhig. Ich will nur mein Auto.«

»Okay, hör zu. Wir müssen dafür sorgen, dass er sich stellt.«

»Du weißt, was er getan hat. Warum er das getan hat. Dass er unschuldig ist.«

»Wenn er, und ich betone WENN, wenn er wirklich einen Menschen umgebracht hat, dann ist er nicht unschuldig.«

»Du weißt, warum! Er hat es für mich getan!«

»Das ist egal.«

Das stimmt nicht, es ist nicht egal, und das weiß Flo genau. Vermutlich tut es ihr einfach weh. Vermutlich ist das der Grund, warum sie mir nicht helfen will. Vielleicht will sie es sogar, aber sie kann es nicht, weil sie es nicht aushält zu sehen, welche Grenzen Ben für mich überschritten hat.

Vermutlich ist das der Grund, warum sie und ich uns an dieser Stelle der Geschichte trennen werden.

Flo sagt: »Komm zurück, Nile. Wir reden über alles.«

»Das geht nicht.«

»Warum nicht?«

»Ben braucht mich.«

»Dann wird er dich suchen, und zwar in eurer Wohnung und nicht in irgendeinem Park.« Ihre Stimme ist jetzt warm und lockend. Sie versucht mich reinzulegen. Sie ist nicht mehr auf meiner Seite.

Ich sage leise: »Du hilfst mir nicht, oder?«

»Ich kann das nicht. Und außerdem muss ich jetzt in die Rechtsmedizin. Ich melde mich, wenn ich da wieder raus bin.«

»Okay«, sage ich. Und lege auf.

Ich muss mich sortieren.

Flo hat sich offensichtlich abgewandt. Irgendwie fühlt sich das fast gut an, weil es die Unterschiede zwischen uns sichtbar macht, die in den vergangenen Stunden beinahe verschwunden schienen, ja, da waren wir beide gleich, zwei Frauen, die dasselbe wollten. Jetzt bin ich wieder allein.

An mein Auto komme ich nicht ran, aber vielleicht ist das gar nicht so schlimm.

Ich bin von meiner Angst befreit und zu allem bereit, ich werde ein Auto auftreiben, wenn ich es brauche, und vielleicht brauche ich ja doch keins.

Irgendetwas war mir eingefallen, gerade eben am Telefon, aber jetzt ist es weg. Eine Idee, ein Hinweis, ein Gedanke.

Ich versuche mich zu erinnern. Worum ging es? Was waren noch mal Flos Worte?

»Dann wird er dich suchen. Und zwar in eurer Wohnung und nicht in irgendeinem Park.«

Wenn Ben tatsächlich nicht telefonieren kann oder will, wie soll er mich dann finden? Wo kann er mich suchen?

Ich muss mich konzentrieren.

Wie denkt Ben?

Er befürchtet, dass sein Handy überwacht wird.

Er befürchtet, dass auch die Wohnung überwacht wird.

Wo sonst kann er mich treffen?

Wenn ich versuche, mich in Ben hineinzudenken, merke ich erst, wie anstrengend es für ihn sein muss, wie eingeschränkt seine Möglichkeiten sind, welche Angst er haben muss. Wie er vergeblich versucht, mich telepathisch zu erreichen. Komm her, Nile, hier bin ich, ich warte ...

Wo?

WO?

Ben sucht einen Ort, den wir beide gut kennen und von dem die Polizei nichts weiß. Aber welcher Ort könnte das sein?

Wir haben keinen gemeinsamen Ort außerhalb unserer Wohnung.

Keine Parkbank, auf der wir einen ersten Kuss getauscht, keinen Baum, in dessen Rinde wir unsere Initialen geritzt hätten.

Seit ich die Tabletten nicht mehr nehme, waren wir kaum draußen. Und vorher? Vorher auch nicht. Das ist das Blöde, wenn man die geheime Geliebte ist. Man geht nicht spazieren, man sitzt nicht in Cafés, man sonnt sich nicht im Freibad. Man drückt sich nur in Hotels und abgelegenen Restaurants herum. Und auch dort sitzt man in der dunkelsten Ecke, man duckt sich hinter Grünpflanzen und Aquarien.

Langsam stehe ich auf.

Das Chinarestaurant.

Es führen sehr breite Treppenstufen hinauf zum Eingang vom *Lotospalast*.

Unser Restaurant. Unser erstes Treffen überhaupt. Wir sind in unserem ersten halben Jahr so oft hier gewesen, und jetzt, wo ich davorstehe, frage ich mich, warum es nicht zu so etwas wie unserem Lieblingsrestaurant geworden ist, warum wir irgendwann einfach nicht mehr hergekommen sind. Denn so etwas haben Paare doch, ein Stammrestaurant, in dem sie erkannt und begrüßt werden, in dem sie immer wieder sitzen und immer wieder die gleichen Dinge bestellen und die gleichen Getränke trinken und sich über die Gläser hinweg glücklich anblinken, so ist das doch, oder?

Im Eingang bleibe ich stehen. Da links die lange Theke, auf der die goldenen Winkekatzen stehen, der Dschungel aus Grünpflanzen, unter mir der dicke Teppich.

Ich weiß, warum wir nicht mehr hier hergekommen sind.

Diesen Treffen in Chinarestaurants, ganz gleich ob hier oder auf Bens Dienstreisen, haftete immer etwas Anstößiges an. Wir waren nicht des Essens wegen hier, sondern nur, weil es hier vollgestopft und verwinkelt war, vielleicht auch, weil niemand, der eine Schnittmenge mit mir oder ihm oder Flo hatte, sich hierhin verirren würde.

La invisibilidad.

Chinarestaurants sind etwas, wohin unsere Eltern gegangen sind. Heutzutage geht man doch eh nur noch zum Thai oder zum Inder. Zum Chinesen gehen nur kinderreiche Familien oder Rentner.

Und sosehr ich die Treffen in dem rotplüschigen Restaurant liebte, weil ich Ben liebte – weil ich es liebte, seine Hand zu halten, während mein Essen kalt oder mein Eis warm wurde, weil ich es liebte, mit ihm Worte und Blicke zu tauschen, während seltsame Musik lief und die lächelnde Kellnerin uns gewärmte Handtücher brachte –, so genau wusste ich insgeheim, dass wir nur hier waren, weil Ben nicht wollte, dass man uns sah. Dass man mich sah, mit ihm.

Und als der Wechsel vollzogen war, als ich nicht mehr seine Geliebte, sondern seine Freundin war, als Flo nicht mehr seine Frau, sondern seine Ex war, gingen wir von einem Tag auf den anderen nicht mehr hin.

Wir gingen auch nirgendwo anders hin.

Wobei das natürlich auch daran lag, dass ich nicht gern ausgehe. Ich hatte das vorher nur getan, um Ben zu treffen, und oft hatte ich Tabletten dafür gebraucht.

Das begriff er erst, nachdem er meine Attacken mitbekommen hatte: Die erste geschah, weil mich jemand an den, der tot war, erinnerte. Die zweite geschah, als Ben meinte, wir müssten unbedingt Cocktails trinken gehen. Es war sehr voll in der Bar, und Ben verschwand an die Theke, um unsere Bestellung aufzugeben. Und kam nicht wieder.

Er war vielleicht nicht lange verschwunden, aber für mich war es eine Ewigkeit. Und ich geriet in Panik, weil ich ihn weder in der Menge sehen noch auf dem Handy erreichen und er mir später auch nicht plausibel erklären konnte, warum die Bestellung so lange gedauert hatte, was alle möglichen Gedankenkreisel in mir auslöste. Und dann bin ich durchgedreht. Danach wusste er, dass ich ein Problem hatte. Und dass ich dieses Problem mit Tabletten löste. Und darum schlug er keine Restaurantbesuche oder Cocktailabende mehr vor, sondern wir blieben zu Hause und kochten oder bestellten etwas. Zu Hause brauchte ich keine Tabletten.

Oder nur ganz selten.

Ich sehe mich um. Dort, in der hintersten Ecke, hinter einem Schutzwall aus künstlichen Grünpflanzen, haben wir oft gesessen, nur wir beide, Hand in Hand, Auge in Auge, unter dem Tisch die Beine ineinander verhakt.

Jetzt sitzt dort niemand. Ich starre auf die grünen ledrigen Blätter in den mit goldenen Schriftzeichen und bunten Pfauen bemalten Keramiktöpfen. Der Tisch ist frisch eingedeckt, eine gestärkte weiße Decke, Besteck, die etwas speckige Speisekarte in einem Plastikaufsteller mit Coca-Cola-Werbung, die Eiskarte. Sonst nichts.

Zögernd trete ich noch einen Schritt auf den Tisch zu, betaste die Tischdecke, setze mich. Ich setze mich auf den Stuhl, der früher mein Platz war, und schließe die Augen. Es ist, als ob ich auf ihn warte. Als ob wir eine unserer Verabredungen hätten, gestohlene Stunden, Nachrichten, unverhofft und doch heiß ersehnt, die mich zu einer bestimmten Stunde an diesen Platz riefen. Jedes Mal habe ich die Übersetzung, auf die ich mich ohnehin nicht hatte konzentrieren können, liegen lassen und bin sofort losgerannt, auch wenn ich wusste, dass ich noch eine Stunde auf ihn warten musste. Es gab damals beinahe nichts Schöneres für mich, als auf Ben zu warten. So wie jetzt. Und so wie jetzt hatte ich auch damals oft die Augen geschlossen, immer in der Hoffnung, dass er vor mir steht oder sitzt, wenn ich sie öffne.

Ich schlage die Augen auf.

Vor mir steht die Kellnerin und lächelt.

Ich lächle zurück. Sie erkennt mich, das sehe ich. »Eine Cola, bitte.«

Sie nickt und ich schließe wieder die Augen. Ich versuche, mir Bens Geruch ins Gedächtnis zu rufen, den Geruch, der vorhin im Bett noch so stark war, auch, weil die Tablette unheimlich dabei geholfen hat, ihn zu verstärken, so wie sie alles verstärkt, was gut ist. Aber viel stärker noch als die Tablette und der Geruch hilft mir, dass meine Angst verschwunden ist. Und der Liebesbeweis, der das ermöglicht hat, hilft am meisten.

»Eine Cola, bitte«, sagt die Kellnerin überflüssigerweise und stellt das Glas vor mir auf den Tisch.

»Allein?«, fragt sie und lächelt.

Ich sehe mich um. »Ich warte auf meinen Mann. Können Sie sich erinnern? Wir waren früher öfter hier.«

Sie nickt.

»Haben Sie ihn gesehen?«

Sie lächelt so strahlend, als hätte sie mir eine erfreuliche Mitteilung zu machen, und mein Puls nimmt Fahrt auf. »Oh nein, leider nicht«, sagt sie, obwohl ihr Gesicht das Gegenteil sagt.

»Vielleicht in den letzten Tagen?«, versuche ich es.

Sie lächelt. »Lange nicht«, sagt sie.
»Ich warte dann«, sage ich.
Und schließe die Augen.
Und warte.

Ich bin eine Spezialistin im Warten.

Wenn es eine Sache gibt, die ich wirklich, wirklich gut kann und die bisher immer zum Erfolg geführt hat, dann ist es das Warten.

Zuerst betraf es das Thema Männer im Allgemeinen. Nach dem Vorfall hatte ich praktisch damit abgeschlossen. Viele Menschen meinen ja, man solle sich nicht verschließen, man solle einfach etwas ausprobieren oder sich therapieren lassen, weil es einfach nicht normal sei heutzutage, wenn man die Sache bleiben lässt, die Sache mit den Männern.

Aber meine Strategie war das Warten. Auf den Richtigen.

Und als der dann plötzlich da war, der Richtige, musste ich wieder warten. Ich musste warten, bis er sich endgültig für mich entschied und seine Frau verließ. Ich habe nichts aktiv dazu beigetragen, ich habe ihn nicht unter Druck gesetzt, habe keine Tricks aus Frauenzeitschriften ausprobiert, habe weder Lippenstift an seinen Kragen geschmiert noch Zettel in seinen Hosentaschen versteckt in der Hoffnung, dass Flo diese findet und ein Streit entfacht.

Gar nichts habe ich getan, außer zu warten.

Und das war anscheinend genau das Richtige.

Und darum macht es mir auch jetzt nichts aus zu warten, denke ich und sehe mich im Raum um.

Auf meinem Schoß liegt der Jutebeutel mit den Drogerieartikeln und den beiden Prepaid-Handys, Sachen, die bezeugen, was ich hinter mir habe, und auch, was ich vor mir habe. Sachen, die auf Ben warten, genau wie ich. Sachen, die ohne Ben nichts mit sich anzufangen wissen, mit denen ich nichts anzufangen weiß. Die Tasche ist ein Versprechen, dass er kommen wird.

Ich greife in den Stoff und zerdrücke ihn in meiner Hand zu einem Knäuel, dann lasse ich ihn zu Boden sinken. Vielleicht war Ben doch schon hier. Gestern. Oder vorhin erst. Vielleicht hat die Kellnerin ihn bloß nicht gesehen. Oder er hat sein Aussehen verändert, um nicht erkannt zu werden. Was hätte er getan, wenn er schon hier gewesen wäre? Hätte er mir geheime Nachrichten hinterlassen? Und wenn ja, wo?

Ich nehme die Speisekarte und die Eiskarte zur Hand, falte sie auseinander. Kein Zettel fällt heraus. Ich betrachte sie genau, überprüfe jedes Bild, jeden Menüpunkt auf unauffällige Markierungen oder Hinweise, aber ich finde nichts, es sind einfach nur laminierte, etwas klebrige, abgestoßene Karten, die mir immer schmutziger vorkommen, je länger ich sie betrachte. Ich nehme die Plastikorchideen aus der chinesischen Blumenvase und sehe hinein. Nichts.

»Noch eine Cola?«, fragt die Kellnerin und lächelt mich an. Vermutlich fragt sie sich, was ich mit den Blumen will. Sie greift nach meinem leeren Glas.

Ich stelle die Plastikblumen zurück in die Vase und schüttle den Kopf.

»Haben Sie einen Stift und Papier?«

Die Kellnerin nickt, tritt zur Theke und bringt mir das Gewünschte. Für einen Moment betrachte ich ratlos das Papier, dann ziehe ich mein neues Handy aus dem Beutel und suche meine neue Nummer heraus. Ich lege es beiseite und schreibe »Nile« und die Nummer auf das Papier, mehrmals hintereinander, und reiße es vorsichtig in Stücke, die ich zusammenfalte. Eines stecke ich in die Blumenvase vor mir, eines in den Topf, der auf dem Sims zwischen den Tischen steht, eines lege ich in die Speisekarte. Es sind noch drei übrig, was soll ich mit denen machen?

Ein Pling reißt mich aus meinen Gedanken. Eine Nachricht. Ich zucke zusammen. Es ist das Prepaid-Handy. Nur eine Person hat die Nummer. Und ich weiß, was das bedeutet.

Flo war in der Rechtsmedizin. Oder ist noch dort.

Sie hat mir geschrieben, dass sie die Leiche gesehen hat. Dass sie jetzt weiß, dass es nicht Ben ist.

Ich bin mir ganz sicher.

Aber warum zittern meine Hände dann so, als ich nach dem Handy greife?

Warum stockt mein Atem? Warum zögere ich, bevor ich die Nachricht öffne?

Ich schließe die Augen. Ich weiß ja, wie es ist. Wer tot ist und wer lebendig.

Oder?

Ich öffne die Augen und sehe auf das Display.

Flo.

DU HATTEST RECHT.

ES IST NICHT BEN.

Ich will weinen, und da merke ich erst, wie viel Druck auf mir gelastet hat.

La relevación.

»Alles in Ordnung?«, fragt die Kellnerin, und ich nicke, bin sprachlos vor Erleichterung.

Natürlich ist es nicht Ben, brüllt es in mir, während ich zahle, das wusstest du doch!

Es ist Claus!

Ich lege das Geld auf den Tisch, der unser Tisch ist.

Ich bleibe sitzen. Wenn Claus in der Rechtsmedizin liegt, dann werde ich keine Gelegenheit mehr haben, ihn zu sehen.

All das zu tun, was ich gern getan hätte mit seinem wehrlosen Körper.

Sie werden ihn untersuchen, und mich werden sie nicht zu ihm lassen, denn ich habe keinerlei Berechtigung. Jetzt, wo Flo bereits bestätigt hat, dass es nicht Ben ist, gibt es für mich keinen Grund mehr, dort aufzukreuzen.

Wäre ich doch statt Flo in der Wohnung geblieben! Dann hätte ich in die Rechtsmedizin gehen und ihn identifizieren können. Was, wenn ich gesagt hätte, dass es Ben ist? Wäre das nicht das Allerbeste gewesen? Ich hätte mich auf den toten Körper werfen und auf seine Brust trommeln können, ich hätte mein Ohr darauf legen können, um mich zu vergewissern, dass sein Herz wirklich, wirklich nicht mehr schlägt, ich hätte seine Finger nehmen und einzeln durchbrechen können, sie hätten mich bestimmt allein gelassen für den Abschied, ganz sicher. Und dann hätte ich ihn beerdigen können und niemand hätte Ben jemals gesucht, Claus hätte Ben eine neue Freiheit geschenkt und niemand hätte je gemerkt, dass Claus fehlt …

Blödsinn, Nile.

Blödsinn.

Maren hätte gemerkt, dass Claus fehlt. Das hat sie längst.

Und außerdem wird ja auch dieser DNA-Test noch ausgewertet.

Ich stutze.

Und begreife, was ich vergessen habe.

Es muss an dem Schrecken über Claus und an dem rosa Benzonebel liegen, an der Flucht vor der Polizei, der Flucht aus meiner eigenen Wohnung. Nur darum ist mir ein absolut wesentliches Detail vollkommen weggerutscht.

Das hätte mir nie passieren dürfen.

Niemals.

Maren.

Ich habe Maren vergessen.

Ich kann mich nicht einmal genau daran erinnern, wie und wann und mit welchen Worten ich Maren verlassen habe, als wir in diesem Café saßen und sie mir ihr Handy zeigte und ich wegging oder weglief oder wegtorkelte.

Ich weiß nur noch, dass da erst eine Keule war, die mich in den Magen traf. Dass dann die Panik auf mich zukam wie ein Greifvogel im Anflug. Dass sie mich packte und nicht mehr losließ.

Aber dann, als es mir wieder gutging, hätte ich an Maren denken müssen. Dass sie keine Zeit haben darf, sich die ganze Sache in Ruhe zu überlegen und doch zur Polizei zu gehen, trotz der Schwarzarbeiter. Denn dann wird das erste von vielen Dominosteinchen kippen und eine ganze Kette von Schlussfolgerungen auslösen, eine nach der anderen, und das wird Schlimmes nach sich ziehen.

Wenn Maren angibt, dass ihr Mann gegen drei Uhr aus einer Boutique verschwunden ist, dann haben sie die Verbindung zu mir. Wenn sie Claus' Namen durch ihre Computer laufen lassen, haben sie die Verbindung zu mir. Sie werden diese Verbindung checken und erkennen, dass Ben Kontakt zu ihm hatte. Zu dem Mann, den ich wegen Vergewaltigung angezeigt habe. Und wenn dann die Leiche von Claus identifiziert wird, dann drängt sich natürlich ganz automatisch ein Verdacht auf.

Diese Ereigniskette muss verhindert werden.

Unbedingt.

Ich muss alles tun, damit Maren nicht zur Polizei geht.

Mein Atem geht schnell.

Was, wenn sie längst da gewesen ist?

Moment.

Sie haben Flo geholt. Das bedeutet, zu diesem Zeitpunkt wussten sie noch nicht, dass es Claus ist.

Dann war Maren noch nicht da.

Was, wenn sie dort in der Rechtsmedizin steht, jetzt, in diesem Moment?

Wenn sie neben seiner Leiche steht, weint und nickt und dann den Mund öffnet, um zu sagen, was sie weiß?

Wenn Bens Name ihren Mund verlässt, jetzt, in dieser Sekunde?

Was dann?

Ich fliege zu ihr.

Alle meine Pläne von Haare färben, Mietwagen und unauffälligem Verhalten zerfallen in der Sekunde zu Staub, in der ich begreife, was auf dem Spiel steht, jetzt, wo die Identität der Leiche jederzeit auffliegen kann.

Dass ich alles tun muss, um den Verlauf zu ändern.

Für den Fall, dass sie noch nicht bei der Polizei war, muss ich dafür sorgen, dass das so bleibt.

Notfalls mit Gewalt.

Das ist alles, was ich gerade tun kann.

Ich renne.

Ich springe die Treppe des Restaurants hinunter auf die Straße, remple Leute an, reiße beinahe einen Kinderwagen um, ich würde einen Hubschrauber klauen, um zu ihr zu fliegen, aber das ist gar nicht nötig, so schnell bin ich plötzlich. Ich renne zur Haltestelle, finde sofort eine passende Straßenbahn, ich springe hinein und zwei Stationen später wieder heraus, rein in die nächste, ich habe Glück mit den Bahnen, auch die Ampeln warten nur auf mich, sie springen auf Grün, sobald ich sie anblicke, es ist, als hätte die ganze Stadt sich wahnsinnig beschleunigt in dem Bemühen, mich möglichst schnell zu Maren zu bringen, zu der Frau, die mein Mann zur Witwe gemacht hat und der ich nicht kondolieren will.

Zum zehnten Mal ziehe ich ihre Visitenkarte aus der Hosentasche und lese den Namen und die Adresse.

Maren Jentsch.

Gut, dass ich weiß, wo du wohnst!

Als ich aussteige, klingelt das Prepaid-Handy. Es ist Flo.

»Puh, das war vielleicht ein Durcheinander in dieser Rechtsmedi–«, sagt sie, es kommt mir extrem verlangsamt vor, wie sie spricht.

»Gibt es was Neues?«, frage ich mitten in ihren Satz hinein.

»Naja«, sagt sie, »ich hab dir ja schon geschrieben, dass es nicht Ben ist. Die Frage ist natürlich, was ...«

Ich sehe mich um. In welche Bahn muss ich jetzt steigen?

»Ich habe gerade keine Zeit«, sage ich.

»Keine Zeit?« Jetzt klingt sie misstrauisch. »Was machst du?«

»Das erzähle ich dir später.«

»Stop, Nile! Ich will wissen, was du machst!«

»Ich bin unterwegs.« Während ich in die nächste Bahn steige, rede ich weiter, obwohl mir eigentlich egal ist, ob Flo es hört oder nicht, wir sind ein Stück dieser Suche zusammen gegangen, sie und ich, aber jetzt mache ich allein weiter. »Wenn sie die Leiche für Ben hielten, heißt das, Claus wurde noch nicht vermisst gemeldet. Und das darf auch nicht passieren.«

»Was hast du vor?«

»Ich fahre zu Maren. Zu seiner Frau.«

»Nile, um Himmels willen! Was willst du denn da? Wie willst du …«

»Mach dir keine Sorgen«, sage ich sehr langsam. »Ich werde dafür sorgen, dass sie Ben nicht schaden kann.«

»Hör mir zu, Nile. Hör mir einen Moment zu. Ich weiß, welche Sorgen du dir machst. Aber du verrennst dich. Du kannst so nicht … Hör mal, bis jetzt ist noch nichts Schlimmes passiert. Was da im Apartment vorgefallen ist, sage ich keinem. Aber wenn du jetzt dieser Frau etwas antust, dann gibt es kein Zurück mehr. Dann …«

»Mach's gut, Flo«, sage ich, und dann lege ich auf, weil ich nicht will, dass sie auf mich einredet, weil ich mich eh nicht abbringen lasse von dem, was ich tun muss.

Mein Telefon schrillt nach wenigen Sekunden erneut, es ist wieder Flo, aber ich drücke sie weg, schalte das Handy aus, nehme den Akku heraus und stecke beides in meine Hosentasche.

Ich brauche kein Handy mehr.

▄ Ich weiß, wo sie wohnt. Mir kommt es vor, als wäre selbst die Bahn schneller als sonst, als hätte selbst die Bahn es schrecklich eilig, doch dann wird sie langsamer und bleibt stehen, Stadtverkehr, vor uns sind Autos auf den Schienen, Autos, die mich wahnsinnig machen, ich will aussteigen, mit eigener Hand will ich die Autos beiseiteschieben oder über sie hüpfen, von Autodach zu Autodach will ich springen, über die Wipfel des Berufsverkehrs will ich mich schwingen auf dem Weg zu Maren, die hoffentlich, hoffentlich noch nicht zum Telefon gegriffen und die Polizei gerufen hat.

Ich würde mit einem Panzer vorfahren, wenn das etwas bringen würde. Aber was, wenn es schon zu spät ist?

Ich muss sehr aufpassen, dass ich nicht der Polizei in die Arme laufe. Vielleicht sind sie gerade bei ihr? Um nach der Zahnbürste von Claus zu fragen oder sonst etwas?

Ich betrachte mein Spiegelbild in der staubigen Scheibe der Straßenbahn, meine blaue Sonnenbrille, kurz frage ich mich, ob ich meine Haare schon hätte färben sollen, aber das ist idiotisch. Es geht nicht darum, wie ich aussehe, vor wem soll ich mich verstecken? Wenn Maren meinen Namen nennt und wenn man mich nach dem Ausweis fragt, bringt mir auch die größte Sonnenbrille der Welt nichts mehr. Die Sonnenbrille könnte mir höchstens nützlich sein, wenn es Überwachungskameras gibt.

Die Haltestelle kommt, ich steige aus.

Die Nummer 77 finde ich sofort, und dann blicke ich durch das verschnörkelte Tor. Ein modernes Haus mit vielen Fenstern, das aus mehreren auf- und nebeneinandergeklebten grauen Würfeln zu bestehen scheint. Alles wird von einer hohen Mauer umschlossen. Eine lange kiesbestreute Auffahrt führt zu einer breiten Doppelgarage und verlängert sich zu einem von akkuraten Grünpflanzen begrenzten Eingang. Haus und Garage schließen an beiden Seiten an die Mauer an und trennen das Grundstück, das auf der Internet-Karte riesig ausgesehen hat, in zwei Hälften. Hier kommt man nicht einfach so rein.

Ich sehe keine Streifenwagen. Auch keine anderen Autos, Kriminalbeamte fahren vermutlich gar nicht mit Streifenwagen vor, sondern in Zivilfahrzeugen, oder?

Ich muss an meine Frage denken: »Habt Ihr denn so viel Geld?«, habe ich gefragt, Maren hat es verneint, das macht mich wütend. Denn dieses Haus verrät das Gegenteil. Ich habe das nicht gefragt, damit sie meine Getränke bezahlt, sondern aus rein sachlichen Gründen, weil mein Mann verschwunden ist und ihrer auch, weil ich die Wahrscheinlichkeit einer Entführung realistisch einschätzen wollte, sie hat mir die Antwort verweigert, ja sogar eine falsche gegeben, das macht man nicht, wenn es um etwas geht, und ein verschwundener Mann ist etwas, viel sogar, vor allem, wenn es meiner ist.

Ich starre durch das Torgitter zum Eingang des Hauses.

Ob das Grundstück gesichert ist?

Ob die Linse einer Überwachungskamera auf mich gerichtet ist?

Ich werde nicht klingeln. Kein Grund für übertriebene Höflichkeit, bloß, weil ihr Mann tot ist.

Ich wende mich ab, gehe um die Ecke zur Seite des Grundstücks und muss zehn, fünfzehn Meter an der Mauer entlanglaufen, bis ich eine Stelle finde, an der ich hinüberklettern kann. Eine Straßenlaterne steht dort, an der ein Fahrrad angeschlossen ist. Ich nutze den Sattel als Trittbrett, um mich auf die Mauer zu schwingen. Ein Sprung, mit den Armen schirme ich mich ab gegen die Äste und Blätter, die mich zurückhalten wollen, aber nichts und niemand kann mich zurückhalten, nicht, wenn ich federleicht und riesengroß bin und unbesiegbar, und ich lande zwischen den Büschen, die die riesige grüne Rasenfläche hier auf der anderen Seite des Hauses umschließen. Kurz bleibe ich liegen, dann befreie ich mich und blicke mich um.

Der Garten ist leer. Keine Polizei, keine Maren. Ein Schuppen auf der linken Seite, blühende Büsche, ein gemauertes, rechteckiges Bassin, in dem eine müde Wasserfontäne die Goldfische aufmischt.

Ich bleibe stehen, verwirrt von der Ruhe dieses Gartens. Ich ziehe einen Zweig aus meinen Haaren. Vermutlich sehe ich aus wie eine Waldhexe.

Una bruja.

Egal jetzt.

Eine Terrasse aus hölzernen Bohlen schließt direkt an das Haus an, dort stehen ausladende Gartenmöbel, die sich auch in einem Wohnzimmer gut machen würden.

Ich stoße gegen die Terrassentür, sie schwingt auf. Dahinter das Wohnzimmer.

Das Wohnzimmer von Claus.

Groß, hell, aufgeräumt, Luft und Licht scheinen direkt hindurchzuwehen, durch dieses Wohnzimmer, links eine Regalwand mit einigen Büchern, Fotobände vor allem, Vasen, Nippes. Gerahmte Fotos eines strahlenden Paares, ein glückliches Leben hatten sie, die beiden, oh ja, das juckt mich nicht, es ist vorbei, sein glückliches Leben, er hat bekommen, was er verdient.

Und vorher hatte er also das hier: eine Sofalandschaft aus braunem Leder, die all die Luft und all das Licht erdet. Darauf Kissen, auf denen Tiere lauern, ein Tiger, ein Krokodil, wie alte Stiche sehen sie aus, alte Kupferstiche auf kuscheligen Materialien, ausgesucht und individuell und exklusiv, aber so glatt, so passgenau, dass ich wette, es stammt als Gesamtpaket aus einem teuren Möbelhaus. So würden Ben und ich uns nie einrichten, ich denke an unser Wohnzimmer, an die Kartons, die wir nicht auspacken, weil wir keine Zeit haben, keine Zeit verschwenden wollen, Zeit, die wir für uns brauchen, ich denke an unsere Wohnung, die Bücherstapel auf dem zerschrammten Parkett im Wohnzimmer, an unseren Wein und Bens Käse im Kühlschrank, an unser Bett voller Zeitungen, das ist unsere Wohnung, schmerzhaft geliebt, so wohnen wir, Ben und Nile, Nile und Ben.

Der weitläufige Raum geht in einen Flur über. Plötzlich höre ich aus einem der angrenzenden Räume ein Geräusch. Mit einem großen Sprung bin ich an der Tür, ich habe keine Angst, ich nicht, oh nein, ich bin schwerelos, denn meine Angst ist weg, ich bin drei Meter groß, denn Ben liebt mich so sehr, ich betrete den Raum und fahre zusammen.

Ich habe Maren erwartet. Aber vor mir neben einem schmalen Bett steht eine Putzfrau, sie bückt sich über einen Eimer Wasser. Sie trägt viele gewickelte Stofflagen in satten Pink- und Rottönen, auch um den Kopf hat sie einen dicken Turban gewickelt, und als sie mich sieht, stößt sie einen leisen Schrei aus und zeigt auf mich, als wollte sie mich anklagen. »Wer sind Sie?«, fragt sie.

»Wo ist Maren?«, frage ich.

Sie wirft einen erschrockenen Blick zur Tür hinter mir. Eigentlich ist es erstaunlich, dass sie sofort im Alarmmodus ist, wäre es nicht denkbar, dass hier unvermittelt Besuch auftaucht, Nachbarn vielleicht? Aber die würden klingeln. Oder kann es sein, dass ihre Besorgnis einen ganz anderen Grund hat? Vielleicht arbeitet sie schwarz?

»Wo ist sie?«, wiederhole ich.

»Drinnen in Haus«, antwortet die Frau, ihr Blick ist ängstlich. »Oben.«

»Gehen Sie nach Hause«, sage ich. »Feierabend.«

Sie starrt mich an. Versteht sie mich?

Ich deute auf den Eimer. »Sie gehen jetzt besser. Sofort. Heute müssen Sie nicht mehr arbeiten.«

»Fenster schmutzig«, sagt sie und starrt mich immer noch an.

»Gleich kommt die Polizei«, sage ich und ziehe mein Handy aus der Tasche, und das scheint zu wirken. Sie nimmt erstaunlich geschickt den Eimer in die Hand und hastet an mir vorbei in den Flur, dort verschwindet sie hinter einer Tür. Ich höre Wasser, wie es in den Abfluss gluckert, dann erscheint die Frau wieder, sieht mich hilflos an und reißt die Haustür auf. Die Tür fällt hinter ihr ins Schloss. Für einen Augenblick sehe ich ihr nach.

Dann öffne ich vorsichtig eine Tür, hinter der ich die Küche vermute, und richtig, da ist sie, so groß und hell und luftig wie der Rest dieses Hauses, auf dem Tisch ein Tablett, Tassen, eine Kaffeekanne, eine Wasserkaraffe, Gläser, ganz so, als hätte man mich erwartet. Falls Maren gleich herunterkommt, können wir uns an den Tisch setzen, als wäre ich auf einen Kaffeeklatsch vorbeigekommen. Für einen Moment lausche ich. Es ist nichts von oben zu hören.

An der Magnetleiste über der Spüle sehe ich Messer, blitzende Messer in allen Größen und Formen, es beruhigt mich, sie dort zu sehen, auch wenn ich sie nicht benutzen möchte, aber wer weiß, was ich brauchen werde. Ich nehme eins von der Leiste, es löst sich mit einem Schnappen, die Klinge blitzt, als ich es wende.

Das Küchenfenster lässt eine Menge Sonnenlicht herein, es zieht sich weit oben über der Arbeitsfläche die gesamte Wand entlang wie ein lichtdurchfluteter Riegel, ein komisches modernes Fenster, sehr gut für mich, weil es so hoch liegt, dass niemand hineinsehen kann, für den Fall, dass das hier nicht gut ausgeht.

Ich gehe zurück in den Flur und steige die Treppe hoch in den ersten Stock.

Langsam.

Aber nicht leise.

Ich gebe mir keine Mühe, leise zu sein.

Maren kann ruhig wissen, dass ich da bin.

Das soll sie sogar.

Auch oben ist es hell. Das liegt an den Oberlichtern, die so viel Licht ins Treppenhaus lassen. Ich höre nichts von Maren.

Aber sie ist hier, hat die Putzfrau gesagt.

Drei Türen gehen vom Flur ab, ich öffne die erste, und da ist sie schon.

Maren.

Sie sitzt an einem Schreibtisch und reißt überrascht die Augen auf, als sie mich sieht und das Messer in meiner Hand. Sie trägt eine Lesebrille, die sie sofort abnimmt, als fühlte sie sich ertappt, vielleicht liegt es aber auch daran, dass sie durch die Lesebrille auf Entfernung nicht so gut sehen kann.

Ich starre sie an, die Witwe meines Vergewaltigers.

Ihr Gesicht ist wie vorher, sorgfältig geschminkt, etwas überpflegt, immer noch trägt sie diese übertrieben weißen Klamotten, in ihren Augen keine Träne, keine Angst.

Nein, die Polizei war noch nicht bei ihr. So sieht keine Frau aus, der man eben vom Tod ihres Mannes berichtet hat. So sieht eine Witwe aus, die noch nicht weiß, dass sie eine Witwe ist.

Oder?

»Was machst du denn hier«, sagt sie, es ist keine Frage, eher ein Ausruf.

Haben wir uns vorher geduzt? Ich weiß es nicht mehr.

Sie sagt noch einmal: »Was machst du hier!«, aber ich achte nicht darauf, ich trete auf sie zu, in mir ist nur Platz für eine einzige Frage:

»Waren sie schon hier?«

Sie ist aufgestanden, es scheint beinahe, als wollte sie den Schreibtisch von sich stoßen, »Was ist denn mit dir los?«, fragt sie und sieht abwechselnd von mir zu dem Messer in meiner Hand, sehr erschreckt, sie sieht mich an wie ein sehr großes, gefährliches Tier.

»Waren sie schon hier?«, wiederhole ich, sie sagt: »Wer denn, nein, es war niemand hier«, aber es kommt zu schnell, zu automatisch, dabei fixiert sie das Messer in meiner Hand, und ich begreife, dass sie zu viel Angst hat, als dass ich auf ihre Antwort etwas geben könnte.

Marens Blick rutscht vergeblich über den Schreibtisch, doch da ist nichts, was ihr weiterhelfen könnte, Papier, ein MacBook, Stifte, ein volles Glas Wasser.

Sie starrt mich mit weit aufgerissenen Augen an. Und dann richtet sie sich zu voller Größe auf und sagt: »Du siehst richtig schlimm aus. Ich war mir unsicher, ob ich mir Sorgen um dich machen muss, so komisch, wie du verschwunden bist mitten im Gespräch.« Sie macht eine Pause, als müsste sie sich einen Ruck geben. »Was willst du hier?«

Ich hebe die Hand mit dem Messer, ein winziges bisschen nur, aber sie reagiert sofort, sie zuckt zusammen. »Ich stelle hier die Fragen«, sage ich.

Sie nickt nach kurzem Zögern. Es ist eine Kapitulation. »Frag«, flüstert sie.

»Hast du mit der Polizei gesprochen?«

Maren sieht mich an, ihre Augen weiten sich wie vor Überraschung, sie schüttelt den Kopf.

Ein Stoßseufzer entweicht mir.

»Das ist gut«, sage ich.

Maren sieht mich an, und plötzlich ist es, als wäre ich kein blutiger, zerrissener Fremdkörper mehr in ihrem luftigen weißen Sauberheim, als wäre alles anders oder als wären wir gleich, sie sagt drängend: »Das muss auch so bleiben, bitte, das ist wichtig. Ich hätte dich auch noch angerufen. Du darfst auf keinen Fall mehr mit der Polizei sprechen. Sind wir uns da einig?«

Ich starre sie an.

Und verstehe nicht, was hier los ist. Ich bin hier praktisch eingebrochen, um sie mit Gewalt daran zu hindern, dass sie die Polizei ruft, und jetzt verlangt sie dasselbe von mir? Aber warum?

Was ist es, das sie zu wissen glaubt?

Und was hat sie vor?

Ich verstehe gar nichts mehr. »Wieso jetzt«, sage ich und fixiere sie scharf.

Sie nickt, dazu wieder so ein verschwörerischer Blick. »Ich glaube nicht, dass das mit der Polizei im Interesse der Sache wäre«, sagt sie, und wieder dieser Blick.

Ich sage langsam: »Von welcher Sache sprichst du?«

Sie zögert. »Das kannst du dir doch denken«, sagt sie.

»Was?«

Sie sieht mich an, es ist ein abtastender Blick, der Blick von jemandem, der sich keine Blöße geben, der keinen Punkt verschenken will.

Es ist mir scheißegal. Es ist mir zu blöd. Ich bin nicht aus meiner eigenen Wohnung geflohen, habe Handys geklaut und bin in ein Haus eingebrochen, um mir jetzt ein Ohr abkauen zu lassen. »Du sagst mir jetzt einfach ganz klar, was du meinst.«

Und als sie nach ihrem Glas greift, sage ich: »Das war jetzt keine Bitte.«

Sie nimmt das Glas in beide Hände und schaut hinein, dazu spitzt sie die Lippen. »Ich denke, wir Frauen sollten uns aus diesen Geschäften raushalten. Das ist besser für alle Beteiligten. Erst recht für uns.«

Ich starre sie an. Und kombiniere. Claus, der Gastronom. Ich denke an die Schwarzarbeiter in der Küche, die kleinen Drogengeschäfte, die damals liefen und die vermutlich immer noch laufen. All das verstehe ich.

Was ich nicht verstehe, ist das *Wir*. Sie hat *Wir* gesagt.

Warum? Ich sage: »Als wir uns im Café getroffen haben, warst du aber nicht so sicher, was zu tun ist.«

Maren schaut zur Seite und nickt ein bisschen vor sich hin, sie wirkt wie eine Schwimmerin, die Schwung holt vor einem Kopfsprung, dann zuckt sie die Achseln. »Er ist schon einige Male für ein, zwei Nächte verschwunden. Darum habe ich mir anfangs keine wirklichen Sorgen gemacht. Ich dachte, es geht um eine Frau.« Trotzig wirft sie mir einen Blick zu.

»Verstehe«, sage ich, es ist eine reine Floskel, ich verstehe absolut nicht, wie sie so etwas so locker sagen kann, wieso sie bei dem Gedanken nicht schreit und um sich schlägt und mit Tellern wirft.

»Claus ist ja ohnehin viel unterwegs, es hat also gar nichts zu sagen, wenn er mal eine Nacht nicht nach Hause kommt«, fährt sie fort, hilflos sehe ich sie an.

»Ist dir wieder schlecht?«, fragt sie.

»Was?«

»Du wirst schon wieder so blass.«

Ich schüttle den Kopf. Trotzdem lehne ich mich an die Wand und lasse mich hinuntersinken, um mich auf den Boden zu setzen. Das Messer behalte ich in der Hand, aber ich weiß, dass ich es nicht brauchen werde. Wir sind jetzt auf Augenhöhe, Maren und ich, zwei Frauen, die über ihre verschwundenen Männer spekulieren. Meinen Einbruch und das Messer hat sie erstaunlich ungerührt hingenommen.

»Jedenfalls, er braucht das eben manchmal«, sagt sie, wieder dieser Blick, der sagt: Du weißt schon, du kennst das ja.

»Was genau?«, frage ich zögernd.

Trotzig blickt sie mich an. »Mir macht das nichts, er ist eben ein Mann, der seine Freiheit braucht, dafür lässt er mir auch meine«, sagt sie.

Ich möchte gern lachen. Ein Mann, der seine Freiheit braucht, das klingt gut, er ist ein Mann, der die Freiheit braucht, eine hilflose Kellnerin zusammenzuschlagen und zu vergewaltigen, so ein Mann ist er.

Supertyp!

Gut, dass er tot in der Rechtsmedizin liegt.

Sie sagt: »Okay, ich fang einfach vorne an. Wir haben nicht so die Klammerbeziehung. Ich dachte, dass er eine Verabredung hat. Also, dass er jemand Neues kennengelernt hat, so was. Ich telefoniere dann nicht hinter ihm her.«

»Aber ihr wart im Laden noch zusammen?«

Sie zuckt die Achseln. »Ja. Weißt du doch.«

»Nein. Da habe ich nur dich gesehen. Vor dem Spiegel.«

Sie stutzt, nickt dann. »Stimmt. Jedenfalls, ich dachte, darum ginge es. Also, auch das Einkaufen, ich dachte, das wäre, weil er ein schlechtes Gewissen hatte. Wir hatten vorher ein bisschen gestritten, nichts Ernstes, aber manchmal ist es dann ja besser, man geht einander aus dem Weg. Soll er dann zu ihr gehen, von mir aus. Dachte ich. Es ist nur … Er ist bisher immer am zweiten Tag wiedergekommen. Ich dachte, das tut er auch diesmal. Aber dann kam er nicht zurück.«

Jetzt beugt sie sich vor, wirkt plötzlich aufgeregt, sieht mich an. »Verstehst du? Ich kenne doch die Grenze nicht, ab wann ich mir Sorgen machen muss. Den Fall hatten wir so noch nie.«

»Und warum bist du dann nicht zur Polizei gegangen, als du dir Sorgen gemacht hast?«

Sie räuspert sich. »Tja, das ist die Sache mit seiner Arbeit. Restaurants. Gastronomie. Da sind manche Dinge so etwas auf der Kippe.« Sie wirft mir einen Blick zu, hofft anscheinend, dass wir das kommuniziert bekommen, ohne dass sie es aussprechen muss.

»Schwarzarbeit«, sage ich.

Sie druckst. »Ja, auch. Nicht nur. Er hat ja diesen Club.«

Dieser Club. Das heißt genau was? Drogen? Prostitution?

»Welchen Club?«

»Das *Florida*. Ich muss gar nicht genau wissen, was da läuft.« Sie hebt in überzeugender Unschuldspose beide Hände. »Jedenfalls, es wäre auch blöd, wenn er von seinem Ausflug zurückkommt und feststellt, dass ich überall Staub aufgewirbelt habe.«

»Und was ist jetzt passiert?«

Sie sieht mich direkt an. »Er hatte heute einen wichtigen Termin. Einen, den er nicht einfach so abgesagt hätte.«

»Verstehe.«

»Wir expandieren. Diese Gastronomie ist gut und schön, aber zu viel Saisongeschäft, das ist auf Dauer zu stressig, sagt Claus, und deswegen macht er jetzt in Catering. Also, nicht Hochzeiten und so, sondern Kindergärten, Schulen, Altenheime. Es läuft gerade erst an. Das hab ich doch schon alles erzählt.«

»Seriös also«, sage ich und kann mich nicht wehren gegen die Bilder von damals, sie rattern durch mein Hirn wie ein übergroßes Daumenkino.

Sie nickt. »Genau. Wie gesagt, wir bauen das gerade erst auf. Aber da war heute der Termin mit Leuten von der Stadt, also, wegen der Kindergärten … Ich sollte auch mit. Das hätte er nie im Leben einfach so verpasst.«

»Verstehe.«

»Ich hab zuerst halt nicht gewusst, wie dein Ben da reinpasst, weil ich den ja gar nicht kenne.« Sie blickt mich an, als hielte sie mich für etwas schwer von Begriff. »Ich vermute mal, die beiden hatten was geschäftlich miteinander zu tun. Und da muss etwas schiefgegangen sein. Es ist, naja, wie gut kennst du dich denn aus mit den Geschäften von deinem Freund?«

»Etwas«, sage ich und zucke die Schultern. Die Vorstellung, dass Ben und Claus zusammenarbeiten würden, ist so lächerlich, dass man laut lachen könnte, aber es ist natürlich besser, sie denkt das, als dass sie die Wahrheit herausfindet. Ich frage: »Und wenn die beiden in ernsthaften Schwierigkeiten sind? Warum melden sie sich nicht?«

Dann beugt sie sich vor und ruft ungeduldig: »Er hat ja angerufen.«

Ich habe mich verhört.

Ganz sicher.

»Wie bitte?«, sage ich.

»Er hat angerufen. Vor etwa einer Stunde. Und hat gesagt, dass alles okay ist und dass ich auf keinen Fall die Polizei rufen soll.«

»Wer?«, höre ich mich fragen.

»Na, Claus«, sagt sie, ihre Stimme klingt alarmiert, als würde sie befürchten, dass ich gleich vor ihr zusammenklappe.

Und plötzlich befürchte ich selber genau das, dabei kann das gar nicht sein, weil in meinem Blut noch genug Benzodiazepine schwimmen, um eine weitere Panikattacke im Keim zu ersticken, möglicherweise ist mein Bewusstsein dadurch auch noch etwas getrübt, denn ich kann nicht verstehen und nicht glauben, was sie da sagt, denn das würde bedeuten, dass alles anders ist, als ich dachte, darum wiederhole ich es, ich wiederhole es zur Sicherheit ganz laut und deutlich: »Claus hat angerufen und gesagt, dass du nicht die Polizei rufen sollst?«

Sie sieht mich seltsam an und nickt nachdrücklich.

»Aber«, sage ich und muss sogar lachen, »Claus ist tot.«

Sie sieht mich verwundert an. »Trink einen Schluck Wasser, du siehst nicht gut aus.«

Sie reicht mir ihr Glas, in dem nur noch ein winziger Schluck Wasser ist. Ich nehme es und trinke es folgsam aus.

»Geht es?«, fragt sie.

Ich nicke.

Maren lächelt. »Claus hat angerufen und gesagt, dass ich ihn bei seinen Terminen entschuldigen und auf gar keinen Fall die Polizei einschalten soll.«

Das kann nicht sein.

Das kann nicht sein, weil es nicht sein darf.

Weil dann alles, wovon ich ausgegangen bin, falsch ist, weil dann alles, was gut ist und mich glücklich und sicher macht, weg ist.

Weil Claus dann lebt.

Weil Ben ihn dann nicht umgebracht hat. Weil der wunderbare Liebesbeweis, der mich wärmt und nährt und schützt, dann nicht stattgefunden hat.

Weil dann alles anders ist.

Weil es dann umgekehrt ist.

Mein Herz schlägt laut und langsam. Es pocht wie eine große, tiefe Trommel.

Ich starre Maren an.

»Ich war so froh, seine Stimme zu hören«, sagt sie.

Und redet einfach weiter, aber ich höre nicht zu.

Ich starre sie immer noch an.

Ich weiß jetzt, was geschehen ist.

In diesem Moment passiert etwas unten im Haus. Es ist die Haustür. Sie öffnet sich.

Jemand tritt ein und ruft: »Maren?«

Und etwas geschieht, als ich diese Stimme höre.

Maren lächelt. Es ist ein erleichtertes Lächeln. Das Lächeln einer Frau, deren Mann gerade nach Hause gekommen ist.

Mit einem Satz bin ich bei ihr. Und das Messer ist an ihrem Hals.

Sie reißt die Augen auf und quiekt.

Ich drücke zu, eine dunkelrote Linie erscheint. Ein Schnitt. Ich wusste nicht, dass das Messer so scharf ist.

Maren keucht, in ihrem Blick ist plötzlich nackte Angst. Angst vor mir.

Ich strecke einen Zeigefinger in die Höhe und lege ihn langsam an meinen geschlossenen Mund. Leise, Maren, leise. Kein Wort jetzt!

Erneut die Stimme von unten. »Maren?«

Fassungslos sieht sie mir in die Augen. Eben noch hat sie mir vertrauensvoll alles erzählt, weil sie dachte, wir wären auf einer Seite. Wie dumm von ihr!

Von unten sind Geräusche zu hören. Das Rasseln eines Schlüssels auf einer glatten Oberfläche, Schuhe, die ausgezogen werden, ein tonloses Pfeifen von gespitzten Lippen, ein Zischen eher. Ein Mensch, der nach Hause kommt.

Ich nehme das Messer von Marens Hals und hebe die Augenbrauen. Das reicht. Maren nickt. Sie wird nichts sagen. Sie hat zu viel Angst. Ohne Maren aus den Augen zu lassen, gehe ich geräuschlos rückwärts, durch die Tür bis zur Treppe. Ich drehe mich um, unendlich langsam setze ich einen Fuß auf die oberste Treppenstufe, beuge mich vor, um besser nach unten sehen zu können.

Ja, da ist jemand ins Haus gekommen, jemand, der mir den Rücken zuwendet und im Poststapel wühlt.

Jemand, der sich jetzt langsam umdreht, sodass ich ihn von der Seite sehen kann, noch ehe er mich sieht.

Und ich bin gelähmt.

Es ist ein Gespenst.

Es muss ein Gespenst sein.

Nein, ein Monster.

Und dann ruft Maren laut und voller Angst den Monsternamen.

Sie ruft: »Claus!«

Und erst als ich den Namen höre, kann ich mich wieder bewegen.

▬ Zuerst fällt mir das Messer aus der Hand, es landet auf dem Boden.

Ich drehe mich um, haste an Maren vorbei, drei Sätze hin zum Fenster.

Ein Griff, um es zu öffnen.

Ein Sprung.

Ich war drei Meter groß und ich war schwerelos.

Ich konnte fliegen.

Aber Claus lebt.

Und darum fliege ich nicht, als ich das Haus durch das Fenster verlasse.

Ich schrumpfe.

All mein Gewicht kehrt zurück zu mir.

Und ich stürze aus dem Fenster wie ein Stein und schlage schwer auf dem Boden auf. Es knackt in mir, als ob Streichhölzer zerbrechen.

Und dann bin ich unten.

Und er ist oben.

Er ist über mir.

Und mir tut alles weh, und ich bekomme keine Luft und habe solche Angst.

Das Gras ist feucht und kitzelt in meinem Gesicht.

Alles tut weh.

Einfach alles.

Aber der Schmerz ist nicht so schlimm wie die Angst, sie ist zurückgekehrt, dabei dachte ich, sie wäre für immer weg, und Ben ist fort und mit ihm die Wärme, die von ihm ausging.

Ich bin ganz allein.

Claus steht am Fenster und lehnt sich hinaus. Seine Augen durchleuchten den Garten wie Suchscheinwerfer, er brüllt: »Wer ist da?« Seine Wut lässt die Grashalme erzittern.

Ich liege hinter dem Schuppen und kann nicht atmen. Irgendwie muss ich diese paar Meter geschafft haben, ich kauere mich noch tiefer in meine Deckung und schließe die Augen, bedecke sie mit beiden Händen, damit er mich nicht sehen kann.

»Sie stand plötzlich einfach so vor mir, sie hatte ein Messer in der Hand« – höre ich Marens Stimme.

»Was soll das heißen, sie stand einfach so vor dir, wer soll denn« – sagt Claus, und ich begreife, dass ihm nicht klar ist, wer ich bin, noch nicht, ich habe ihn nur von der Seite gesehen und bin geflohen, ehe er mich sehen konnte, und er hatte noch keine Zeit, um die Zusammenhänge zu erkennen, ich ducke mich tiefer und tiefer, ich möchte noch mehr schrumpfen, zwischen den Grashalmen verschwinden möchte ich, damit er mich niemals finden kann, vor allem aber möchte ich endlich Luft holen, aber es geht nicht, dabei muss es gehen, ich habe noch genug von dem rosa Zeug im

Blut, unmöglich, es kann nicht sein, dass Claus stärker ist als die Tablette, wie kann er stärker sein als sie?

Wenn er stärker ist als meine Benzos, dann kann es auch sein, dass er stärker ist als die Liebe, stärker als Ben.

Marens Stimme weht durch den Garten, hysterisch. »Sie war einfach plötzlich hier im Haus, sie muss irgendwie ...« Dann wird das Fenster geschlossen, und ich atme endlich wieder.

Einen einzigen Zug nur.

Er lebt.

Das kann nicht sein.

Das kann nicht sein, weil es nicht sein darf.

Weil dann alles anders ist.

Weil es dann umgekehrt ist.

Und das ist das Allerschlimmste.

Weil das bedeutet, dass nicht Ben Claus besiegt hat.

Sondern Claus Ben.

Wenn wir doch über Claus geredet hätten!

Wenn ich Ben doch nicht das Wort verboten hätte!

Denn Ben wusste nicht, was ich weiß. Was Claus für ein Typ ist. Dass er keiner ist, der den Schwanz einzieht und sich trollt, wenn man ihm droht. Dass er eine ganze Menge zu verlieren hat und dass er alles tun würde, damit es nicht dazu kommt, denn ein Mann wie Claus verliert nicht. Er geht über Leichen.

Nein, nicht über Leichen.

Bitte nicht über Leichen!

Ich bekomme so wenig Luft.

Oder bekomme ich zu viel Luft?

Atmen, würde Ben sagen.

Atme, Nile.

Atme ein schönes Bild in dich hinein.

Ein Bild von uns.

Ich versuche es, aber es hilft nicht.

Stattdessen wage ich einen Blick an mir herunter. Ich sehe die Kratzer und Schürfwunden an meinen Armen, ich sehe mein rechtes Bein. Der dünne Hosenstoff ist zerfetzt, darunter eine einzige offene rostrote Landschaft aus leuchtendem Blut und trockenen Blättern und sandigen Kratern, Rinnsale laufen warm bis in meinen Schuh, jetzt erst spüre ich, dass er feucht ist vom Blut.

Ich bin doch aus dem Fenster gesprungen. Ich bin doch vom Haus weggesprungen. Wie kann ich mich dann an der Hauswand aufgeschürft haben?

Das geht doch gar nicht.

Doch, es geht.

Wissen Sie das genau?

Ja.
Erklären Sie.
Ich weiß es nicht.
Haben Sie die Unterhose selbst ausgezogen? Wenn es so ist, wie Sie sagen, dann müsste doch ...
Nein.
Doch.

Das Messer liegt oben bei Maren im Haus, wo der bunte Beutel mit meinen Sachen ist, weiß ich nicht. Vielleicht habe ich ihn im *Lotospalast* vergessen, ich kann mich nicht erinnern. Ich weiß auch nicht, wie viel Zeit vergangen ist, wahrscheinlich sind es nur Minuten. Ich höre erst nichts mehr. Dann die Haustür, die aufgeht, auf der anderen Seite des Hauses.
»Ich hab dir doch −«
»Nein, wir können nicht −«
»Aber ich muss −«
»Ich konnte wirklich nicht wissen, dass sie so einfach −«
In der Einfahrt bleiben sie stehen. Ihre Stimmen wehen über die Garage zu mir bis zum hinteren Teil des Gartens, wo ich hinter dem Schuppen kauere, sie sind so aufgeregt, dass sie beinahe schreien. Ich bin froh darüber, denn so kann ich sie hören, aber sie sehen mich nicht. Die Doppelgarage, die an das Haus anschließt, schirmt mich ab, direkt daneben ist die Mauer, ich bin geschützt.
»Ich fahre da jetzt hin, und du bleibst hier!«
»Aber ich kann nicht ...«
»Ich kläre das auf meine Weise, halt dich da raus!«
Claus will wegfahren.
Er will zu Ben.
Und ich muss da auch hin.

Ich liege hier und mein Bein tut so weh und ich habe solche Angst, aber ich weiß auch, dass jetzt nicht der Zeitpunkt ist für Schmerzen und für Angst. Vorsichtig ziehe ich mich an der Rückwand des Schuppens hoch, verlagere das Gewicht auf den rechten Fuß. Etwas explodiert dort und schießt hoch bis zu meiner Hüfte. Mir wird schwarz vor Augen, aber nur kurz.

Das Bein hält. Es ist nicht kaputt.

Das ist nur Schmerz. Schmerz ist kein Hinderungsgrund. Schmerz ist etwas, das man aushalten kann.

Schmerz kann mir nichts tun. Schmerz ist nichts im Vergleich zu einer Panikattacke.

Ich werfe einen Blick zur Garage, die die Schleuse ist zwischen mir und der Einfahrt, wo Claus und Maren stehen. An der Rückseite befindet sich eine Tür, ich bete, dass sie nicht verschlossen ist. Auf kürzester Strecke hinke ich über den Rasen zum Haus, bei jedem Schritt knicke ich ein, aber das ist egal. Als ich den Weg geschafft habe, halte ich kurz inne.

Da ist sie, die schmale Garagentür. Die Klinke liegt kühl in meiner Hand. Ich drücke sie herunter.

Nicht abgeschlossen.

Mit einem Quietschen öffnet sich die Tür.

Ich trete ein, im Innern ist es dämmrig.

Durch das Garagentor höre ich Marens hysterische Stimme, offenbar stehen die beiden immer noch in der Einfahrt. »Ich gehe nicht allein zurück ins Haus! Was, wenn sie sich dort irgendwo versteckt?«

»Sie ist nicht im Haus.«

»Woher willst du das wissen?«

»Du sagtest doch, sie ist aus dem Fenster gesprungen. Im Garten ist sie nicht, ich habe ja rausgesehen. Vermutlich ist sie über die Mauer und längst über alle Berge.«

»Aber warum war sie dann hier? Sie wollte doch etwas von uns! Claus, ich hab Angst.«

»Beruhige dich. Beruhige dich, okay? Komm. So, ich durchsuche noch einmal das Haus. Nur zur Sicherheit. Ja?«

Marens Antwort ist nicht zu verstehen. Ich stelle mir vor, wie sie bebt und zittert. So, wie sonst ich bebe und zittere.

Ich blicke durch den Spalt an der Seite des Garagentors. In diesem Moment ertönt ein Klingeln im Haus, so laut, dass ich es selbst hier in der Garage höre, und ich zucke zurück.

Marens Stimme, angsterfüllt. »Claus! Da ist jemand vorne am Tor!«

Keine Antwort.

»Hallo?«, ruft eine Frauenstimme.

»Claus! Was, wenn sie das ist?«

Von Claus höre ich nichts mehr. Dann geht die Haustür auf, der Kies knirscht, Maren geht in Richtung Tor. Offenbar will sie mit eigenen Augen sehen, wer dort steht.

»Wer sind Sie?«, ruft sie.

Und dann höre ich eine Stimme. Eine, die ich kenne.

Flo.

»Entschuldigen Sie vielmals die Störung«, ruft sie, sie ruft es sehr hoch, so, wie sie am Telefon mit Markus geredet hat. »Ich muss mich wirklich sehr entschuldigen, aber heißen Sie Maren?«

Marens Stimme, unsicher. »Warum?«

Auch ich will »Warum?« schreien.

Warum bist du hier, Flo?

Warum tauchst du einfach hier auf, ohne mir zumindest vorher Bescheid zu geben? Dann fällt mir ein, dass ich ja vorhin auch das Prepaid-Handy ausgestellt habe, damit sie nicht immer wieder anrufen und mich stören kann. Ist sie deswegen hier? Um mich zu stören?

»Florence Godak ist mein Name. Sie sind Maren, oder? Oh, Gott sei Dank, dass Sie wohlauf sind.«

Maren, misstrauisch. »Warum?«

Flos komische hohe Stimme. »Es tut mir schrecklich leid, dass ich hier einfach so aufkreuze, das muss Ihnen sehr seltsam vorkommen. Aber ich habe befürchtet, dass ... Ich wollte mich nur davon überzeugen, dass alles in Ordnung ist. Es ist nämlich so, dass ... Aber vermutlich war das ein Irrtum.«

»Hat es etwas mit dieser Frau zu tun?«

Flo, bestürzt. »Sie war schon hier?«

Eine Pause entsteht. Dann schnelle Schritte auf knirschendem Kies, Maren. »Warten Sie, ich mache Ihnen auf.« Ich höre, wie das Tor aufgeht.

Ich blicke durch den Spalt, und da stehen sie jetzt in der breiten Einfahrt, wenige Meter voneinander entfernt. Flo hat die Arme verschränkt, als wäre ihr kalt, und wippt auf und ab. Sie trägt eine weiße Bluse, so eine wie die, die sie trug, als ich ihr in die geheime Wohnung gefolgt bin. Aber diese hier ist blütenweiß, ohne Blutflecken.

Maren sagt: »Um Gottes willen, war Sie auch bei Ihnen? Was ist geschehen? Ihre Nase ...«

Flo schüttelt den Kopf. »Das ist eine lange Geschichte.«

Maren hält sich die Hand vor den Hals, als müsste sie ihn immer noch schützen. Vor mir. Vor dem Messer, das einen roten Strich auf ihre Haut gezeichnet hat. Sie streicht mit der Hand langsam über ihren Hals und sagt: »Sie hat mich mit einem Messer bedroht ...«

»Aber es geht Ihnen gut?«

»Ja.« Maren macht eine Pause, zögert. »Wollen Sie nicht einen Moment hereinkommen? Hier in der Einfahrt lässt es sich so schlecht ...«

Flo nickt und folgt ihr ins Haus.

Sie sind weg.

Mein Herz hämmert.

Jetzt kann ich nichts mehr hören. Vorsichtig öffne ich wieder die Tür zum Garten. Da liegt er leer vor mir. Natürlich ist er leer, sie sind ja alle im Haus! Es besteht keine Gefahr mehr. Oder?

Mein Bein tut so weh, als ich mich an der Hauswand entlang bis zum gekippten Wohnzimmerfester bewege, aber ich denke daran, dass das nur Schmerz ist, und Schmerz ist egal.

Ich ducke mich unter dem Fenster an die Hauswand.

Flos Stimme weht zu mir. »... nämlich so, dass mein Exmann spurlos verschwunden ist. Und aus bestimmten Gründen dachte seine Freundin, also diese Frau, dass, nun ja, Ihr Mann darin verwickelt ist. Besser kann ich es nicht beschreiben. Sie war also hier? Etwas kleiner, mit dunklen Haaren?«

Maren antwortet mit schriller Stimme. Ich muss dennoch genau hinhören, um sie zu verstehen. »Ja, vorhin! Sie stand plötzlich in meinem Zimmer und hat mich mit einem Messer bedroht. Dann ist glücklicherweise mein Mann nach Hause gekommen, und da ist sie aus dem Fenster in den Garten gesprungen und über die Mauer verschwunden. Sie kennen diese Frau also?«

»Ich –«

In diesem Moment geschieht etwas, das spüre ich, noch ehe ich es höre. Die Atmosphäre verändert sich, etwas kriecht an mir hoch, alle Härchen stellen sich auf, und ich weiß auch, warum: Claus betritt den Raum.

»Hallo, was ...«, sagt er, und Maren unterbricht ihn.

»Stell dir vor, sie wollte uns vor der Verrückten warnen, die hier eingebrochen ist. Furchtbar.«

»Godak«, sagt Flo.

»Claus Wagner, hallo«, sagt Claus mit bedeutungsvoll verdunkelter Stimme, und ich weiß, dass er Flo jetzt die Hand reicht. Der Klang seiner Stimme genügt, und eine Leuchtrakete aus greller Angst schießt in mir empor.

»Was ist Ihnen denn da passiert?« Jetzt hat er ihre Nase gesehen.

»Ich weiß, wer Sie sind.« Flos Stimme klirrt wie ein Bündel Eiszapfen.

»Tja, es ist wirklich unglaublich, was hier am helllichten Tag los ist!« Claus klingt ruhig und rechtschaffen, seine Stimme verströmt all das und mehr, oh, wie ich diese Stimme hasse, diese betrügerische Stimme, an der Menschen kleben bleiben wie Fliegen an Leimbändern.

Er sagt: »Meine Frau ist noch ganz aufgelöst. Und Sie sind ... Oh mein Gott, hat sie Sie etwa auch angegriffen? Ich fürchte, ich habe ... Ich dachte, meine Frau übertreibt ...«

Flo sagt: »Das war ein bedauerliches Missverständnis, machen Sie sich um mich keine Sorgen. Sie ist die Freundin meines Mannes. Also, meines Exmannes.«

Claus spricht jetzt ganz warm. »Bewundernswert, dass Sie ...«

Flo unterbricht ihn. »Um das einmal klarzustellen, ich bin nur hergekommen, um zu verhindern, dass Ihrer Frau etwas zustößt. Das bedeutet keinesfalls, dass ich billige, was Sie Nile angetan haben.«

»Nile?« Claus stößt Luft aus, so laut, dass ich es höre, aber vielleicht spüre ich es auch. Ich bin nun mehr dort als hier. So nah bin ich bei diesen dreien im Wohnzimmer, dass ich den Schmerz in meinem Bein nicht mehr spüre, auch nicht das warme Blut, das daran herabrinnt. Ich spüre nur den weichen Teppich und die dicken Sofakissen. »Es geht um Nile? Dann hat sie Ihnen vermutlich die üblichen Horrorgeschichten erzählt. Mann, Mann, Mann!« Ich bin sicher, er steht auf und geht im Zimmer umher.

»Claus?«, fragt Maren, es klingt alarmiert.

»Ich glaube, ich gehe dann jetzt«, sagt Flo kühl. »Ehrlich

gesagt, es reicht mir, zu sehen, dass alles in Ordnung ist, nur deswegen bin ich gekommen, und Sie sind ja nicht allein.«

Claus sagt: »Ich hoffe sehr, Sie glauben ihr kein Wort. Sie scheinen eine vernünftige Person zu sein, wenn ich das so sagen darf. Ich hoffe, dass wir auch vernünftig über alles sprechen können.«

Vernünftig.

Ich kauere mich zusammen wie unter einem Schlag.

Monster.

Das machen Monster. Sie appellieren an die Vernunft.

La razón.

El sueño de la razón produce monstruos.

Oh, wie gut ich es kenne, das Spiel der Monster mit der Vernunft!

Sie bleiben ruhig, sie bleiben sachlich. Und darum denken alle, sie hätten recht. Wer schreit und weint und aus Fenstern springt, hat unrecht.

Nur darum haben Monster Macht, weil alle auf diese Vernunft hören.

Nur darum.

Menschen, hört auf, nach der Vernunft zu gieren! Ihr füttert sie, die Monster!

Merkt ihr, was man euch alles unterschiebt unter dem Vorwand der Vernunft?

Das Zuviel an Vernunft macht euch blind.

Blind für Monster.

Aber Flo wird nicht auf diese trügerische Vernunft hereinfallen.

Flo weiß, wie es wirklich ist.

Was er getan hat.

Claus sagt: »Das muss für Sie jetzt ja ganz und gar unangenehm sein, wenn Sie alle diese Geschichten über mich gehört haben. Oh, Himmel!«

Maren, schrill. »Was für Geschichten? Wovon redet ihr? Kennst du diese Frau etwa? War sie deswegen hier? Aber sie sagte doch, es geht um …«

Mein Atem ist laut geworden, er entfährt mir ungewollt, wie ein Schluchzen. Ich kann nicht widerstehen, ich muss durch dieses Fenster sehen, ich vergesse alle Vorsicht und trete hocherhobenen Hauptes vor das Fenster und blicke hinein. Und da sehe ich sie, Flo sitzt mit übereinandergeschlagenen Beinen und verkrampfter Haltung auf dem Sofa, Claus tigert durch den Raum, und Maren steht neben dem Sofa und sieht von ihm zu Flo und wieder zurück.

Claus sagt: »Ich verstehe alle Ihre Bedenken. Bei solchen Anschuldigungen ist man erst einmal vorsichtig. Aber ich sage Ihnen, ich habe das alles schon x-mal gehört, den ganzen Quatsch. Das geht schon seit über zehn Jahren so.«

Maren: »Wie bitte? Und das erfahre ich jetzt erst? Und worum geht es überhaupt?«

»Es ist lange her, und ich dachte nicht, dass sie noch einmal auftaucht. Egal, das tut hier nichts zur Sache. Wir müssen das nicht …«

Maren, noch schriller. »Wir müssen nicht? Und ob wir müssen! Ich will jetzt wissen, was hier vor sich geht!«

Claus, begütigend: »Entschuldigen Sie vielmals meine Frau, sie ist sehr aufgeregt.«

Flo, spitz: »Das ist ja auch kein Wunder.«

Claus stöhnt auf, ganz gequält klingt er, als wäre er es, dem hier übel mitgespielt wird. »Hören Sie, das Ganze ist wirklich nicht mein Lieblingsthema. Diese Nile und ich hatten vor über zehn Jahren mal eine kurze Geschichte, Affäre, kann man wohl sagen. Sie hatte sich dann irgendwie mehr versprochen, aber ich wollte nicht. Sie war, naja, sofort sehr besitzergreifend und … Jedenfalls hat sie nicht lockergelassen, ist überall aufgetaucht, hat mich mit Anrufen bombardiert. Sie bildete sich plötzlich ein, dass das mit uns die große Liebe ist, dass niemand sie versteht, niemand sie je verstanden hat, nur ich … Sie hat unser Kennenlernen völlig verdreht, all solche Geschichten, ganz seltsam.«

»Was meinen Sie damit? Wie hat Nile das Kennenlernen verdreht?«, fragt Flo. Etwas in ihrer Stimme hat sich verändert.

Claus ist laut geworden vor lauter rechtschaffener, durch und durch vernünftiger Empörung, er sagt: »Völliger Quatsch war das. Es ging um ihren Namen. Sie machte irgendwie ein Thema daraus, dass alle ihren Namen falsch verstehen.«

Flo sagt: »Und Sie waren der Allererste, der ihn richtig verstanden hat?«

Jetzt weiß ich, dass ich verloren habe.

Claus hat es geschafft. Er hat Flo überzeugt. Für sie fügt sich jetzt ein Puzzleteil zum anderen, und damit ist meine Glaubwürdigkeit, ist alles, was wir die letzten beiden Tage erlebt haben, hinfällig.

Er hat es geschafft.

Ich frage mich nur, woher er das weiß, das mit dem Namen. Das war Bens und meine allerprivateste Geschichte.

Woher weiß er davon? Hat er sie Ben entlockt? Wie? Mit Gewalt, vermutlich.

»Ja, genau. Nur ich habe ihn richtig verstanden, als erster Mensch überhaupt, und das war für sie ein Zeichen ... All so was, sie hat sich unglaublich reingesteigert in diese Geschichte. Es war richtig gruselig. Das Ganze ist dann unschön eskaliert, ich habe ihr klargemacht, dass ich nicht mehr will, und da ist sie richtig gewalttätig geworden.«

»Was soll das heißen?«, fragt Flo.

»Was das heißen soll? Dass sie auf mich losgegangen ist! Richtig durchgedreht ist sie und hat mir zwei Rippen gebrochen! Trotzdem habe ich sie nicht angezeigt, weil ich mir sicher war, dass die Sache nach diesem Streit endlich durchgestanden ist. Ich dachte, danach wäre selbst ihr endgültig klar gewesen, dass es niemals eine Beziehung zwischen uns geben würde. Und dummerweise dachte ich, eine Anzeige würde sie nur weiter provozieren. Ich wollte einfach nur meine Ruhe. Aber als Krönung des Ganzen ist sie dann selbst zur Polizei und hat behauptet, ich hätte sie vergewaltigt. Unfassbar.«

»Oh mein Gott«, sagt Flo langsam. Sie macht eine Pause, sagt dann mühsam: »Ich verstehe. Oh mein Gott.« Es klingt wie »Oh. Mein. Gott.«

Claus, im Kondolenzton: »Man kann es sich kaum vorstellen, ich weiß.«

»Aber hatten Sie denn nicht Kontakt zu meinem Mann? Also, zu meinem Exmann? Zu Ben?«

Claus, im Brustton der Überzeugung. »Frau Godak, ich schwöre Ihnen, ich höre von Ihrem Exmann heute zum ersten Mal. Ich weiß von keinem Ben. Auch von Nile habe ich seit Langem nichts mehr gehört, und glauben Sie mir, ich bin froh darüber.«

Flo! Er lügt!

Denk nach!

Denk an die Beweise, die du gesehen hast! Denk an das Telefonat! Denk an die Verbindungsnachweise, schwarz auf weiß!

Flo sagt: »Und was ist mit den Anrufen?«

»Mit welchen Anrufen?«

»Ich habe doch den Verbindungsnachweis gesehen.«

Claus, sehr nachdenklich. »Das müssen die anonymen Anrufe gewesen sein. Ich dachte, da erlaubt sich jemand einen Scherz. Himmel, ich habe gar nicht daran gedacht, dass sie das sein könnte! Wahrscheinlich, weil ich nicht glauben konnte, dass es wieder losgeht.«

Flo sagt: »Eines der Gespräche hat eine volle Viertelstunde gedauert. Ich habe den Verbindungsnachweis gesehen.«

»Irgendwann habe ich den Hörer einfach danebengelegt. Vielleicht war es das? Himmel, ich weiß es doch auch nicht!«

Ich will schreien, ich will widersprechen, ich will verhindern, dass dieses Monster Flo auf seine Seite zieht, aber natürlich bringe ich kein Wort heraus. Stattdessen sinke ich an der Hauswand hinab ins Gras.

Oh, es ist nicht auszuhalten, dass die Monster immer siegen! Egal, wie achtsam man ist, sie lauern nur auf den einen Moment, wo sie zugreifen können mit ihren Krallenhänden, und dann schleifen sie dich unters Bett und ziehen dich in ihr dunkles Reich.

▰▰▰ Willst du wissen, wie Monster das machen? Sie machen es so: »Sie hat damals die Anzeige zurückgezogen«, sagt das Monster, »ihr muss klar gewesen sein, dass sie keine Chance hatte, es haben ja viele Leute damals mitbekommen, wie sie mir nachgestellt hat. Und danach war dann tatsächlich Ruhe. Ich habe gehofft, dass sie in eine andere Stadt zieht, aber anscheinend ist sie hiergeblieben. Ganz selten habe ich sie zufällig irgendwo getroffen, dann hat sie auf dem Absatz kehrtgemacht, oder wir haben einander einfach ignoriert.«

Maren: »Und davon hast du mir nie etwas erzählt?«

»Was soll ich denn da erzählen? Dass ein One-Night-Stand mich der Vergewaltigung bezichtigt hat? Meinst du, so etwas erzählt ein Mann seiner Frau einfach so?«

»Oh Claus!« Jetzt ist Mitleid in Marens Stimme.

Jetzt hat er es endgültig geschafft.

Flo ist leiser geworden, auch sie spricht jetzt im Kondolenzton, so, als hätte sie alle drei gemeinsam ein entsetzlicher Verlust getroffen. »Ich werde jetzt wohl besser gehen. Es tut mir wirklich leid, dass ich hier einfach so aufgekreuzt bin, aber Sie verstehen ja sicherlich, warum ich das getan habe.«

Claus sagt: »Natürlich, wir sind Ihnen auch wirklich dankbar dafür. Aber was machen Sie denn jetzt? Was können Sie tun, um Ihren Exmann zu finden?«

»Das weiß ich nicht.«

Claus räuspert sich. »Ich will natürlich keine Sorgen schüren, aber ich hatte damals wirklich Angst um mein Leben. Diese Frau ist zu allem fähig. Dass sie gewaltbereit ist, haben Sie ja selbst mitbekommen. Aber das wirklich Gefährliche ist, dass sie vollkommen überzeugt ist von ihren wirren Geschichten.«

Ein winziger Aufschrei von Flo, ein Wimmern mit erstickter Stimme. »Ich habe solche Angst um ihn«, sagt sie.

Maren mischt sich ein. »Sie müssen zur Polizei gehen! Jetzt, wo Sie wissen, dass diese Frau spinnt, sieht doch alles anders aus, oder nicht? Sie müssen denen von diesen verrückten Lügengeschichten erzählen. Und davon, dass Sie angegriffen wurden.«

»Vermutlich sollte ich das tun, ja«, sagt Flo. Sie klingt sehr leise.

»Ich bin nicht sicher, ob das wirklich eine Lösung ist. Verstehen Sie mich nicht falsch«, sagt Claus, »aber es wäre mir lieb, wenn Sie uns da raushalten. Glauben Sie mir, ich hatte schon genug Ärger wegen dieser Frau. Ich möchte einfach nur, dass ein für alle Mal Ruhe ist. Vermutlich wünscht sich Ihr Exmann das auch. Wahrscheinlich hat er sich irgendwohin abgesetzt, wo sie ihn nicht finden kann, und wird sich auch vorerst bei niemandem melden und nicht erreichbar sein, um keine Spuren zu hinterlassen. Glauben Sie mir, so hätte ich es damals auch gemacht. Ich habe regelrecht davon geträumt, abzutauchen und die ganze Sache hinter mir zu lassen! Aber wie das Leben so spielt, habe ich just zu der Zeit meine Frau kennengelernt, und da war an Wegziehen natürlich nicht mehr zu denken.«

Ich könnte wetten, dass er jetzt Maren in den Arm schließt, dieses Monster.

Ich kann mich nicht rühren. Ich weiß aber, dass ich mich bewegen muss, dass ich aus diesem Garten entkommen muss, ehe sie mich sehen.

Claus: »Auch wenn es schwerfällt, lassen Sie die Sache auf sich beruhen. Eines Tages wird Ihr Mann sich bei Ihnen melden.«

»Aber er kann nicht einfach verschwinden, wir haben doch in zwei Wochen unseren Scheidungstermin!«

»Ich verstehe Sie ja. Aber wer weiß, was für einen Druck ihm diese Frau machen würde, wenn er wirklich geschieden wäre. Dann würde sie erst recht nicht lockerlassen in ihrem Wahn.«

Flo sagt, und dabei klingt sie leise und besiegt: »Vermutlich haben Sie recht. Ich gehe nicht zur Polizei. So wird es am besten sein. Ich hoffe nur ...« Sie zögert. »Dass es ihm gut geht. Und dass er sich meldet.«

»Das wird er«, sagt Claus beruhigend.

»Ganz sicher«, bestätigt Maren.

»Dann gehe ich jetzt wohl nach Hause. Alles Gute Ihnen.«

Ich möchte auch nach Hause.

Ich möchte mich in mein Bett legen, dorthin, wo es noch ein wenig nach Ben riecht, und die Augen schließen, aber das geht nicht.

Ich höre nichts mehr aus dem Wohnzimmer. Stattdessen höre ich erst, wie die Haustür ins Schloss fällt, dann, wie vor dem Tor ein Wagen angelassen wird.

Und anscheinend haben auch Claus und Maren darauf gewartet, dass Flo weg ist, denn erst als das Auto fortgefahren ist, höre ich sie zurück ins Wohnzimmer kommen. Ich sitze im Gras und höre Maren mit erstickter Stimme sagen: »Ich kann das nicht glauben.«

»Was denn?«

»Diese ganze Geschichte. Vergewaltigung! Wie kommt diese Nele darauf?«

»Nile heißt sie. Das habe ich doch erklärt. Sie spinnt.«

»Komischer Name. Und warum kommt sie mit einer solchen Geschichte nach so langer Zeit? Warum ausgerechnet jetzt?«

»Ich weiß es nicht. Wir sollten uns auch gar nicht damit befassen. Es ist nicht wichtig, was sie erzählt.«

»Aber natürlich ist es das! Was, wenn sie dich jetzt noch einmal anzeigt?«

»Das wird sie nicht tun.«

»Claus, im September ist Eröffnung! Und gerade jetzt, wo die Verträge abgeschlossen werden ... Wenn die kirchlichen Träger als Dauerkunden abspringen, funktioniert das nicht. Wir haben so lange darauf hingearbeitet. Da darf jetzt nichts dazwischenkommen.«

»Ich weiß, Schatz. Es wird auch nichts dazwischenkommen.«

»Aber du weißt doch, dass du dir nichts zuschulden kommen lassen darfst! Rein gar nichts! Wir müssen mit dem Anwalt sprechen. Wenn die dich anzeigt, dann ...«

»Keine Sorge.«

»Aber ...«

»Mir kann nichts passieren, Maren.«

Jetzt weiß ich, was geschehen ist.

Er darf sich nichts zuschulden kommen lassen. Das bedeutet: Bewährungsauflagen. Claus ist auf Bewährung, und darum hat er Angst.

Was für ein Vergehen mag das gewesen sein? Hat man das mit der Schwarzarbeit rausgefunden? Den Drogen? Oder hat er jemandem etwas angetan? So wie mir? Und warum haben sie ihn dann nicht eingesperrt?

Mein Herz hämmert.

Wenn er auf Bewährung ist, dann hat er eine ganze Menge zu verlieren. Ist Ben zu ihm gegangen und hat ihm gedroht, die Vergewaltigung publik zu machen? Und jetzt muss er überlegen, wie er weiter mit ihm verfährt. Will er ihn bestechen? Zum Schweigen bringen? Er ist unter Druck, er weiß keinen Ausweg. Er kann nicht zulassen, dass Ben seine Drohung wahrmacht und zur Polizei geht und damit die Zukunft von Claus und Maren zum Einsturz bringt.

Oh, Ben!

In was bist du da hineingeraten?

Nein – in was sind wir da hineingeraten?

»Ich muss jetzt wirklich los«, höre ich Claus sagen.

»Das kann doch nicht dein Ernst sein!«

»Ruhig, Liebling, es dauert nicht lang. Ich bin in zwei Stunden wieder da, versprochen.«

»Aber was willst du denn …«

»Zwei Stunden, Liebling.«

Claus muss zu Ben. Natürlich muss er das.

Das ist die Gelegenheit, auf die ich gewartet habe.

Ich hinke so schnell wie möglich zur Garage. Wieder öffne ich die Hintertür, ich bin dankbar für das Dämmerlicht. Hier fühle ich mich gleich sicherer.

Vor mir zwei Autos, ein Sportwagen und ein SUV. Unschlüssig sehe ich von einem zum anderen. Welchen wird er nehmen? Und überhaupt, wie geht es jetzt weiter?

Draußen höre ich laute Stimmen in der Einfahrt, ich ducke mich hinter den SUV, dabei stößt mein zerschundenes Bein an einen Stapel zusammengefalteter Kartons, die an der Wand lehnen. Es tut höllisch weh.

Claus verabschiedet sich. Er will los.

Das ist gut. Dann geht es jetzt voran. Ich muss etwas tun. Aber was? Ich richte mich wieder auf. Was nutzt es, wenn ich mich verstecke? Claus wird gleich losfahren, das ist die Spur, nach der ich so lange gesucht habe, die Spur zu Ben. Und ich muss mit.

Ich lege vorsichtig die Hand auf die Heckklappe des SUV, in diesem Moment explodiert ein Geräusch direkt vor mir, die Lichter des Wagens flammen auf, es trifft mich wie ein Schuss.

Erstarrt bleibe ich stehen, die Hand auf dem Wagen, und erwarte, dass das Garagentor jeden Moment aufgeht, dass ich entdeckt bin, erwarte Claus, der über mir ist und viel stärker als ich, aber Claus kommt nicht.

Mein Herz hämmert.

Ich bewege die Hand.

Ich hole Luft.

Ich kann mich bewegen.

Und dann passiert es wieder, das Geräusch, die Lichter, und da erst begreife ich, was geschieht. Er spielt mit dem Autoschlüssel. Ich weiß jetzt, welchen Wagen er nimmt. Er hat ihn geöffnet. Und wieder verschlossen. Der Moment ist verstrichen, ohne dass ich ihn genutzt habe. Ob ich noch eine Chance bekomme?

Mein Herz klopft zum Zerspringen. Es wird erneut sehr nass und warm an meinem Bein. Ich kann den Schmerz verbieten, aber die Blutung kann ich nicht verhindern. Ich werfe einen Blick hinter mich und sehe, dass mein blutendes Bein Spuren auf dem Garagenboden hinterlassen hat, aber nur sehr leichte, wie schwache kleine Stempelabdrücke.

Wird er das sehen?

Marens Stimme ist schriller als vorhin. »Aber so geht das nicht! Wir müssen das besprechen!«

Claus: »Das können wir später machen.«

»Bitte, lass mich nicht –«

Ich muss in diesen Kofferraum.

Aber ich habe solche Angst.

Ich habe Angst vor der Enge und Dunkelheit und vor meiner Angst und Machtlosigkeit. Davor, dass ich schutzlos in diesem Kofferraum liege, dass ich nicht sehen kann, was draußen geschieht, wo Claus steht – vielleicht ganz nah vor dem Kofferraum –, dass er längst die Hand auf die Heckklappe gelegt hat, über mir steht, bereit, die Hand auszustrecken nach der Klappe und nach mir, dass sich die Klappe öffnet und er über mir ist und zu mir hinuntergrinst, zu mir, die ich da liege, bewegungslos und ausgeliefert.

Mein Atem stockt. Meine Bewegung stockt. Alles stockt.

Nicht jetzt!

Ich muss in diesen Kofferraum, wenn ich zu Ben will. Aber in den Kofferraum zu steigen, ist, als würde ich freiwillig unters Bett zu den Monstern kriechen. Mich in die Enge zwängen und darauf warten, dass sie ihre Klauen und Zähne in mich schlagen.

Wieder flammen die Lichter des Wagens auf. Claus ist offenbar sehr nervös.

Dann öffnet sich langsam und mit lautem Quietschen das Garagentor.

Es wird gleißend hell.

Und Claus tritt herein.

Aber da liege ich längst im Kofferraum.

Atme, Nile.

Atme.

Um mich herum ist Angst, ein ganzer Kofferraum voller Angst. Angst, die sich zusammenballt. Angst, die mir die Luft abschnüren will.

Darum atme ich.

Und atme.

Ich atme schöne Bilder in mich hinein, so, wie Ben es mir beigebracht hat, Ben, der mich liebt und beschützt, Ben, der sagt, wir schaffen das, Ben, der sagt, dass ich keine Tabletten mehr brauche.

Ich atme.

Ich versuche es.

»Du schaffst das, Nile«, sagt Ben. »Du musst nur atmen. Dir kann nichts passieren. Ich bin da. Hab keine Angst. Wir schaffen das. Alles wird gut.«

Der Wagen fährt, und ich atme die schönen Bilder so tief in mich hinein, wie es geht, bis in meine Zehen und bis in die Fingerspitzen und in jede Faser meines Körpers atme ich die Bilder, Bilder von Ben und mir.

Hab keine Angst.
Alles wird gut.
Wir schaffen das.
Ich schließe die Augen, und ich atme.

Es funktioniert.

Die Angst ist weg, aber ich halte die Augen geschlossen.

Solange der Wagen fährt, sitzt Claus am Steuer. Also kann mir nichts passieren. Aber wie geht es weiter?

Wenn ich aussteige, sobald der Wagen hält, besteht die Gefahr, dass wir noch gar nicht am Zielort sind.

Wenn ich erst aussteige, wenn Claus selbst aussteigt, sieht er mich.

Wenn ich abwarte, bis er verschwunden ist, kann es sein, dass ich ihn nicht mehr finde.

Und, was ich bedenken muss: Wenn er den Wagen abschließt, bevor ich ausgestiegen bin, bin ich hier eingesperrt.

Es gibt nur eine Möglichkeit, auch, wenn sie nicht optimal ist. Ich greife nach dem Wagenheber. Ich werde ihn brauchen.

Es stinkt nach Abgasen und Gummi. Glücklicherweise ist der Kofferraum recht geräumig, und Luft bekomme ich auch. Die Abdeckung klappert, vermutlich könnte ich sie ein wenig anheben und in das Wageninnere spähen, wenn ich wollte, aber das will ich nicht.

Ich will kein Risiko eingehen.

Alles, was ich will, ist ankommen. Bald.

Damit das hier zu Ende ist.

Damit ich es endlich zu Ende bringen kann.

Claus fährt viele Kurven im Schritttempo. Draußen höre ich Hupen und Verkehr, vermutlich sind wir in der Innenstadt.

Dann geht es lange Zeit geradeaus, der Wagen wird immer schneller. Fahren wir raus aus der Stadt? Oder in einen anderen Stadtteil? Eigentlich erwarte ich einen abgelegenen Schuppen oder Lagerräume, aber wer weiß, welche Orte er zur Verfügung hat, um Ben zu verstecken.

Vielleicht sind es Gastronomieräume. Irgendwelche Keller, in denen Getränke lagern.

Es geht so lange hin und her, bis ich vollkommen die Orientierung verloren habe. Nach zehn oder zwanzig oder hundert Minuten wird er langsamer.

Jetzt hält er.

Er hält an.

Und schaltet den Motor aus.

Jetzt muss ich aussteigen.

Schnell!

Ich öffne die Klappe und blinzle verwirrt in das viel zu helle Sonnenlicht. Dann erst erkenne ich, wo ich bin. Eine Art Hof, an drei Seiten von Gebäuden umgeben.

Ich umklammere den Wagenheber und schwinge mich, so gut das mit dem schmerzenden Bein geht, aus dem Auto. Vor mir sehe ich Claus, wie er ebenfalls aussteigt und die Fahrertür hinter sich zuschlägt.

Ich blicke mich um.

Ben! Wo hat er dich versteckt?

»Das glaub ich jetzt nicht!«, ruft Claus.

Wir stehen in diesem Hof, wenige Meter voneinander entfernt, neben uns der Wagen. Kein Mensch weit und breit.

Er ist im Gegensatz zu mir unbewaffnet. Ich habe mehrere Kurse in Selbstverteidigung absolviert. Ich bin vielleicht nicht mehr viele Meter groß, und federleicht bin ich auch nicht mehr, aber ich bin stark, auch, wenn mein Bein kaputt ist. Und ich habe den Wagenheber.

Alles wird gut.

Er sagt: »Ich kann nicht glauben, dass du mir wirklich die Mühe ersparst, dich zu suchen.«

Ich werde keine Angst vor ihm haben, diesmal nicht, ich werde nicht fliehen, mich nicht verstecken, nicht jetzt, wo ich vorbereitet bin, nicht jetzt, wo es dem Ende zugeht. Ich umklammere den Wagenheber. Meine Füße haben einen festen Stand. Ich atme ein.

Ich bin jetzt beinahe am Ziel.

Ich atme aus.

Dies ist das Finale.

»Wo ist Ben?«, frage ich, aber meine Stimme ist viel zu leise, als dass man sie hören könnte. Ich weiß, dass ich laut sein muss. Ich habe in den Kursen gelernt, dass ich laut sein muss. Ich hole tief Luft und brülle: »Sag mir sofort, wo Ben ist!«

Claus lacht. »Ben?«, fragt er. »Dein weggelaufener Freund etwa?«

»Du weißt genau, wovon ich spreche«, sage ich. »Und du wirst mir jetzt auf der Stelle sagen, was du mit ihm gemacht hast.«

»Sonst was?«, fragt Claus und kommt einen Schritt auf mich zu.

Ich habe keine Angst. Es ist wichtig, dass ich nicht vergesse, dass ich gar keine Angst habe.

Ich habe den Wagenheber, und meine beiden Füße stehen sehr fest auf dem Boden, ich atme ein und atme aus und dann sage ich, und es ist mir egal, ob laut oder leise: »Ich bringe dich um. Ich hätte das damals schon tun sollen, aber dieses Mal mache ich es. Ich bringe dich um.«

Claus lächelt. »Du hättest mich in Ruhe lassen sollen. Du bist selbst schuld. Es hätte alles nicht so weit kommen müssen. Dein Freund hätte einfach nur die Füße still halten sollen.«

Jetzt schreie ich. »Was hast du mit ihm gemacht?«

»Also, um das hier abzukürzen«, sagt er. »Dein Ben ist tot.«

»Das ist nicht wahr.« Ganz fest halte ich den Wagenheber, aber er fühlt sich seltsam an, er hat an Härte und Gewicht verloren, nein, nicht an Gewicht, plötzlich ist er schwer, er will zu Boden gleiten.

»Oh doch«, sagt Claus. »Und das war nicht mal Absicht. Ein dummer Unfall.«

Er steht da, und ich weiß, dass er lügt, er ist ein Monster, und Monster lügen immer.

Darum ist egal, was sie sagen. Wichtig ist nur, was ich weiß und was ich fühle, und ich weiß, dass Ben lebt und auf mich wartet.

Auf der Straße hupt ein Auto, und für einen Moment blicken wir beide durch die Toreinfahrt zur Straße. Dann sehen wir einander wieder an, und plötzlich lächelt Claus. Ich schlucke.

»Du lügst«, sage ich.

Claus zuckt mit den Schultern und wendet sich zum

Gehen. »Ich muss da jetzt wohl mal rein«, sagt er, sein Kinn weist auf eine Tür, vermutlich ein Zugang zum Hausflur. »Und wenn du weiter mit mir plaudern willst, musst du halt mitkommen.«

»Nein«, sage ich.

»Wie du meinst«, sagt Claus.

Und dann greife ich mit der Linken in meine Hosentasche und ziehe das Handy hervor. »Ich rufe jetzt die Polizei«, sage ich, und ich weiß, dass das eine gute Idee ist, eine hervorragende und sehr vernünftige Idee, viel besser, als Claus einfach so hinter diese graue Tür zu folgen.

Claus lacht. Er lacht mich einfach aus. »Das kannst du doch gar nicht«, sagt er.

»Du wirst staunen.« Ich wähle die 110, ohne Angst tippe ich Ziffer für Ziffer in mein Handy und sehe, wie die Verbindung sich aufbaut.

»Denk doch mal nach«, sagt er.

Ich denke nach, aber meine Gedanken verheddern sich.

Ich kann weglaufen und Hilfe holen. Aber was, wenn Claus in der Zwischenzeit wieder verschwindet? Ich kann die Polizei rufen. Aber was, wenn er denen erzählt, was er Flo erzählt hat? Was, wenn sie mir nicht glauben?

Ich lege auf und stecke das Handy zurück in die Hosentasche.

»Also«, sagt Claus und grinst. »Rein mit uns.«

Er geht auf die Tür zu.

Das hier ist das Finale. Ich habe keine Wahl. Ich muss wissen, was mit Ben geschehen ist. Und darum folge ich Claus zu der grauen Metalltür.

»Bitte sehr«, sagt er.

Er hält mir die Tür auf, und ich erschaudere, es ist eine falsche, eine perverse Situation, alles daran ist falsch, aber ich will endlich wissen, was hier los ist.

Darum lasse ich mich von Claus eine Kellertreppe hinunter in einen langen Flur mit vielen Türen führen, eine davon öffnet er. Wir betreten einen Raum voller Getränkekisten und weißer Plastikstühle, ich setze Fuß vor Fuß, kurz meine ich, dass der Boden schwankt, aber das kann nicht sein, denn Claus geht fest neben mir.

An der Decke flackert eine altersschwache Neonröhre, der graue Betonboden ist an manchen Stellen feucht.

»Bitte, nimm doch Platz«, sagt Claus, und ich lasse mich willenlos auf einen der Stühle sinken.

Er wendet mir entspannt den Rücken zu, während er den Schlüssel im Schloss dreht, einmal, zweimal, es knackt laut durch den leeren Raum.

Den Schlüsselbund steckt er in die Hosentasche. Er lächelt, er weiß, dass ich eh nichts tun werde, weil ich nichts tun kann, weil ich es auch damals nicht konnte.

Ich hole tief Luft. »Also, sag mir jetzt die Wahrheit.« Ich spreche so leise, dass ich erst nicht sicher bin, ob er mich verstanden hat. Doch Claus nickt. Und dann redet er. Er redet tatsächlich. »Dein Ben hat angerufen und versucht, mich zu erpressen. Wenn ich nicht auf Nimmerwiedersehen verschwinde, packt er die alte Sache mit dir aus und macht sie publik. Er hatte genau auf dem Schirm, wie sehr mir das aktuell schaden würde, ein Skandal, da bleibt immer etwas hängen, und kein Kindergarten und kein Altenheim würde mehr bei mir bestellen. Ich hab deinem feinen Freund Geld angeboten, und als er es abgelehnt hat, dachte ich, er will nur mehr rausschlagen. Das war offenbar ein Irrtum. Und dann sind wir uns durch einen verdammten Zufall in diesem

Laden begegnet. Das war verrückt.« Claus lacht. »Wir standen uns da gegenüber, ich wusste zuerst gar nicht, wer er ist, aber er wusste, wer ich bin. Wir wollten verhindern, dass ihr Frauen das mitkriegt. Also sind wir raus. Ich hab ihm erzählt, was für eine Nummer das damals mit dir war. Und da hat er offenbar gemeint, dass er den Helden spielen und mir eine reinhauen muss. Und ich hab einen Moment nicht nachgedacht und zurückgeschlagen. Ich habe besser getroffen als er, sagen wir mal so. Das war ein Reflex. Aber natürlich ein dummer Fehler.«

»Was dann?«, flüstere ich. Oder denke ich es nur?

»Es war seine eigene Schuld. Er hat angefangen. Und ich hab bloß reagiert. Pech für ihn, dass ich ihn damit nicht laufen lassen konnte. Das war einfach Pech.«

»Warum?«

Er starrt mich an. »Das ist meine große Chance. Wir haben bald Eröffnung. Wir haben Kredite laufen. Das lasse ich mir nicht kaputtmachen. Nicht von so einem Scheiß.«

»Weil du vorbestraft bist«, sage ich.

Claus nickt. »Weil er mich genau da hatte, wo er mich haben wollte. Dein Freund ist verletzt, und ich bin es gewesen. Körperverletzung, basta. Ein Wort von ihm, und ich muss meine Strafe absitzen. Also hab ich ihn mitgenommen. Ich hatte gar keine andere Wahl.«

Ich sage etwas, aber die Worte in meinem Mund sind so klein und schwach, dass man sie nicht hören kann.

»Was?«, sagt Claus.

»Aber er ist nicht tot«, flüstere ich.

Der Wagenheber in meiner Hand beginnt zu zittern, oder bin ich es, die zittert? Der Stuhl, auf dem ich sitze, zittert mit mir und dem Wagenheber. Wir zittern gemeinsam. Zu dritt. Und dann fangen auch die Wände an zu zittern, das ganze Szenario zittert, es zittert, als wäre es nicht real, als würde es sich gleich auflösen und verschwinden und mich zurückwerfen in der Zeit, jetzt, wo ich so dicht dran bin.

Nein!

Ich denke an Ben und atme, und die Wände um mich herum werden wieder fest.

Und dann kommt Claus auf mich zu. Ein Schritt.

Er sieht das Zittern des Wagenhebers. Er riecht meine Angst.

Monster riechen immer, wenn du Angst hast.

Und noch ein Schritt.

Und dann fällt mir der Wagenheber aus der Hand und poltert zu Boden, und Claus muss gar nichts machen, mein Körper ergibt sich ganz von selbst, er überlässt sich der Angst, meine Hände versagen mir den Dienst, meine Beine sind weich, willenlos, ich kann nicht aufstehen, ich bleibe einfach sitzen auf diesem Stuhl.

Claus baut sich vor mir auf und sagt: »Ich sage dir jetzt, was dein allergrößter Fehler war. Du hättest niemals bei mir zu Hause auftauchen dürfen. Niemals. Du verstehst doch sicher, dass ich dich jetzt auch nicht mehr einfach so gehen lassen kann. Nicht, wenn du solche Sachen rumerzählst.«

Ich starre ihn an.

»Weißt du, was das Schöne ist? Ich habe eure Nachrichten gelesen. Auf seinem Handy. Ich wollte eigentlich nur überprüfen, wer alles von seinem dummen kleinen Erpressungsversuch weiß. Und dabei habe ich nicht nur rausgefunden, dass er mit keiner Menschenseele darüber geredet hat. Sondern auch, warum dir niemand glauben wird.«

Ich will etwas sagen, aber ich kann nicht.

»Soll ich dir verraten, wie viele Freunde und Bekannte sich Sorgen um Ben gemacht haben, ehe er den Kontakt mit ihnen abgebrochen hat? Was sie ihm geschrieben haben? Jeder von denen hält dich für total gestört und gefährlich. Jeder.«

Ich schließe die Augen.

»Ich weiß wirklich nicht, wie du seine Ex auf deine Seite bekommen hast. Ich habe ihr erzählt, dass du mir bloß etwas anhängen wolltest, weil du nicht ertragen kannst, dass es aus war mit uns. Dass du von mir genau dieselben liebeskranken Phantasien hattest wie jetzt von deinem Ben. Euer ausführlicher Austausch von Textnachrichten hat mir da sehr geholfen.«

Ich denke an die Sache mit meinem Namen. Das hat Claus also auch aus unseren Nachrichten.

»Erst wird sie denken, dass er untergetaucht ist. Und falls seine Leiche gefunden wird, wird man denken, dass du ihn umgebracht hast. Niemand wird dir glauben, alle werden dich für verrückt halten. Und weißt du was? Das ist wahrscheinlich noch nicht einmal nötig. Denn du bist dann auch längst tot.« Er lächelt.

Ich schaue kurz zum Wagenheber, der neben meinem Stuhl auf dem Boden liegt, unerreichbar für mich, weil ich mich nicht rühren kann.

Ich weiß, dass ich nichts mehr tun kann.

Die Monster haben gewonnen.

Ich will an Bens Geruch denken. Ich will an seine Hände denken. An seine Stimme.

Daran, wie er »Nile« sagt.

Damit ich nicht allein bin, wenn die Monster mich überwältigen.

Und ich rufe laut seinen Namen. Er hallt durch diesen

grauenhaften Raum, und für einen kleinen Moment ist alles besser und heller und wärmer, weil Bens Name in der Luft hängt wie ein Geruch, ein Geruch nach Liebe und Nähe und Rettung, aber dann verklingt er und ist fort.

Und in diesem Moment höre ich etwas.

Bens Stimme.

Sie kommt aus dem Nebenraum.

Sie ruft: »Nile!«

Die Stimme von Ben vertreibt das Monster, und mein Körper übernimmt wieder die Regie. Ich springe auf und ramme Claus meinen Ellenbogen ins Gesicht, es ist eine einzige fließende Bewegung, eine Bewegung, an deren Ende ich ein lautes Knacken höre und einen Schrei.

Claus steht vor mir, und alles an ihm ist voller Blut, ich hebe blitzschnell meinen Arm, aber Claus ist schneller als ich, sein Schlag trifft mich mit der Wucht einer Abrissbirne, ich knicke ein, meine Füße verheddern sich in den Beinen des Plastikstuhls. Ein glühender Schmerz zuckt durch meinen Arm, dann spüre ich den harten Betonboden unter mir, der kalt ist und feucht und etwas sandig, und über mir ist das Gesicht von Claus, ganz wie damals, und seine Hand drückt meine Kehle zusammen, ganz wie damals.

Ich versuche, nach Luft zu schnappen, aber es gibt keine Luft, nicht für mich, es gibt nur die Hände um meinen Hals und das Gewicht, das mich zu Boden drückt, und dazu das Gesicht über mir und diesen Geruch nach scharfer Frische und Zitrone, der entsetzliche Geruch, den ich vergessen hatte, und am schlimmsten von alldem ist das Gesicht über mir, und ich nehme alle Kraft und allen Mut zusammen und spucke ihm entgegen, aber ich bin zu schwach, die Spucke landet auf meinem eigenen Kinn.

Und dann höre ich wieder die Stimme aus dem Nebenraum. »Nile!«

Und die Stimme gibt mir Luft und Kraft und Mut. Ich reiße meinen Arm frei und stoße Claus die Faust mit aller Kraft in die Körpermitte, so, wie ich es gelernt habe. Er kippt zur Seite, ringt nach Luft, ich bücke mich und ziehe ihm den Schlüsselbund aus der Hosentasche. Ehe ich zur Tür gehe, drehe ich mich noch einmal nach ihm um, da liegt er, da, auf dem Boden, wie ich es mir gewünscht habe.

Ich kann jetzt alles machen.

Ich kann Anlauf nehmen und auf ihm herumspringen, ich kann seine Rippen brechen, eine nach der anderen, ich kann ihn bespucken und beschimpfen, ich kann ihn töten.

All das kann ich.

Aber ich tue nichts davon.

Ich renne zur Tür und öffne sie. Claus kriecht in meine Richtung. Ich knalle die Tür hinter mir zu und schließe sie ab. Ben! Wo bist du?

Nebenan ist noch ein Raum, ich rüttle an der Klinke. Vergeblich.

Meine Hände zittern, als ich den richtigen Schlüssel am Schlüsselbund suche. Schon der erste passt.

Die Tür geht auf.

Der Raum ist beinahe leer, Betonboden, Betonwände. An der Decke eine nackte Glühbirne.

Ben sitzt auf einem Stuhl, er ist gefesselt. Bartstoppeln

überwuchern sein Gesicht, ein Bluterguss an seinem linken Auge leuchtet violett.

Ich trete in den Raum, ungläubig. Es ist wahr. Ich habe ihn gefunden. Ich habe recht gehabt. Mit allem habe ich recht gehabt.

Er sieht mich an und flüstert: »Ich wusste, dass du mich findest. Ich wusste es.«

Und er lächelt.

Er lächelt das schönste Lächeln der Welt.

Und ich sage: »Ben.«

Und er sagt: »Nile.«

Ich atme.

Ich atme ein und atme aus.

Hab keine Angst.

Alles wird gut.

Wir schaffen das.

Atme!

Ich versuche, die schönen Bilder festzuhalten, Ben vor mir auf dem Stuhl. Wir beide in diesem Raum. Das Allerschönste: sein Lächeln. Wie er mich ansieht und »Nile« sagt. Aber ich kann es nicht festhalten, keines davon, sie wehen alle fort, sie wehen fort und lassen mich allein zurück.

Ben!

Bleib bei mir!

Ich öffne die Augen.

Ich bin wieder im Kofferraum, nein, ich bin noch immer im Kofferraum, allein.

Ben ist weg. Kein Ben, der mich ansieht, kein Ben, der lächelt und »Nile« sagt.

Da sind nur der Kofferraum und der Wagenheber in meiner Hand.

Ich bin allein, und ich atme.

Atme, Nile!

Es ist eng, aber ich atme weiter.

Ich atme und atme, so, wie Ben es mir beigebracht hat, mit aller Kraft atme ich, schöne Bilder will ich einatmen, Bens Bild will ich einatmen, aber es ist weg.

Ich bin immer noch hier, mit der Wange auf dem kratzigen Boden und dem Wagenheber zwischen den Fingern und Claus vorn im Wagen.

Er fährt und fährt, aber er ist langsamer geworden.

Jetzt bremst er.

Er hält.

Ich muss aussteigen, aber ich habe Angst davor. Ich bin allein, niemand kann mir helfen, und Claus ist so viel stärker als ich, ich weiß ja, wie stark er ist. Ich ziehe das Handy hervor, was, wenn ich die Polizei rufe? Aber das Handy ist tot, ich hätte den Akku nicht rausnehmen sollen. Und jetzt muss ich schnell machen.

Ich öffne die Klappe und versuche, meinen Blick scharf zu stellen. Wir sind irgendwo mitten in der Stadt, Autos sausen vorbei. Ich schwinge mich, so gut das mit dem schmerzenden Bein geht, aus dem Kofferraum und werfe einen Blick nach vorn. Claus ist noch im Wagen beschäftigt. Ich schließe die Klappe so leise wie möglich und sehe mich um.

Ben! Wo bist du?

Claus hat in der Parkbucht vor einem Kino gehalten, direkt daneben zwei Straßencafés, in denen Menschen in bunten Kleidern und Sommerhemden in die Sonne blinzeln. Keine Lagerhalle, keine düstere Kneipe, keine *Florida Bar*. Claus hat sich noch nicht umgedreht. Ich weiche zurück in den Schutz eines Hauseingangs.

Claus öffnet die Autotür und steigt aus. Zum Glück sind hier so viele Menschen unterwegs, dass er mich nicht bemerkt.

Er geht auf das erste der beiden Cafés zu. Eine groß gewachsene Brünette in einem schwarzen Kleid erhebt sich von ihrem Platz und winkt ihm. Claus geht zu ihr, sie umarmen sich lange. Ein Paar. Sie sind ein Paar, das erkennt man.

Wo ist Ben?

Was hat das zu bedeuten?

Ohne nach links und rechts zu gucken, dränge ich mich durch die Tische zu den beiden.

Und dann stehen wir einander gegenüber. Und sehen uns an.

»Wo ist Ben?«

Claus sieht verwirrt aus, sein Blick gleitet an mir hinab zu meinem blutverkrusteten Bein.

Und dann erkennt er mich. »Was ...«

»Was hast du mit ihm gemacht?«

Unsicher blickt die Brünette von Claus zu mir. »Ich bin Tamara«, versucht sie die Situation zu entschärfen, aber keiner achtet auf sie. Sie zögert, dann setzt sie sich wieder an ihren Tisch und zückt ihr Handy.

»Verschwinde«, zischt Claus mir zu. »Und kapier es endlich. Nur, weil ich weiß, wie meine Angestellten heißen, bedeutet das nicht, dass ich auf sie stehe, okay? Du hast dir das alles bloß eingebildet.«

»Alles habe ich mir nicht eingebildet. Nicht das, was du mit mir gemacht hast.«

Er lacht. »Aber genau das hast du doch gebraucht, oder?«

Ich öffne den Mund und schließe ihn wieder. Nein, darauf kann ich nicht antworten.

»Nimm es einfach als Erfahrung. Und halt auch weiterhin die Klappe, das glaubt dir ohnehin niemand, bei all dem anderen Mist, den du dir sonst so einbildest. Damals hat dir niemand geglaubt, und auch jetzt wird dir niemand glauben.«

Das darf er nicht. Er darf das, was er getan hat, nicht einfach als »Erfahrung« abtun. Das kann er nicht machen.

»Monster«, flüstere ich, und dann stoße ich zu.

Meine Faust kracht unter sein Kinn, und ich sehe, wie er zu Boden geht, zwischen die Tische und Stühle fällt er, aber noch ehe er ganz unten ist, folgen ihm schon meine Füße und treten zu, sie treten ihn in den Bauch und in die Rippen, dorthin, wo es so weh tut, sie treten ihn auch in den Rücken, ich weiß nicht genau, wo die Nieren sind, auf gut Glück trete ich, denn ich habe gelesen, wie weh diese Tritte in die Nieren tun, ich muss ihm so weh tun wie möglich, so weh, wie er mir getan hat.

Ich nehme Anlauf.

Und ich springe. Auf seine Brust springe ich, ich hüpfe auf und nieder wie auf einem Trampolin, glücklich und unbeschwert, unter mir das erlösende Knacken seiner Rippen, ich hüpfe und hüpfe, hoch geht es, höher und immer höher fliege ich, der Sonne entgegen, der Sonne, die mich wärmt und auf mich wartet, glücklich wie ein Kind bin ich, ein glückliches Kind, ein Kind, das nicht weiß, wie es ist, wenn man verletzt und verraten und verhöhnt wird, wenn man sich nicht wehren kann.

Es gibt ja Frauen, bei denen ist es anders, die können nicht fliegen und frei sein und glücklich, die können sich nicht warm fühlen und sicher, weil ihnen etwas Schlimmes passiert ist, bei ihnen ziehen die Monster aus der Kindheit dann wieder unter das Bett und bleiben dort, für immer und ewig, bis Ben kommt und sie vertreibt, für immer vertreibt, er hat gesagt »für immer«, und er hat es so gemeint, also stimmt es, es muss doch stimmen, sonst hätte er es doch nicht gesagt, oder?

Und dann hält mich jemand im Schwitzkasten, ein fremder Mensch, und sagt: »ruhig«, und ich höre die Straßengeräusche und das Geschrei, und ich öffne die Augen und sehe um mich herum die Tische und Stühle, die meisten Leute sind aufgestanden und starren mich an, auch Claus sehe ich, Claus, der sich das Hemd zurechtrückt, er ist rot im Gesicht.

Neben ihm steht die Frau und schreit.

Und auch Claus steht.

Warum liegt er nicht vor mir auf dem Boden?

Wie kann er stehen, wenn er eben noch vor mir auf dem Asphalt lag?

Wenn ich ihm alle Rippen gebrochen habe?

Sein Hemd ist blütenweiß.

»Ich glaube, sie hat sich endlich beruhigt«, sagt der Mann, der mich im Schwitzkasten hält, und lässt mich los.

Und dann renne ich.

Ich renne fort.

Fort, ehe die Monster mich verfolgen.

Die Monster, die kommen, sobald man für einen Augenblick die Augen schließt.

Endlich bin ich zu Hause, und da merke ich erst, wie weh mein Bein tut. Aber ich will mich jetzt nicht um mein Bein kümmern, ich will mich um gar nichts kümmern. Ich gehe geradewegs ins Schlafzimmer.

Der Geruch ist noch stärker geworden.

Er ist richtig, richtig stark geworden.

Ich lege mich ins Bett und atme, ich sauge tief die Luft ein, den Duft, Bens Duft, und sofort geht es mir besser, weil ich jetzt wieder weiß, dass ich nicht alleine bin, dass Ben immer bei mir ist. Er hat gesagt, dass alles gut wird, dass ich ihm vertrauen kann, das hat er gesagt, es ist schon etwas her, dass er das gesagt hat, aber er hat es versprochen. Und darum vertraue ich ihm.

Noch immer.

Auch, wenn ich ihn noch nicht gefunden habe.

Auch, wenn ich die Monster unter dem Bett hören kann,

die Monster, die miteinander murmeln und wispern, sie zischen mir böse Dinge zu, sie zischen, dass ich vernünftig sein soll, dass ich ihnen zuhören soll.

Auch, wenn sie sagen, dass sie mich verlassen werden, trotz der Geheimnisse, die ich ihnen erzählt habe, Geheimnisse, die niemand wissen darf.

Auch, wenn sie sagen, dass sie vorerst keinen Kontakt mehr wollen, dass sie mir nicht helfen können, auch wenn sie einmal dachten, sie könnten es.

Dass sie ein normales und gesundes Leben führen wollen, und dass das nicht geht mit mir.

Mit Bens Stimme zischen sie und mit meiner.

Hast du mir überhaupt zugehört, Nile?
Du liebst diesen baskischen Käse, Ben.
Nile, hör mir zu. Das mit uns ist vorbei.
Ich habe ein ganzes Kilo davon gekauft. Für dich, Ben.
Bitte, hör auf damit. Du musst dir wirklich Hilfe suchen. Professionelle Hilfe. Es tut mir so leid, aber ich kann das nicht mehr.
Weißt du noch gestern, Ben, wie glücklich wir beim Frühstück saßen? Wie glücklich du mit dem Käse warst und der Zeitung und ich mit dir? Weißt du das noch?
Nile, wir sind schon lange nicht mehr glücklich.
Doch. Iss etwas von dem Käse, Ben. Ich schneide etwas ab, für dich.
Leg das Messer weg.
Das mit uns wird nie vorbei sein, Ben.
Leg das Messer weg!
Nie.

So sprechen nur Monster. Ben würde niemals so mit mir reden, er liebt mich, das hat er gesagt.

Und auch, dass alles gut wird.

Ich werde ihn suchen.

Und ich werde ihn finden.

Hier im Bett riecht es wirklich sehr stark nach ihm.

Woher kommt der Geruch?

Von unterm Bett? Dort, wo ich Ben nicht suchen werde, weil sich nur Monster dort verstecken?

Ich schließe die Augen und umarme die Decke.

Oh, Ben!

Aus Verantwortung für die Umwelt hat sich der *Verlag Kiepenheuer & Witsch* zu einer nachhaltigen Buchproduktion verpflichtet. Der bewusste Umgang mit unseren Ressourcen, der Schutz unseres Klimas und der Natur gehören zu unseren obersten Unternehmenszielen.

Gemeinsam mit unseren Partnern und Lieferanten setzen wir uns für eine klimaneutrale Buchproduktion ein, die den Erwerb von Klimazertifikaten zur Kompensation des CO_2-Ausstoßes einschließt.

Weitere Informationen finden Sie unter:
www.klimaneutralerverlag.de

Verlag Kiepenheuer & Witsch, FSC® N001512

1. Auflage 2021

© 2019, 2021, Verlag Kiepenheuer & Witsch, Köln
Alle Rechte vorbehalten.
Covergestaltung Sabine Kwauka
Coverabbildungen © plainpicture/Mark Owen
Gesetzt aus der Whitman von Kent Lew
Satz Buch-Werkstatt GmbH, Bad Aibling
Druck und Bindung CPI books GmbH, Leck
ISBN 978-3-462-00182-2

Was würdest du tun, um deine Schwester zu retten? Und was, um sie loszuwerden?

Ein Haus im Wald am Tag vor Heiligabend. Zwei Schwestern. Sie haben sich nichts zu schenken. Sie kennen die Ängste und Fehler der jeweils anderen – und sie werden ihr Wissen nutzen. Ein intensives Kammerspiel um eine toxische Geschwisterbeziehung, in der nichts so ist, wie es scheint.

Leseproben und mehr unter www.kiwi-verlag.de

Kiepenheuer & Witsch

Der Jahrhundertsommer 2003. Gluthitze liegt über Marnow, dem malerischen Ort an der Mecklenburgischen Seenplatte. Die Kommissare Frank Elling und Lona Mendt ermitteln in einem Mordfall. Das Tatmotiv scheint klar, die Aufklärung nur eine Frage der Zeit. Doch nichts ist so, wie es scheint. So entpuppt sich das Tatmotiv als absichtlich gelegte Fehlspur des Mörders, der vermeintliche Routinefall als Beginn einer Mordserie mit brisantem politisch-historischem Hintergrund.

Voosen/Danielsson:
das Traumpaar des Schweden-Krimis

Leseproben und mehr unter www.kiwi-verlag.de